馆员文库

我的素描之路

郭绍纲 著
广东省人民政府文史研究馆 编

中山大学出版社
·广州·

版权所有　翻印必究

图书在版编目（CIP）数据

我的素描之路/郭绍纲著，广东省人民政府文史研究馆编.—广州：中山大学出版社，2020.12

（馆员文库）

ISBN 978-7-306-06964-1

Ⅰ.①我… Ⅱ.①郭…②广… Ⅲ.①纪实文学—中国—当代 Ⅳ.①I25

中国版本图书馆 CIP 数据核字（2020）第 178001 号

出 版 人：	王天琪
策划编辑：	金继伟
责任编辑：	杨文泉
封面设计：	曾　斌
责任校对：	邱紫妍
责任技编：	何雅涛
出版发行：	中山大学出版社
电　　话：	编辑部 020-84111996，84113349，84111997，84110779
	发行部 020-84111998，84111981，84111160
地　　址：	广州市新港西路 135 号
邮　　编：	510275　　　　　传　真：020-84036565
网　　址：	http://www.zsup.com.cn　　E-mail:zdcbs@mail.sysu.edu.cn
印 刷 者：	佛山市浩文彩色印刷有限公司
规　　格：	787mm×1092mm　1/16　16.5 印张　385 千字
版次印次：	2020 年 12 月第 1 版　2020 年 12 月第 1 次印刷
定　　价：	78.00 元

如发现本书因印装质量影响阅读，请与出版社发行部联系调换

《我的素描之路》编委会

主　　任：杨汉卿

副主任：麦淑萍　庄福伍　周　高　杨　敏　陈小敏

编　　委：李劲堃　梁世雄　方　唐　陈永正　陈初生
　　　　　张桂光　李遇春　王　见　吴正斌

编　　辑：谭　劲　吴慧平　许以冠　赖荣幸　陈卫和
　　　　　温洁芳　郭　晨　张莹莹　李承宗

《馆员文库》总序

文化艺术的传承是人类智慧和民族精神的传承，是"成孝敬，厚人伦，美教化，移风俗"的必要途径；是陶冶道德情操，抒发美好理想，丰富人们生活，推动社会进步的重要领域；是一项益于今人、惠及后世的经久不衰的事业。

优秀的文化艺术作品记载历史，展现未来，静憩在书本之中，发力于现实之间，弘扬主流价值观和核心价值体系。观今易鉴古，无古不成今。对文化艺术研究成果的整理、总结与利用，是国运昌隆、社会稳定的表现，是为党和政府决策提供参考、借鉴的要务，是保存民族记忆、推动社会发展的大事。

广东省人民政府文史研究馆，以文化传承为核心，以弘扬民族精神和时代精神为己任，汇聚群贤编史修志，著书立说，文研艺创，齐心描绘祖国辉煌灿烂的历史画卷，共同谱写文化发展的生动篇章，不断挖掘中华文化开拓创新、博采众长的精神内涵。

广东省人民政府文史研究馆馆员享有盛誉、造诣深厚，在投身改革开放和现代化建设的伟大实践中，留下了大量的著述和研究成果，是独特艺术魅力与社会进步思想的完美结合，是文化艺术研究者对时代、生活的深刻思考和感悟。正是通过这些作品的表达和学术成果的积累，馆员将自己渊博的理论知识、丰富的实践经验传给后人，使优秀传统文化不断延伸和发展。

为了使这笔珍贵的学术成果得以保存并充分发挥作用，让经典涵养道德，让智慧启迪人生，我们将馆员的文史、艺术等各类研究成果精华编纂成《馆员文库》，不定期地持续出版，以飨读者。《馆员文库》是人生哲理的文库：从不同角度反映馆员专家对历史和现实的认识与研究，蕴含着宝贵的人生经验，有利于我们冷静地观察和反思各种历史文化现象，从中获取解决现实问题的智慧和力量；《馆员文库》是文化基因的文库：深入挖掘历史文化资源，力求探索优秀传统文化基因，展现中华民族解放思想、实事求是、与时俱进、开拓创新的精神风貌，增添人民群众全面建设小康社会的精神力量；《馆员文库》是道德标尺的文库：与中华民族传统美德相承接，与社会主义市场经济相适应，与社会主义法律规范相协调的社会主义思想道德体系，让文化艺术成为价值标尺上最明晰深刻的衡量尺度和践行坐标。

在《馆员文库》付梓之际，我们期冀敬老崇文之风历久弥新，优秀传统文化精华薪火相传，文史阵地翰墨飘香。

广东省人民政府文史研究馆

序　　言

　　郭绍纲教授从艺70余年，丰富的创作和教学经验是中国美术史、美术教育史上的宝贵资源。郭绍纲教授的素描之路，既是艺术创作之路，也是美术教育之路，更是中国当代艺术的摸索、创新之路。《我的素描之路》一书是他对自己素描创作和教学实践的回顾，当中不乏关于艺术理念和教学思想的真知灼见，精彩、生动的论述必将给广大从艺者和美术教育者以深刻的启迪。

　　郭绍纲教授学习素描的经历，是当代中国人学习造型艺术历程的一个缩影，他对素描的认识，是在不同的人生阶段逐步形成的。郭绍纲教授从小受到中国传统文化的浸染，少年时因受王雪楼、胡定九两位先生的鼓励而喜爱上美术，决心投身于艺术事业。青年时代在中央美术学院学习，得到徐悲鸿以及其他留学归国画家如王式廓、吴作人等大师的指导，奠定了扎实的学科基础。作为中华人民共和国第一批留学苏联的学生，郭绍纲教授在列宾美术学院经过系统的学习，开阔的艺术视野、丰富的中西方文化交流经历，使他进一步领会了西方艺术的本质。

　　郭绍纲教授的"素描之路"体现了现代中国艺术变革和美术教育的发展过程。中华人民共和国成立后，苏联的现实主义绘画和造型教学方法成为国内艺术院校教学的主流。在建立中国绘画语言体系、推动美术技能教学的改革上，郭绍纲教授是主要的引进者和推动者之一。他积极把苏联的美术教学方法介绍到国内，正如靳尚谊先生所说："郭绍纲是留苏的，留苏的这一代，对油画的发展起了很重要的作用，把欧洲油画的传统和要求全面地带过来，开始了我们油画全面发展的一个新时代。"后来，郭绍纲教授执教于广州美术学院，在如何运用西方艺术语言表现中国社会生活方面做出了许多有益的探索，对建立健全中国的美术教育体系倾注了大量的心血。郭绍纲教授认为，"素描是一切造型艺术的基础"，在认识和学习西方艺术的造型规律和艺术传统方面，应该将素描放在核心的位置进行学习和研究。他在留苏期间的素描作品成为当时国内艺术院校素描教学的典范。

　　《我的素描之路》涉及素描的主要理论、代表人物，以及郭绍纲教授对素描的思考和理解，既有理论层面的论述，也有创作和教学实践的经验总结。书中通过丰富的案例，为西方艺术理论的爱好者提供了系统的知识和方法；书中详细地论述了素描的技法，对素描艺术的理性与感性，对结构、明暗、线条、构图、风格的认识等内容都有许多独到的见解。书中也论述了素描课程实践的具体方法和素描教学方法，同时也从中西方艺术比较的角度，论述了素描与中国传统绘画的关系，提出具有中国特色的素描教学理论。

《我的素描之路》为我们展现了郭绍纲教授的从艺之道、为教之道和做人之道，鲜活地体现了老一辈艺术家对"真、善、美"的追求和高度的社会责任感。

本书的出版首先要感谢广东省人民政府文史研究馆的领导和有关同志的关心和帮助，感谢广州美术学院的领导及我院参与编辑、校对等工作的同事们、研究生们。具体参编工作人员有：吴慧平、许以冠、王东娜、张莹莹、李承宗、林琛、林茵、方汀、麦静虹、黄新然、麦绮琪、黄志娟、蔡谨蔚、李琳、陈嘉熙、鲍聿、王为一、王珂、熊静宁、张瑜、陈卓欣、范秀斐、麦杰斌、黄虹瑜、周培培、许田果、林伯韬、林晓彤、朱泳琳、许哲、梁浩芊，同时感谢郭晨老师的支持。正是他们的付出使本书能在郭绍纲先生从艺70周年之际顺利面世，在此一并感谢！

许以冠
广州美术学院美术教育学院副院长
广东省美术家协会美术教育委员会副主任兼秘书长、副教授

自　　序

我已从艺 70 余年，并且任教于培养后辈人才的美术教育学院直至退休，有必要以总结经验的形式写一本书，留给后学者作为参考资料。本书虽名为《我的素描之路》，实际上为有序的回忆历程的记录与一些无序的相关史料性的杂文综合的文集，都是教学相长的学习心得。

素描观念的拓宽以及对其基础作用的认识在不断加深，古语有"绘事后素"，欧洲文艺家有"素描是一切造型艺术的基础"的认定。"素描"一词也被运用到文学的描写中，绘画与文学两者要求朴素、真实是一致的，只不过文学素描运用的是语言文字，绘画要求师法自然，文学诗者也要面向自然生活，从中得到启发而形成文字，故有"诗中有画、画中有诗"之说。

我们的文艺方针是为人民服务，为了丰富自身的艺术表现，当有"古为今用，洋为中用"的胸怀，除了向现实生活学习，还要知古、知洋，从优秀的现实主义传统中吸纳营养，敬重经典才能有所传承。

绘画是空间艺术，缺乏空间观念就无空间层次感，更不会有"咫尺万里遥"的气度。素描练功在于抓紧时间、见缝插针，我的家人、同学都是我练习写生的对象。一路走来，检点成果，颇能自我安慰，未负年华。当然也希望后学者能够充分利用自己的环境优势，勤于写生、识而有见、有的放矢，刻苦地全面学习，以文助艺、坚守情志，方能学有所成、青出于蓝，为学人、国人争光。

本书如有疏漏或不当之处，谨请评正是幸。

郭绍纲
于广州美术学院
2020 年 11 月 14 日

郭绍纲大事略记

20 世纪 30 年代

伯父启蒙识字
年画故事图说
村塾毛笔描红

20 世纪 40 年代

老师教习笔顺
天津小学临帖
老师执笔示范
借阅悲鸿画集
立志报考艺专
得志全面学艺
镜中自画肖像
明确文艺方针

20 世纪 50 年代

认识素描基础
学习全面发展
志在献身教育
服从国家分配
报效中南美专
回京预备留苏
接触欧洲艺术
素描成绩稳进
提前回国任教

20 世纪 60 年代

带毕业班创作
素描、油画全教
参加"四清"工作
带新生到怀集
"文革"解放自己
认真写大字报
轮担社会任务
下乡接受教育

20 世纪 70 年代

马坝教改试点
迎工农兵学员
拉练步行东莞
编写素描教材
陆丰南塘学军
文艺组西沙行
观展宁沪之旅
从榆林到西沙
省展油画《初诊》
韶关辅导写生
指导素描研究
出席素描会议

20 世纪 80 年代

组建师范专业
英德师范讲学
河南大学讲学
素描专著出版
素描选集出版
任副院长、院长
编高校素描集
出访苏联团员

任艺教委成员
率团出访麻省
韶关学院讲学

20世纪90年代

赴港讲艺术道
政协赴川考察
政协封开写生
深圳油画个展
香港举办个展
访巴黎艺术城
澳门油画个展
卸任院长职务
举办书法个展
新疆天山写生
收素描研究生

2000—2009年

穗电大讲素描
东莞可园个展
出访芝加哥城
铜雀艺校讲学
绍纲素描出版
素描教学出版
深圳风景个展
致尚油画个展
岭南馆办个展

2010年至今

万木草堂讲座
赠陈树人馆书
北美八画家展

目 录

美育始于家庭 ………………………………………………………………………… 1
入读昌平县立小学 …………………………………………………………………… 2
从听相声到读小说 …………………………………………………………………… 3
我的素描人像写生与默写 …………………………………………………………… 5
素描目测法与几何学 ………………………………………………………………… 5
素描写生目测中的数学比例 ………………………………………………………… 6
天津解放，看报、考艺专 …………………………………………………………… 6
素描启蒙教师孙宗慰先生、李宗津先生 …………………………………………… 8
喜获《吴作人速写集》 ……………………………………………………………… 9
毛主席函复中央美术学院校名的展示 ……………………………………………… 10
速写遇到误会 ………………………………………………………………………… 12
名师之大课 …………………………………………………………………………… 12
蒋兆和先生的水墨作品 ……………………………………………………………… 14
自画像 ………………………………………………………………………………… 15
齐白石先生的水墨画示范 …………………………………………………………… 16
阅读苏联杂志素描插图和学俄文 …………………………………………………… 16
业余教学活动 ………………………………………………………………………… 18
素描同学张平良 ……………………………………………………………………… 20
两幅素描像的纪念 …………………………………………………………………… 21
黄渭渔助造梦 ………………………………………………………………………… 22
初到中南美术专科学校 ……………………………………………………………… 22
预备留学与出国 ……………………………………………………………………… 23
在格鲁布柯沃农村实习 ……………………………………………………………… 24
列宾美术学院的素描教学 …………………………………………………………… 25
回国实习的暑假 ……………………………………………………………………… 27
列宾美术学院校庆200周年 ………………………………………………………… 28
全身人物素描与局部试写 …………………………………………………………… 29
素描习作的准备 ……………………………………………………………………… 30
尤·米·涅普林茨夫工作室 ………………………………………………………… 32
同学的速写赠品 ……………………………………………………………………… 34

契斯恰科夫与其教学法 ………………………………………………… 36
契斯恰科夫谈素描教学 ………………………………………………… 36
实习于北方俄罗斯 ……………………………………………………… 38
实习基辅一行 …………………………………………………………… 38
素描教学中的群像作业 ………………………………………………… 41
室内素描练习的姿态与空间选择 ……………………………………… 43
喜获《画论丛刊》 ……………………………………………………… 44
担任毕业班教学 ………………………………………………………… 47
带班到钢铁厂实习 ……………………………………………………… 49
与国画师生到东莞太平镇 ……………………………………………… 50
对素描基础观的探讨 …………………………………………………… 51
初作素描插图 …………………………………………………………… 51
体验海军生活与创作 …………………………………………………… 52
"四清"试点中的素描 ………………………………………………… 53
"文革"前的素描教学 ………………………………………………… 54
素描教学絮言 …………………………………………………………… 55
笔墨山水写生重气韵 …………………………………………………… 56
构图法与空间三远之探索 ……………………………………………… 57
素描练功说 ……………………………………………………………… 57
素描练功的沉静与文化修养 …………………………………………… 58
山水画与师法自然 ……………………………………………………… 59
素描写生的整体性 ……………………………………………………… 59
教学相长与教学法的研究 ……………………………………………… 60
写景当知中国山水画之欣赏 …………………………………………… 61
景观之空间层次 ………………………………………………………… 61
素描景观写生 …………………………………………………………… 62
景观写生之戒避 ………………………………………………………… 63
步入生活实际的古代画家 ……………………………………………… 63
线条表现风格的传统 …………………………………………………… 64
油画创作的分工与合作 ………………………………………………… 66
为"三同户"的二女画像 ……………………………………………… 67
为许学文画像 …………………………………………………………… 68
艺术基本功的争论与思考 ……………………………………………… 69
为油画创作而准备的素描像 …………………………………………… 70
学军步行拉练往返荔枝之乡——东莞 ………………………………… 70
农村生活速写 …………………………………………………………… 71
荔枝乡的景观 …………………………………………………………… 72

目 录

人物头像写生面面观 ······ 75
造船厂的生活见闻 ······ 76
茂名石油城景观速写 ······ 78
茂名石油城工地速写 ······ 79
速写带手半身像 ······ 80
劳动中人物速写 ······ 81
石碌铜矿的素描速写 ······ 83
为女劳动者速写形象 ······ 84
素描写生与创作中的钢笔画 ······ 85
钢笔速写人物与景物 ······ 86
钢笔风景写生 ······ 87
高州深镇行遇记 ······ 89
首次西沙群岛一行 ······ 91
学军到汕尾深入生活 ······ 93
渔船速写系列 ······ 94
第二次西沙行 ······ 95
为南海军人写生 ······ 96
海军部队生活速写 ······ 97
参观画展宁、沪、杭行 ······ 99
油画《出诊》的创作前后 ······ 100
共赴江西老区 ······ 101
素描人物写生作品的出版 ······ 102
应约作文 ······ 103
承担研究生素描课教学任务 ······ 104
为新疆年轻教师画像 ······ 104
青春男女像写生 ······ 105
社会教育的素描辅导工作 ······ 106
为矿山女班长写像 ······ 107
人体写生的恢复 ······ 108
着衣全身人物写生示范 ······ 109
全身人物写生步骤示范 ······ 110
人的面形八格 ······ 111
为王郭二生作素描肖像 ······ 112
对素描头像写生分面与涂阴影的见解 ······ 113
素描人像中的皮肤与肤色 ······ 114
关于素描人像写生要领 ······ 116
速写生活中的人物 ······ 117

湖南长沙行…………………………………………………………… 118
线描艺术的继承与发明奖获得者——肖惠祥…………………… 119
素描的章法与笔墨………………………………………………… 119
素描的质感与结实………………………………………………… 120
青春女像写生……………………………………………………… 121
向贤内助致意……………………………………………………… 122
素描郭晨像………………………………………………………… 123
素描郭悦像………………………………………………………… 124
素描郭梅像………………………………………………………… 125
速写蒲蛰龙教授…………………………………………………… 126
参与研究生的素描课程…………………………………………… 127
素描冯钢百先生…………………………………………………… 127
全国素描教学座谈会（杭州）…………………………………… 128
为新生写形传神…………………………………………………… 130
成人美术培训工作………………………………………………… 131
黄中羊的素描作品………………………………………………… 131
赴英德师范学校讲学……………………………………………… 132
粉画《总理与画家》的创作稿…………………………………… 133
对人物双手的写生与关注………………………………………… 134
支持《素描初步》的出版………………………………………… 135
随美术师范系同学下乡…………………………………………… 136
略施粉笔的素描人像……………………………………………… 137
在广州美术学院创办美术教育专业……………………………… 138
参加中国美术家协会大同读书会………………………………… 139
《素描基础知识》的出版………………………………………… 140
我的素描选集出版………………………………………………… 142
幸画豫剧演艺家崔兰田…………………………………………… 143
荆浩的笔墨相辅相成……………………………………………… 144
油画专著中的素描章节…………………………………………… 144
我画廖先生………………………………………………………… 146
为余菊庵先生画像………………………………………………… 147
主编《中国高等美术学院素描集（广州美术学院分卷）》…… 148
为教育同行画像…………………………………………………… 150
粤北行的素描……………………………………………………… 151
根的生命力………………………………………………………… 152
素描的画与写……………………………………………………… 153
人像素描写生……………………………………………………… 154

目 录

谢赫的六法首要 …………………………………… 155
素描练习中的"三宁" …………………………… 155
为司徒奇先生作素描写真 ………………………… 156
水墨画 ……………………………………………… 157
李铁夫的笔墨功力 ………………………………… 159
文叙《新素描技法》一书 ………………………… 161
录像中的素描示范 ………………………………… 162
素描林卓权先生像 ………………………………… 162
香港歌德学院珂勒惠支作品展 …………………… 163
为故人周朗山先生造像 …………………………… 164
艺术是心性的磨炼 ………………………………… 165
素描者当知"六法"与"新七法" ……………… 166
素描是造就艺术风格的基础 ……………………… 167
素描写生观念的全面性 …………………………… 169
为校友王彦发编著的《素描基础教程》作序择录 … 170
从传神写照谈起 …………………………………… 170
写真传神 …………………………………………… 171
素描明暗调子与墨色浓淡 ………………………… 172
黄金分割律 ………………………………………… 173
忙于"三支"笔 …………………………………… 175
汕头个展 …………………………………………… 176
描写于瓷版 ………………………………………… 177
美术院校师生速写选 ……………………………… 178
素描女青年参加学院素描大展 …………………… 180
素描的构成因素与观念 …………………………… 181
老年人像写生 ……………………………………… 183
外孙吴崑的婴儿睡姿像 …………………………… 184
回看全身女坐像 …………………………………… 185
又回到素描教学 …………………………………… 185
素描邓白教授肖像 ………………………………… 186
新纪元的自画像 …………………………………… 187
我的笔墨抽象艺术 ………………………………… 188
表情自然，神在双目 ……………………………… 189
应邀自画 …………………………………………… 190
素描，树根 ………………………………………… 191
纪念王式廓先生 …………………………………… 192
素描黑人女青年肖像 ……………………………… 194

《素描基础教学》一书的出版 ··· 195
树景的素描随笔 ·· 196
校友司徒绵的早期素描 ··· 197
传统相学观察法 ·· 199
我画于右任先生 ·· 201
人物画，不该"低能化" ··· 202
裸体艺术的知识与鉴赏 ··· 203
连环图书的作者与形式发展 ··· 204
从艺六十年回顾 ·· 205
表现生活中的人物 ··· 206
《教学素描典藏》的面世 ·· 207
写生作画的意、理、趣 ··· 208
读到《美院往事》中的素描感悟 ··· 209
穗京个展座谈会 ·· 210
《郭绍纲书法选》的出版 ··· 212
留苏作品汇展 ··· 213
书画展刊回忆录 ·· 214
称天才之误 ·· 216
温哥华艺术家齐襄善举 ··· 216
徐立斌的风景素描速写 ··· 217
《郭绍纲作品集》出版 ·· 219
获终身成就奖 ··· 220
"独好修以为常" ·· 220
从国印镌刻者的故事谈起 ·· 222
气质与书画风格 ·· 222
关于法庭素描师的报道 ··· 223
素描基础与创造 ·· 223
艺术、教育和养生 ··· 224
读诗文助写画 ··· 224
水笔速写（一） ·· 225
水笔速写（二） ·· 227
毛笔书画的笔法 ·· 228
温哥华金婚家庭画展 ·· 229
明画家戴进的默写功 ·· 229
喜见人物笔墨肖像写生 ··· 230
白描代表作的功力与欣赏 ·· 230
"笔法记"的提出者荆浩 ··· 231

目录

观察四季山水之不同 …………………………………………………… 232

教学相长谈 ……………………………………………………………… 233

素描作业练习的完整性 ………………………………………………… 234

素描速写的数量与质量 ………………………………………………… 234

素描的辉点高光与亮色 ………………………………………………… 235

2017年书法作品公益展 ………………………………………………… 236

素描联展 ………………………………………………………………… 237

学到老画展 ……………………………………………………………… 239

十年磨一剑 ……………………………………………………………… 240

观丁松坚油画展的联想 ………………………………………………… 241

钻石婚的画展与素描 …………………………………………………… 242

后记 ……………………………………………………………………… 244

美育始于家庭

  回忆我的素描之路，当从家庭的启蒙教育开始。父亲14岁前到北京大栅栏天宝金店做学徒工，曾为中医的伯父郭兆钧先生是我的启蒙老师。据说在我3岁时，伯父已教会了我认念很多方块字，大多为与中草药有关的单字。汉字是由线条组合成形态不一的方块字，且有音与义的不同，称之为抽象艺术亦无不可。据长辈说，在我已认念300余字时，因怕我累心便停止了这种识字教育。可能还有一个客观原因，即在我出生前还有两个哥哥均未保住生命。我到6岁时，才开始入村私塾念书，先拜一个木牌位，直书五个字为"天地君亲师"，继从《百家姓》《三字经》《弟子规》《千字文》的顺序认字念书。与此同时，每天要接触笔墨纸砚，先从描红开始，红模字为木版印成的红字，如诗的内容："一去二三里，烟村四五家，亭台六七座，八九十枝花。"将描字与诗、数一起结合学习，既全面又印象深刻。描到一定的程度，初步熟悉了运用毛笔按提力度的变化规律，我便开始临帖了。临帖要用自制的大仿本，制作大仿本是一项手艺活，即将大张的元书纸经过裁叠成册，再用圆锥、纸捻穿连固定。通过自制的大仿本，熟悉工具与纸材的性能，这也是一堂手工课的实习。临帖从柳公权字帖开始临摹，所需字帖、笔墨材料由流动的书倌到各村提供。这种描红与临摹的学习，对于培养我后来持各种笔的造型写生能力起到先期的基础作用。

  我的母亲也是我的启蒙者。在我四五岁时，母亲买了一张贴在坑围上的年画，是图文并茂的连环图画，它印在一张纸上，故事内容为"狸猫换太子"，说的是北宋时期发生在宫廷的历史故事。文图对照将内容人物识别出来，这也是知史的起步，同时我开始知道古人就有正、反两方。

  我的母亲虽不识字，但会绣花，一般的针线活更是"多面手"。我穿母亲做的布鞋，从鞋帮到鞋底都是她一针一线地缝制的。有时她在绣花时，也给我一块布，并教我怎样索成一条线。这种一针一线认真做事的精神，是一种心性的磨练，也应是一种人生态度。

入读昌平县立小学

1940年，我8岁时为避农村匪患，便随母亲、三嫂、表兄一起从东营村迁到昌平县城居住，并入读昌平县立小学。我从一年级读起，表兄迁入四年级学习。我与表兄每日黎明即起，一同上学。学校每天早上先在校中集中开会，然后列队走到街南大操场跑步。六年级同学排头，我们排尾，队伍很长，前头跑小步，后头的一年级则跑大步，两年的晨操锻炼有利于我的健康成长。

我读县立小学一、二年级时，所幸的是刘秉琳老师担任班主任。在我的印象中，她是一位典型的师范学校毕业的女教师，身材略高，留短发，穿灰蓝色的旗袍。她上课重视汉字书写的笔顺，面向黑板写字的同时，还要求同学们大声跟着她喊出"横横竖横"，以增强书写的记忆力。

刘老师对我特别关注，还选派我参加县立举办的赛美会，事实上就是接受两位评审员的面试提问。刘老师有时还要我穿过小巷到鼓楼东街买东西，这也是一种锻炼。那时还安排一门唱游课，任课老师是郭兆民先生，在操场上，老师弹奏风琴，教大家边唱边表演歌词的内容。

我于10岁那年由昌平县立小学随母亲移居天津，入读私立卞氏小学，读三年级，这是一个家族办的学校。校长姓缪，在兄弟中排第二，人称缪二先生，其三弟、六弟、七弟均参与教学，也有外聘女教师一二人。有位邹先生为三年级班主任，布置课外作业是固定的每天要写一篇大仿（楷书）、三行小楷，大字临柳公权、小楷临《灵飞经》（钟大可书）。两年后，我改入天津市立第三小学，得见一位杨先生亲自示范临摹魏碑，应为杨大眼碑。笔画见方、不重复、不补笔，一笔到位。第三小学在城内东门里大街路南，路北有孔庙，正面外树有牌坊，上有匾额，东为"德配天地"，西为"功昭日月"，字体端庄大方。出东门内大街即东马路，附近有戏院，我曾观鲜灵霞主演的《人面桃花》评剧，男主角崔护的饰演者曾在四扇屏风上书写崔诗："去年今日此门中，人面桃花相映红。人面不知何处去，桃花依旧笑春风。"行书字迹之大，在后排座位都清晰可见，足见演员之气度与功力。

东门附近还有青年会，常有些文化活动，我曾进去聆听戏剧作家洪深的一次关于戏剧的讲座，因年幼印象不深。另一次为黄二南的"舌画"示范，先吞墨汁，后以舌贴纸舔画，新奇显能，以舌濡墨，自然无锋颖之美。

天津是商业发达的城市，商场、商店的牌匾也是展示书艺的地方。如天津的繁华区有"劝业场"，即由华世奎所书，还有东北角的正兴德茶庄也是华氏所书。华世奎书写颜体字，在普及文化方面有较大的影响力，直到现在，走在天津大街上，所见招牌仍可屡见华氏的遗风。

我曾住天津南市药王庙街，现已改街名，为东西向的横街，东口通南北向的东兴大街，西通荣业大街，在街面或胡同口曾有租赁图书的书摊，也有租借连环图的小人书摊，我也曾是一些书摊的读者。

有一年，在东兴大街路东有一处书法地摊，除了有关福、禄、寿、喜等吉祥字外，还有一横幅，由右至左为"酒、色、财、气"四个隶书大字，每字下有一句楷字为"酒是穿肠毒药""色是刮骨钢刀""财是迷心诱饵""气是惹祸根苗"，对照历史及现实的社会故事不无道理。后来得知，在明万历十七年十二月，大理寺左评事雒于仁给皇帝上奏折就是历史上的"酒色财气四箴疏"。奏章曰："皇上之病在酒色财气也，纵酒则溃胃，好色则耗精，贪财乱神，尚气则损肝。"四字箴言，对照现实人类社会诸多问题的根源，应视为醒世恒言。

我到天津居住前，曾住在昌平县南街一个四合院中，北屋居常老伯一家，说他是"在家礼"，烟酒不动，我就很羡慕，一直坚持。后到苏联留学，偶有为友谊干杯之遇，坚持比画一下，做做样子，应对过去，烟是坚决不吸。地摊上的书法不仅是字体的传播，其箴言对我起到了教育作用。我将练习书法与学习古训、名言结合起来，既是自励也是文化传播。对照观世，不乏应验者。

从听相声到读小说

天津为商业大都会，人口之多曾为全国第二，同时也是相声的发兴之地。20世纪40年代，从收音机中可以听到定时的相声节目播出，当时有侯宝林、郭启儒、常宝堃、赵佩如，还有戴少甫、于俊波，分早午晚先后播出，各有拿手的节目，增添了文化历史传说、现实生活地方语言的差异以及讽刺市井迷信现象等，在说学逗唱方面各有长处，为广大听众所喜爱，听众从中感受到一种幽默，增添了生活乐趣。

那时侯宝林、郭启儒两位固定演出于南市的燕乐戏院，实为个杂耍园子，而常宝堃固定演出于庆云戏院。常宝堃、赵佩如除了表演相声，还组织了一个兄弟话剧团，时而客串演话剧，有一个节目还演到画家生活。中华人民共和国成立后，常宝堃还参加抗美援朝的慰问志愿军演出，不幸壮烈牺牲，其子常贵田继承他的相声专业。演艺工作者大都尊重受众，把观众视为衣食父母，注意台风，认真对待演出。

在天津，我居住的药王庙街东端有出租的小人书，或称公仔书，西端入荣业大街有书摊出租文学读本。我常去借老舍的小说，如早期出版的《老张的哲学》《赵子曰》，嘲讽北京一些学生的放浪生活，《二马》写的是马则仁、马威在英国的生活，还有《离婚》《牛天赐传》都反映了观念矛盾的冲突。老舍多用口语化的文笔叙事，

我的素描之路

描写人物,有哀叹,有笑谑,读起来我有时会笑出声来。至于他的《骆驼祥子》《龙须沟》等代表作,那是后来创作的。读老舍小说使我认识社会人情世态,懂得在学习生活中"业精于勤,荒于嬉;行成于思,毁于随"的道理,在无形中,对我的语文表达能力起到了促进作用,让我受到语文教师的赞扬。

另外,鲁迅的小说、文章,包括杂文我也读了一些,要逐渐去消化,才能理解它们的针对性和深刻性,这自是后来的事。

1946年夏,我顺利地考入河北省立天津中学,当时简称"省津中",民间称"铃铛阁中学"。它是一间建于1902年的老校,曾位于稽古寺铃铛阁旧址,后因河北省会迁走,校名改为"天津市第三中学"。因是老校,教育资源丰厚,师资力量也较强,学风朴实。使我走上学习美术专业道路的,则为先后任课的王雪楼先生和胡定九先生。在初中二年级时,王先生指引我到校图书馆借阅《徐悲鸿画集》,因属善本书,只能馆内借阅。书到手后,我翻阅的首幅画页,就是徐悲鸿作于1925年自画像(见图1),这使我惊羡不已。从此,我树立了素描艺术的概念,而过去的我只知道铅笔画、蜡笔画。将《徐悲鸿画集》从头到尾欣赏一遍,我便产生了毕生从事绘画的念头。到了初三时,我又多次受到胡定九先生当堂鼓励,他还指导我报考当时的国立北平艺术专科学校。

图1　徐悲鸿自画像(素描)

那时"省津中"还有附属的"民众小学",由学生会组织高中同学参与义务教学,即中学课后给失学儿童上课。"民众小学"从小学一年级到六年级都有编班,因缺美术教师,便请我补缺,我便诚惶诚恐地答应下来。每到一个班,我便先点名,一方面是名与人对照,认识一下学生,另一方面也缓解一下紧张情绪,特别是六年级的大龄生跟我的年龄相差不多,从长远看这无疑是一个锻炼的机会。

当时有姐弟二人同到"民众小学"读书,姐姐王昌华读六年级,弟弟王昌仁读二年级,均是认真用功的学生。相处一年,自然产生了师生情。因我要赴京考国立北平艺术专科学校,便自制一些纪念卡给同学留念。昌仁曾到广州出差顺便探访晤面,后又曾与我通信联系,告诉我他保存着当年我自制的纪念卡,问要不要寄还给我。我回函断然拒绝寄回原件(见图2),既然署名送出手,就应由持有者

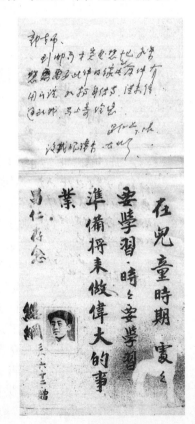

图2　与王昌仁通信

保存，我只希望有个复印件即可。当我看到复印件，确信而欣喜，因为见到自己的签名笔迹和照片，以及发出的豪言壮语，未负青春，相互勉励，引起美好的回忆。

我的素描人像写生与默写

初中的美术课后，我的作业练习大多使用铅笔和水彩笔完成。除了练习写生，还有临摹，或自由画，课余我已经开始人物速写或默写，更确切地说，是用铅笔速写人像，用粉笔作人像默写。

在教室里，坐在我附近的同学都是我的模特，我常用速写本给他们画个小像，他们也都乐意，一动不动地给我做模特，例如宋庭华、朱家椿等坐在我后边，我只要侧身、转头就容易画到他们，但只能画个大概，因时间有限，难以反复推敲、修改。

人像默写要求使用粉笔画在黑板上画，以前画的以侧面像为主，这也是民间剪纸艺术的启发，剪纸艺人是用黑纸剪出侧面影像，不用笔稿，只是一把剪刀，很快地将人物侧面特征显现出来，令人惊叹。

我的粉笔侧面像练习全赖平时的观察记忆，琢磨较多的是历史老师徐基仁先生的侧面像，其特征为光头而圆，鼻直唇薄，紧闭而突出。常常是先生到课室前，我很快地画在黑板上，恐怕先生误会为不敬，在先生进教室前就很快地擦掉。徐先生讲历史、地理，情感、语言均很生动。每次上课，他先用提问法，让同学回答上一课的要点，以加深记忆，其教学风范使我记忆深刻。他将许多地理、历史知识串联成口诀帮助我们记忆，让我至今未忘。

素描目测法与几何学

初入国立北平艺术专科学校上素描课，我见有同学定位置起轮廓，有人用线垂测直线，也有用铅笔测量比例和长短距离。我则认为不能依赖工具测量，一定要训练自己的目测判断力，必要时可借助工具来验证自己的观察，直觉把握准确是最重要的。

谈到几何学，这还是在读初中时最使我感兴趣的一门课程，任课教师为董寿成先生。董先生讲话清晰简约，有丰富的教学经验，在黑板上用粉笔画图，不用规与矩，便可以很熟练地画出一个大圆形，直线、横线或角都很标准，讲起推理、论证更具说服力和演绎的感染力。

　　几何学中的点、线、面、弧度等概念运用于观察物象的具体特征，可起重要的辅助作用，两点成线、三点成形，如画人像正面在右，外眼角与鼻根中点呈三角形，与鼻底横线呈四边形，求其相似形的比值，可辅助找到人物面部的生理特征。此法可举一反三，而扩用之。若设定的垂直线、平衡线与任何斜线相交形成角度对比，也有助于验证目测的准确度，由小及大，画全身人物的比例、动态亦可借用此法。

素描写生目测中的数学比例

　　民间画人物有画诀云：立七、坐五、蹲三半。以头长为单位，酌定总长度，这只是大约的比数，不能代表具体人物的准确比例。高人之高度可能有七个半或八个头长，矮人身长则小于七个头长，作全身人物写生，不论是站立或各种坐姿的变化，都不能脱离其个性、具体的身材比例关系。身材不仅是身长与头长的关系，还有横向的宽度关系，要同时关注。将正当的比例关系画失调是轻而易举的，但将比例关系画得准确、谐调才是美术的追求目标，这也是素描写生的难度所在。再深入到头、手、脚的表现，更需要细致的分寸感，在长短、疏密、光暗、轻重等方面的比例上恰如其分，才能出神入化。

　　不用圆规能画出一个规整的圆形，要根据大小掌握一致的弧度而成圆球形。塑料球、石膏球、石球、铁球等不同质地的球，不仅光泽不同，重量感也不同，在基本练习中有石膏球体和正方体的描写，从单纯的形体中要感受到不同的部位光的分量是不同的，乃是强度的变化与对比。要表现同质圆形或方形不同的质量感，就要把握物象肌理和调子的变化，表现物体的轻重、结实的道理全在于此。

天津解放，看报、考艺专

　　1948年年底到1949年年初，经过60余日的战斗，中国人民解放军从天津西部进入市区，至1月14日，天津解放。"省津中"由军管会派出沈毅校长代替原校长佟本仁。记得是春节临近，校属"民众小学"发了一张戏票给我，观看由部队文工团在耀华中学演出的现代歌剧《白毛女》，这是我首次接受革命文艺的教育。

春节过后不久，北平和平解放。距离初中毕业仅剩一个学期，那时的国立北平艺术专科学校的学制为五年，招收初中毕业生，怎么考、考什么都不清楚。在胡老师的鼓励下，我更加抓紧时间做好全面的准备工作。新接任的语文老师杨如愚先生对我的一篇作文给予点评、表扬，增强了我应考的信心。

"省津中"的教学成绩突出，学风淳朴，有口皆碑。高中生每年都有读两年者以同等学力资格考取北京名牌大学的，例如，被北京大学、清华大学、北京师范大学录取，他们的治学精神对后学者的影响很大。

初中一毕业，我即赴当时的国立北平艺术专科学校了解到由学生会学长们举办的暑假补习班，它属于义务性的辅导班，助考生应考。素描对象都是石膏像"阿克里伯"，这也是自1946年以来，必考的素描写生题。我记得画了三周上午，学长们辅导有分工，先后有郑丽瀛、钖长禧、陈洞亭，每位负责一周，至今铭记在心。在他们的指导下，我知道了怎样用木炭条画石膏像，达到考试过关的要求。发榜后，我得知还有口试一关要过。

入学口试在旧校址大礼堂举行，在舞台前摆了三四张桌，其中左右桌的口试已开始，中间桌椅尚无人入座，应试者都好奇地在礼堂正门口等待呼名。此时，徐校长穿过人群走进礼堂，刚刚坐定便有人呼我进入，使我感到意外而庆幸。坐在徐校长面前，我因不知所问而紧张，当听到徐校长语气和缓地问一些家庭与学历的问题，我也就逐渐放松，从容答对，很快就结束了口试。

第二次发榜，我榜上有名，就办理了入学入住手续，并填写入学登记表，其中有未来工作志愿一栏，我填的是"教育"二字。1949年9月5日，学校正式开学，1949年9月10日，在学校礼堂举行由政协主持的追悼冯玉祥先生的大会，我远观许多领导人和民主人士前来与会。

10月1日，中华人民共和国成立，定都北京。校名亦改称北京艺术专科学校。为参加中华人民共和国成立游行，油画科学长绘制了领袖像抬在队伍前列，既壮观又令人自豪。

当时的北京艺术专科学校由绘画系、雕塑系、陶瓷系、工艺系、音乐系等系构成，绘画系又分为彩墨、绘画等科，北京艺术专科学校的一年级为预科，预科除了学素描，还要修图案、雕塑等基础课。

开学不久，由高庄先生上图案课，他是兼任教师。第一课他就从大背囊中取出许多麦穗和谷穗，要求大家先用铅笔写生，再按图案要求变化。后来，我得知清华大学建筑系和北京艺术专科学校的图案系共同承担设计国徽的任务，拟集思广益，让更多人参与学习、锻炼。对我来说，素描写生不难，但对图案变化则毫无能力。

素描启蒙教师孙宗慰先生、李宗津先生

　　1949年9月初，我进入国立北平艺术专科学校预科。绘画系一年级分为甲、乙、丙三个班，我被编入丙班（见图1），素描课的主任教师为孙宗慰先生，助教为韦启美先生。我们要先画石膏像，使用木炭条，画在一种名叫黄标古的纸上。这种纸一面光一面粗，应属于包装纸的一类。粗面近似木炭纸，每天上课都有一位老者给每个班派发一个馒头，用以掺少量的水揉捏均匀，代替橡皮擦使用。每周六、日上午，我们要完成一幅素描写生作业，最后一天上午抽出一个小时，在室外走廊将石膏像素描默写在一张大小约为16开的纸上，以加强观察记忆力。

图1　一年级丙班素描教室（摄于1950年）

　　孙宗慰先生还强调速写练习。我们请先生作速写示范，先生义不容辞，速写教室里的人物。我们为了多练习速写，利用晚上时间到附近的东安市场的"豆汁何"或"豆汁徐"就座喝一碗豆汁，顺便画一会儿速写。

　　孙先生性格沉静，话不多说，态度和蔼。我们曾要求到他的居所拜访，先生接受了几位同学造访。先生住苏州胡同火神庙教工宿舍，住的西房的一间墙上挂有一幅油画自画像，名为《塞上行》，取骑牲口转身的姿势，头戴毛皮帽，左手握缰绳，右手持鞭杆，背景是大漠与天空，是一幅肖似与传神的自画像，让我印象非常深刻。

　　素描课每个学期有一次考试评分，先由主任教师按成绩由高分到低分排序，再由徐悲鸿院长亲自到各班教室检阅考试成绩，有时，他会将未足评的素描向前提升一至数位，最高分大都在90分，未有不及格者。图2为1949年入读国立北平艺术专科学校丙班男生。

图2　1949年入读国立北平艺术专科学校丙班男生合影

孙先生任教约两个学期，因身体不适而病休，校方聘请在清华大学建筑系任教的李宗津先生来教丙班的素描课。李先生性格开朗，在授课中常与同学们交流心得，教学之余还参与徐院长主导的教师集体作画进修活动。有一次，他指导我处理人像素描有关轮廓边线的问题，说要注意体积厚度的表现，不仅有明暗问题，还有色彩的冷暖问题。他之所以深有体会，得益于教师集体给英雄、模范画肖像的经历。有一次，因天气寒冷，模特未到，我便主动做模特。李先生为我画了一幅速写像。班上举行一些文娱活动，李先生还慷慨为集体提供一些活动经费，全班同学都深受感动。

喜获《吴作人速写集》

1954年，吴作人先生著有《谈速写》一文，在《美术》杂志上发表。先生在文中说道："艺术家也应该面向生活，深入观察，不断积累手和眼的劳动，培养敏锐的感觉，用形象来反映自己的感受。"这对我这个已经教过一段时间素描速写课的青年教师来说，不仅提高了理论认识，还具有很重要的启发。

1956年年底，有一天，在列宁格勒（今圣彼得堡）涅瓦大街的国际书店里，我曾惊喜地买了一套精装的《吴作人速写集》，内有40幅单页作品，在目录之后有艾中信先生写的一篇《读画有感》。《吴作人速写集》选入自1934年到1956年的各个时期不同形式的速写，有人物、动物、风景等各类作品，大都是用各色的炭精条画的，也有水彩速写的《雅砻江上》《牧场之雪》和墨彩速写的《红衣少女》《花中女》等，以及用炭精条画的《猎犬》《狮》《豹》《犊》等一系列动物速写，可以看到画家对生活的热爱和勤奋进取的敬业精神。正如《谈速写》一文中所说："极端复杂，万象纷呈的事物中间，艺术像往常睁开锐利的眼睛，随时发现对象，常不可自抑地敏锐地写下稍纵即逝、难再重复的动人景象。"

图1、图2为吴作人的速写作品。

图1　鹰（吴作人作）　　　　　　图2　藏民与马（吴作人作）

毛主席函复中央美术学院校名的展示

1950年年初开学不久，旧校址"U"字楼的东南角一间教室，在一镜框里公布了一封毛泽东主席复函，因将成立中央美术学院，徐悲鸿校长请毛主席写院名，毛主席回信中有"……写了一张未知可用否，顺颂钧祺"。同年4月1日，学校在礼堂隆重举行了中央美术学院成立大会，中央美术学院由国立北平艺术专科学校与华北大学三部美术系合并建成，由徐悲鸿校长任院长，华北大学美术系胡一川主任担任党总支书记，吴作人先生任教务长，王朝闻先生任副教务长。此外，还有王式廓、罗工柳、张仃等先生加入了师资队伍。

中央美术学院成立后，学制改为三年本科，生源要求高中毕业，我们已入学的专科生读完预科一年就开始读本科一年级，于1953年毕业，实际上是缩短了一年的学习时间。

在中华人民共和国成立后筹建全国文联期间，校内礼堂曾举办大型的美术作品展览。其中，有司徒乔先生的素描写生作品《三个老华工》（见图1），将不同形象的速写组合在一起，并附以文字介绍他们的身世，这是司徒先生在回国乘船的三等舱中的见闻记录，是一幅图文并重的素描群像，使我大开艺术眼界而陷入深思。

图1　司徒乔素描《三个老华工》（1950年），展示于全国文联首届美术展览

蒋兆和先生的水墨人物画早负盛名，在素描关系上笔简意赅、形象可亲，且整体感强，没有笔墨做作的痕迹，也不柔弱。

徐悲鸿、吴作人先生的作品很长时间内在四年级、三年级的绘画教室作为示范作品陈列，供学生们研习。

速写遇到误会

1950年寒假，我与几位同学一起回天津，在前门老火车站大厅候车。我打开速写本画车站的候车人物速写。人物三五成群，有的静坐，有的在自己的行李堆上打盹。画了一段时间之后，突然有一个中年人揪住我的脖领说："我看你很久了，你这是干什么？"这时，有一个同学从此人的身后抓住他的后领，大喊一声："放开！"我冷静地使了一眼色说："大家都放手。"同学喊的声音很大，颇似见义勇为，想解救我。而我便解释我画速写人物是一种课外练习的作业，不必紧张。揪我脖领者松开了手，很生气地说："你画的人是什么意思我都清楚。"我解释说："没有什么意思。"对方反而质问我，你一面画个男的，背面又画个女的，是什么意思？我已经理解此人完全误会了。我说如果你还有怀疑，我们可以找个地方评评理。在辩论中，正好有一位执勤的解放军过来，把我带到值班室见领导。领导知道了我是中央美术学院的学生，练习速写毫无恶意，便劝对方不要再误会。从此，我感到外出画速写要谨慎，遇事要冷静，方能化解误会。

名师之大课

大课即大众听课，我入学的国立北平艺术专科学校自1946年开始已招收4个年级的学生，革命文艺思想进入教学阵地，4个年级集中于礼堂听课，因扶手座椅不足，迟到者要坐在地板上。我们上午都在自己的教室上专业课，下午则听不同内容的大课。

王朝闻主讲《新艺术创作论》。这是系列性的理论，每周一讲，以新艺术创作成果为例，阐明革命的文艺方向，依据毛主席在延安文艺座谈会的讲话精神，解决艺术观上的诸多问题，要求学画者明确为什么画、画什么、怎么画等问题，树立为人民服务的思想。

艾青先生主讲《文艺思想》，介绍自五四运动以来发生在文艺战线上的辩论与斗争历史，以鲁迅的文艺观为主线展开对新月派、鸳鸯蝴蝶派的批判。

蔡仪先生主讲《艺术欣赏》系列，结合幻灯片放映介绍国内外的优秀作品。我的印象是蔡先生侧重介绍俄罗斯巡回展览画派中具有代表性的列宾与苏里柯夫的名作,虽非原作,但已较早地让我们感受到这些作品在人类艺术史上的价值和作者们在创作中所付出的心血。

文学选读不是听大课,而是按同年级合班上课,经历了由3个班到5个班一起听课。文学选读课由常任侠、肖殷、王森然3位先生各教一年,教材内容各有选择。

我进国立北平艺术专科学校后,首位任课教师为孙宗慰先生,指导我们画石膏像。先生任课半年余,因病休养,学校便请在清华大学任教的李宗津先生接任,与孙先生同时指导素描课的还有韦启美先生,他作为助教,后由学长李天祥留校担任本科二年级丙班的素描教师。倪贻德先生曾于1952年任教速写课与素描课,同时还有勾勒(即白描)课,先后由黄均和李可染先生任教。我还记得黄先生以白描花卉稿教临摹。二年级时,李先生教白描人物写生,他提供一幅《老妇全身写生》作为示范作品。李先生推介一种名为"小红毛"的国画写生用笔,还给同学讲解一些笔墨知识。

入学未久,我还接触到雕塑课,由曾竹韶、邹佩珠两位先生教课。我们以临摹为主,从圆雕到浮雕都有练习,对素描纸上的平面造型与泥塑的立刻造型的异同有所体会。

水彩课作业要先用简练素描笔法起好轮廓,多以人像写生为主,先后3年,由戴泽、宗其音、肖淑芳3位先生分担教学任务。肖先生曾带领全班同学到劳动人民文化宫上风景写生课。

一年级时,我们还有透视学课,由夏同光先生任教,二年级有艺用解剖学课,由文金扬先生任教。

创作课要求练习普及性的年画、连环画、宣传画,先后由李琦、伍必端、邓澍3位先生任教。图案课除前记述的高庄先生,还有二年级时任课的徐振鹏先生教授二方连续的图案课程。

中国美术史先后由王迅、金维诺先生授课。徐悲鸿院长于1952年已因身体不适而卧床养病,一稍有好转,便想到我们这年级即将毕业,尚未学到外国美术史,便于1953年春主动给我们讲课。徐先生以毛笔书写讲授提纲,成手卷形式,从希腊罗马到文艺复兴,直到印度犍陀罗的艺术,并与中国宋词相系,令我记忆深刻。

自三年级开始,由吴作人先生授油画课,由人像画到半身人体,最后完成一幅油画领袖像。

最后的创作实习课由彦涵、邓澍率丙、丁两班同学到满城去农村体验生活,最后完成一幅年画画稿,通过后回学院。我完成了《一年级新生》的正稿。

毕业生创作展览后,我的年画《一年级新生》被人民出版社选入年度出版物并面世发行。

毕业生分配宣布大会召开之前,已有学生用表格填报志愿,虽互不了解,但感觉多数均填为服从国家分配。每宣布一组同学到某个单位,立即爆发热烈的掌声,我们5人一组被分配到中南美术专科学校,也同样获得掌声。经过一段时间,我们准备于8月中旬离开学院走向工作岗位,到武汉中南美术专科学校任教。

我的素描之路

蒋兆和先生的水墨作品

蒋兆和先生用水墨创作的流民图和报童图（见图1）等在素描关系上和谐地表现了人物形象的整体性，没有笔墨做作的生硬痕迹。既有明暗对比，又有巧妙转折的力度，能前人之未能，在海内外均有良好的影响力，为中国现代艺术争得了同行的荣誉。

蒋兆和生于1904年，祖籍湖北麻城，生于四川泸州，16岁到上海从事广告和服装设计。他自觉学习西画，1927年为南京中央大学图案系教师，由28岁开始，在上海美术专科学校任教授。他后入京到中央美术学院国画系任教授。他曾任中国美术家协会理事、中国画研究院院务委员等社会职务。

蒋兆和先生融贯中西、自学成才，创立了现代中国人物画教学体系，于1986年不幸逝世。在他的家乡泸州设有蒋兆和艺术馆。

蒋兆和先生在中华人民共和国成立后的系列人物画创作每有新的出品都及时在报刊发表，从婴孩、红领巾的儿童到妇女、老人等形象，均有真切传神的表现，其自然美，给人以亲和力的印象，我至今不能忘怀。绘画形象之美要求美得真切自然而无矫饰、无丑化，这是作者情感和修养问题。这要靠提高素描写生能力来解决。

蒋兆和先生最初在彩墨画科教人物画，后在绘画系教授国画写生，具有一定的影响力。

图1　报童（蒋兆和作）

自　画　像

　　在天津河北省立天津中学（旧称铃铛阁中学，后改为天津第三中学）读初中时，经美术老师王雪楼先生建议，我到校图书馆借阅《徐悲鸿画集》，一经翻阅，已被首页的自画像所吸引，后据自画时间可知为"而立"之年所作，颇有人生纪念意义。从此，我便将徐悲鸿先生作为师者，立志学习美术。

　　我考入国立北平艺术专科学校一个月后，学校便改名为北京艺术专科学校，半年后，改名为中央美术学院。学生宿舍名为筠斋，由一位吴姓老者看守。学长们的宿舍均敞门，可见正面墙边挂着木炭画的自画像。观画可知谁住此床位，画风多体面明确、有雕塑感，经得住远观。从自画像的数量、质量可见素描教学之一斑。见画识人能较早知道自画像作者之名。教学楼的画室里都设置有一面立镜。教具科还有台面镜可借用。开学上课不久，我也试画自画像，并且能用两面镜的折射关系画自己的全侧面像，放寒假还带着自画像回家，回母校三中向初三学习时的美术老师胡定九先生汇报，包括自画像在内的学习成绩，胡老师也高兴地将我的素描作品转示后学青年校友。

　　自画像，尤其是素描、速写自画像，起手方便不需要请他人配合，也可称为"自我表现"。（见图1）只需一面镜子，便可将自己的形象特征，近距离地认真观察研究。学生作自画像可先以素描手段画出，有了认识基础后再用色彩表现；也可坚持用素描常画常新，积累素描经验；自画像表现上可繁可简，可快可慢，可在构图上具有一定的创造性。如头像、胸像、半身、全身（坐或立），人们称之为面对面的写生艺术。

图1　自画像（1957年）

齐白石先生的水墨画示范

齐白石老先生是中央美术学院客座教授。记得1950年秋，学院请齐先生到校作画和示范，有新闻电影制片厂当场录像。齐老是在"U"字楼42教室示范，在摄影灯照射下画虾。齐老用笔稳健、笔笔到位，最后画前足和长须时有如写字，悬时运笔，细线均匀挺拔，尽显一位老画师的笔墨功力。停笔完工后，围观的师生报以掌声。虽未听到齐老讲授什么，但能够亲见齐老动笔作画也是幸运的。我曾听学长说过，请齐老写几个字，他很认真地将一张纸反复折叠，不轻易动手，待构思成熟才动笔写字，可知齐老不是随便挥毫的人。30年之后，在广州，我曾听李可染先生谈起追随齐老学画多年，可用一个"慢"字来概括。李先生以自己的心得为慢，所针对的是画界的流行病——急躁和浮华。只有去掉浮躁之心态才能达到稳健的功效，能够持之以恒，再动起手来，可不同凡响，学画、学习各种艺术均此一理。

齐白石先生善画虾，完全是数十年的心得积累之功。虾身用没骨法，虾足和虾须用勾勒法表现，既是骨法用笔，又气韵生动，将笔墨的功能发挥尽致，加上题款署名，更显光彩。

阅读苏联杂志素描插图和学俄文

在读北京艺术专科学校时期，我入学不久就开始选修俄语。任课教师为女性，称班达林克，从字母发音开始。1950年2月，随着《中苏友好同盟互助条约》的签订，两国的文化交流也频繁起来。位于王府井大街南口路东的外文书店经销苏联的文艺作品，有油画印刷品、宣传画（时称招贴画），还有综合性的《星火》杂志。在杂志中报道文化交流，除了文字介绍，总有一些素描插图，如画郭兰英、王崑的速写像（见图1、图2），还有《三岔口》演员张云溪、张春华、张世桐的戏装速写像等（见图3），都具有形神兼备的艺术性。杂志常出常新、价钱不贵，作为学习资料，我总想多看、多买，也是为了学习俄文，即使不买，常去浏览一下宣传画标语，看一看画题作者，也是有收获的。好在学校离书店近，课间休息10分钟我可以跑一个来回，有新的杂志或印刷品到来，同学间还相互传递消息。我对看苏联绘画作品和学俄文都不同程度地有一种渴望，这扩大了我的视野。

图1　王崑像

图2　郭兰英像

图3　京剧《三岔口》（左为张云溪扮相，中间为张世桐扮相，右为张春华扮相）

1950年，中华人民共和国成立后不久，毛主席率团访问苏联，签订《中苏友好同盟互助条约》，两国文化交流也热络起来。中国派艺术团赴苏演出，苏联作家代表团访问北京。中央美术学院大礼堂曾接待法捷耶夫和西蒙诺夫，由徐悲鸿院长向宾客介绍本院教授，其中，着长衫的蒋兆和先生不卑不亢与客人握手。中苏友好、文化交流对中国的艺术教育起到了良好的促进作用。

《星火》杂志对苏俄的美术作品、美术动态时有推介。如某一期《星火》杂志有勃·尤林一篇短文，以《纪念性的会晤》为题介绍列宾于1880年专程访问托尔斯泰的情况，并附上列宾两幅画托尔斯泰的速写，一幅为"坐姿书写"（见图4），另一幅为"卧姿阅读"（见图5），连带环境也表现其中，生动、真实，令人欣赏到繁简相衬的艺术表现力。那时，列宾的油画作品已通过印刷品或幻灯片传到中国，这种伟人的生活速写还是难得一见。学习任何画种，当从基础开始。

图4　托尔斯泰写作（列宾速写）

图5　托尔斯泰卧读（列宾速写）

业余教学活动

　　1952年年末到1953年夏，我与同学贾鸿勋应邀到北京人民印刷厂辅导职工业余美术组的绘画写生活动，基本上以素描练习为主，每周活动一次，因为印刷工艺对美术设计、制版以及辨色能力都有严格的要求，所以必须培养工人们的审美素质。贾鸿勋同学原本就是这个工厂的一名工人，通过努力考入中央美术学院，在即将毕业之时便邀我一起为他工作过的印刷厂做点服务工作，当然是义务性的。经过与工人交朋友，交流素描、速写经验，我还得到《文艺报》的关注，有文章作者沈承宽报道此事，使我也增加了知识。文章云："几年来，曾先后请过左辉、方成、周令钊等同志和中央美术学院同学到厂讲课，其中讲课时间最长的两位同学是郭绍纲和贾鸿勋。"前面提到的3位都是老师辈的专家，而我们还是在学的未毕业的学生，不可同日而语。图1为列宾作的素描女像，图2为吴作人作的齐白石像。

业余教学活动

图1　素描女像（列宾作）

图2　齐白石像（吴作人作）

20世纪50年代，在读中央美术学院二、三年级时，我先后受教于肖淑芳先生和吴作人先生。肖先生授水彩课，吴先生授油画课。我当时与两位接触较多，因为在课堂，我作为班代表负责课前准备工作以及课后的收尾工作，两位先生待我都很亲切，我也曾因事拜访过先生。

1953年，我们有5位同学分配到武汉中南美术专科学校工作，吴先生还特别嘱咐我，武汉美术界有位杨立光先生，要多向他学习。可见先生诲人不倦的胸怀。

1955年，国家选派我为赴苏留学之一员，入读列宾美术学院油画系。我首次接触到灯光素描作业，画石膏像和五官模型以及人头像等。每日早晨9时到11时为素描课固定的时间，11时至午后1时为油画时间，因进入秋冬季节，夜长日短，要将光亮的时间段留给色彩课。

在涅瓦大街有间国际书店，我经常要去翻阅一下。有一次，我突然见到有《吴作人速写集》在书架上，为硬盒的套装散页速写集，题材多样，如具有代表性的劳模贺松庭速写像，西北藏族地区的生活人物速写，我当即决定用节省下的助学金买下，作为学习的范本。我获此集有如又遇师教。

吴先生在油画课中指点耐心、低声恳切，常以伦勃朗作品为例，提高了我对油画的欣赏力。我入学不久，就在大礼堂的文联美展上展出吴先生的《负水藏族妇女》，阳光下的河水似在流淌，让我见识了油画刀笔兼用的技法。

素描同学张平良

我与张平良同学同伴4年，未曾相互画过。1953年，我们毕业即将走上工作岗位，她被分配到北京的人民美术出版社，我将赴武汉中南美术专科学校任教，便提出请她做模特，也是为了备课。从预科到本科，我们都是丙班的同学，而且都是班干部，刚开始，系里安排我为劳动干事，每周有一个下午集合同学们列队步行，经苏州胡同出城到一块菜园地，参加一定的农业劳动。张平良先为学习干事，后为班代表，班干部要经常在一起商议班上的活动，包括集体的文娱活动。有一次，她还请我到她家里去。她出身于一个教师家庭，有良好的家庭教养。学生会成立腰鼓队，也是宣传队的组成部分。腰鼓队员有十余人排成两行，在行进中打腰鼓，要求统一服装，头扎白毛巾。令人佩服的是，张良平、赵友萍等较高的女生都和我们男生一样，扮成陕北的汉子。在参加抗美援朝、京郊土改以及五一节、国庆节的游行队伍中，中央美术学院的男女混合腰鼓队行走在街上是令人注目的。

图1　张平良同学像（1953年）

1960年夏，张平良与杨先让学兄送给我的一套重新再版的《画论丛刊》（上下册），成为我经常翻阅的读本。每次打开书本，我都能见到他们两位赠书的签署，让我感念至深。

今将66年前张平良同学像（见图1）公之于世，留下青春的回忆，供后人参考。

两幅素描像的纪念

1953年夏,我们在一片掌声中毕业,听从分配宣布工作,走向不同的地方。在工作志愿的表格填写中,大多为服从祖国分配。被分配到武汉中南美术专科学校的有袁浩、杨之光、冯玉琪、夏略和我共5人。在临行前几天,我分别向靳尚谊、蔡亮两位同学请求为我画一幅素描像,以作纪念,他们都未迟疑,满口答应。初入国立北平艺术专科学校,我与尚谊均属丙班,到二年级时又重新组合,尚谊被编入甲班。蔡亮是1950年年初从上海招入的,在寒假新增了一个丁班,由吴冠中先生任教。尚谊与蔡亮的素描成绩一直很优秀,而他们的年龄均相对年轻。他们的素描纸是我提供的,这种偏黄的素描纸是我在天津的旧货摊上买到的,他们都不同程度地在碳铅笔素描的基础上施加白色粉笔,加强了调子的明度。尚谊画我正面像的构图因有颈肩、衣领而比较圆满,可以胸像称之(见图1)。而蔡亮画我的侧面像,重在头面的概括方面,并题注"画于我赴武昌前夜"(见图2)。非常可惜的是,蔡亮英年早逝,20世纪70年代末,我出差杭州还探望了他的夫人张自嶷同学。我写《我的素描之路》,从中得到的启发:友谊是一种来自双向(或交互)关系的情感。我也特别在书中公开,供更多人欣赏他们早期的艺术成就。

 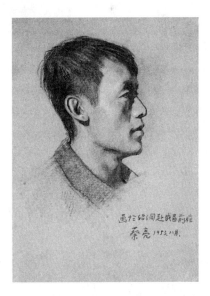

图1 靳尚谊为郭绍纲画像(1953年)　　图2 蔡亮为郭绍纲画侧面像(1953年)

黄渭渔助造梦

1953年8月中旬,我到武汉中南美术专科学校报到,因在假期结束约3个月后,中南美术专科学校的广东师生才集中到武昌解放路校部,有女同事黄渭渔乐意为我们在进修的人做模特,我们便共同留下此幅肖像(见图1)。数十年时光飞去,斯人已逝。观像思念之情顿生。

图1 黄渭渔像(1953年)

初到中南美术专科学校

1953年,到中南美术专科学校不久,我就接到校方给的任务,即设计临时教室。那时的教学楼还在修缮中,我便与搭棚工匠商议有关美术教室的设计要求,诸如采光、防水等方面的问题。因为临时教室要搭建在操场西边，所以我们商定方案分为两排，共 10 间教室，并预计建成时间。中南美术专科学校是由武汉、广州、广西三地的美术教育单位合并而成，教学专业有绘画系、雕塑系和图案组，绘画学生只有一、二年级，一年级分为甲乙丙丁戊五个班，二年级一个班。素描教研组人较多，组长由王道源先生担任，副组长由周大集和徐坚白两位先生担任。水彩教研组组长由杨之光老师担任。我是素描教研组和水彩教研组的成员，并负责二年级素描助教，教授是王道源先生。我还兼任一年甲班的水彩课和乙班的速写课老师。在开课前，有一段进修素描时间，我画了几幅素描人体，图1、图2、图3就是进修之作，签名日期是11月3日。因学校初建，开学典礼日在11月19日，与中南音乐专科学校同时在校旁的电影院举行，校长胡一川、中南音乐专科学校校长程云均在典礼上致辞。这一日也就成为了之后的广州美术学院的校庆日，至今已过 67 年。

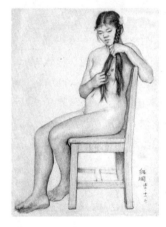

图3　女裸卧像（1953 年）

图1　女裸坐像之一（1953 年）　　图2　女裸坐像之二（1953 年）

预备留学与出国

　　1954 年，我作为留苏预备生，首先入读北京俄语专修学校，它位于西单鲍家街，一个学期后迁入西郊外语学院二部。当时按班编号约 30 个，我原属 4 班后又编入 3 班。对很多同学来说，学俄语带有突击性，要在一年内达到基本要求，对我来说则属延续性的学习，因为我自 1949 年 9 月在国立北平艺术专科学校就开始选修俄语，教师为女老师班达林克，断断续续已有 4 年的基础，所以到外语学院继续学俄语并不觉

我的素描之路

得困难，可以达到出国要求。这一年，我还要量体制作服装，为出国做准备，并由我代表6人向文化部艺教司领导申请学油画所需要工具材料的购置费用。这一年没有动笔作画，只是利用节假日回中央美术学院看看。在寒假过后不久，在中央美术学院举行首届全国高校素描教学会议。中南美术专科学校也有老师代表参加，我间接知道俄国的契斯恰柯夫的素描教学法，但对其内容全然不知，听说契斯恰科夫是列宾·苏里柯夫等诸多巡回展览画派成员的老师，契斯恰柯夫是一位良师，但苏里柯夫·列宾等巡回展览画派成员的创作灵感和成就与当时的民主主义的进步思潮的影响是密不可分的，绝非素描教师一人之功。

图1　素描石膏像作业前草图（1955年）

1955年8月下旬，我们由北京火车站出发，经边境满洲里站，共经过了7天7夜后到达莫斯科，由中国驻苏使馆人员和学生会安排活动一天，当晚就乘火车转赴列宁格勒（今圣彼得堡）。因距开学还有一个月，在老同学全山石、肖锋、林岗等安排之下，我们先进入学院的画室以熟悉情况，并先预习画起静物来，他们为我们未来的学习考虑得十分周到。

开学后，首先接触的是朝鲜裔的素描教师边月龙先生。在他的指导下，我使用铅笔完成了几幅石膏像，最后完成了一幅穿白短袖衣的女胸像（见图1），这是一幅获得满分的素描。按教学要求，在题签时要将指导教师的姓名写上去。经过半个多世纪，广州美术学院美术馆与广西美术出版社合作出版发行《教学素描典藏》，仍以此幅素描用于封面，引起我的很多回忆。

在格鲁布柯沃农村实习

1956年春夏之交，我们随班到列宾美术学院农村教学实习基地——格鲁布柯沃。先后由赛·乌加洛夫和边月龙两位老师指导教学。

边月龙先生富有东方人的情结，对中国留学生很关注。他指导我们画附近的一棵大松树（见图1），画幅高43厘米，宽32厘米，我认真画了几次才完成。要将树干与枝叶的长势和先后关系交代清楚，非一般速写的功夫所能完成，这是一幅认真的铅笔素描作业。邓澍同学在我前面写生，我也将她纳入构图。在由广州美术学院编辑、新世纪出版社发行的《绍纲素描集》中，此幅素描被编排在画页的最后。图2为我在格鲁布柯沃农村实习外景素描写生时旁有小朋友一起作画。

我曾见到一本《高剑父作品集》，其中有一幅作者早年在日本留学的写生素描，使我联想到东西方美术教育的异同。我国山水画以及欧洲各国的油画风景中，林木占据很重要的地位。中国传统绘画更赋予松柏以长青、长寿的象征意义。学艺者欲画好山水林木，应当从画好一棵树为起点。

1956年暑假，我参观了列宾晚年住所。（见图3）

图1　树的素描

图2　在俄农村格鲁布柯沃实习外景素描写生，旁有小朋友一起作画

图3　1956年暑假参观列宾晚年住所

列宾美术学院的素描教学

素描教学要求在周一至周六每日从上午9时至11时固定两小时的长期作业，每周安排一个下午，为人体速写练习，每15分钟模特自动变换姿势，无老师指导。

素描课由浅入深，按年级增加难度，由石膏像到人物头像、胸像，再到带手半身像，中间穿插人像面面观作业，双手特写，以及手的解剖石膏模型。

到二、三年级就已安排全身人体课，画幅由小到大，既有全身的着衣人物，也有结合解剖课，作骨骼结构写生（见图1）。

在双人写生前，安排双人体作业，均在灯光下照明，调子光暗对比强烈而微妙。最后为着衣双人组合写生作业，双人关系按身份、生活情节而有不同的变化。

每个作业写生的总时数由三四十节到六七十节不等，保证循序渐进地从容深入地表现，以保证严肃认真的完整性。每学年分三段制，春与冬在画室学习各4个月，6、7月为外出实习教学，8、9月为暑期自由休假，也可与实习一起度过，可充分利用阳光和白天时间。每年新学年开学时间为10月1日，较其他高校推迟1个月。图2为中国留学生集体复习解剖学。

进入二年级，导师有弗明和梅迪维柯夫，前者指导的作业如《手按铁锹的男工人》（见图3），后者指导的作业如《站立双手抱后脑男裸青年》（见图4），这幅素描获得满分。

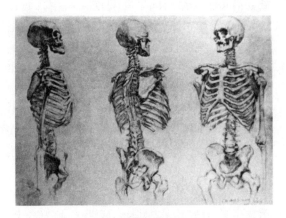

图1　人体骨骼写生面

图2　中国留学生集体复习解剖学，左为王宝康、右为周本毅

进入三年级，指导老师为德布列里，是一位德裔教师，并担任油画系主任。他指导素描作业一般是不动手的。他见我画一幅老妇人速写像时，便在我这幅素描边下方也画了一个缩小的头像，特别强调了两只眼深陷的整体感，对观察方法颇多示范意义，我便将老师的笔迹保留了下来。

在面对《站立双手抱后脑男裸青年》作业时，我想换一种表现方法，即用炭寿司，这种炭寿司可干画，也可磨成粉用水调着用，可浓，可淡。毕竟我没有经验，先起好轮廓，再在左腿暗部和背景投影处大面积使用水笔，见效果不佳，与碳棒的线条不协调，便停止了用水笔，而且要设法用线条破掉匀净的水痕，使画面统一协调起来，颇费了心机。作业完毕不久，我见到系办公室将这幅人体素描拍成照片放入镜框挂出来，问到缘由，系干事回答，这是教学研究的需要。《站立双手抱后脑男裸青年》素描作业被用于学院素描教学研究之例，使我喜出望外。我于是便到大楼底层摄影工作室订印了10幅画照，留作资料并分送给人。老师的指导，职业模特的健硕，是应当感念的。今日回看,仍未失新鲜的感受。

图3 《手按铁锹的男工人》

图4 《站立双手抱后脑男裸青年》

回国实习的暑假

1957年暑期,我从当时的列宁格勒(今圣彼得堡)列宾美术学院回国实习,这是对美术专业生的特殊照顾,要求美术专业生多一些国内生活的体验,其他专业不论是四年、五年或是六年学制,都是一路学成才能回国工作。

我弟绍源曾与我同读天津私立卞氏小学,年龄相差4岁,而上学只差2学年,即我读三年级,他读一年级。我们都在一间大教室里上课,因此有2年,我们上学相伴而行。

绍源初中毕业后考入天津市卫生学校,那时中华人民共和国已经成立了。政府号召青年学子参军,他积极报名得以入伍,经复查,因前列腺问题不合要求,又被送回学校继续读书。卫生学校毕业后,他被分配到防疫站,最后到红桥区防疫站,做了几年防疫站长至退休。多年来,兄弟工作南北分离。20世纪60年代初,我们夫妇曾回津探亲。源弟也已结婚,我们得以在"华东照相馆"拍摄一幅"全家福"。回广州后不久,我得到父亲去世的噩耗。数年后,母亲亦离世。全赖吾弟与亲戚朋友协助料理后事。进入21世纪,弟媳崇惠来电称绍源不幸逝世,我在电话中哽咽,告慰她节哀保重。

因写作《素描之路》，翻出我弟绍源之画像（见图1），我多有对同胞兄弟之感念，父母二老的晚年全赖他奉养照顾。

图1　半小时速写绍源（1957年）

列宾美术学院校庆200周年

1957年是列宾绘画雕刻建筑学院200周年校庆，它原为圣彼得堡城建初期，1757年成立的皇家美术学院，十月革命后得命现名，至1957年已是200周年，由院长奥列申尼柯夫主持院庆纪念活动，同时在学院美术展览馆举行了全苏美术研究院院士的作品展览，令学生们大开眼界，反响也很热烈。与此同时，给每位师生颁发一枚建校200周年的纪念章。

院长奥列申尼柯夫生于1904年，1924—1927年在列宁格勒（今圣彼得堡）高等工艺美术学校求学。他的油画代表作《列宁在大学受试》于1948年获斯大林奖金。油画《彼得格勒城防司令部》（1917年10月）于1950年获得斯大林奖金。还有芭蕾舞演员、钢铁工人、雕塑家等一系人物肖像作品，从这些作品中可以看到作者运用色彩的和谐，凸显素描功力的深厚与儒雅文静的艺术风格。在20世纪50年代后期，还为中国留学生李玉兰画了肖像。

奥列申尼柯夫于1953年出任列宾美术学院院长，同时在学校设有奥列申尼柯夫工作室，接纳了多位中国留学生。每年的五一劳动节和十月革命节，奥列申尼柯夫院长都会加入师生的游行队伍并与大家联欢合影。

奥列申尼柯夫逝世于1987年，享年84岁。

图1、图2的素描作品是我在1957年、1958年作于列宾美术学院。

图1　绍纲作于列宾美术学院之一（1957年）

图2　绍纲作于列宾美术学院之二（1958年）

全身人物素描与局部试写

1958年，我曾画有一幅《持板锉和手锯的工人》（见图1）。此前还画有一幅局部写生组合，即侧面头像，右手持锉、左手持锯的双手以及穿皮靴的右脚（见图2），均用炭笔写生。虽无素描人物构图的整体性，但作为素描写生练习的一个过程不失观察写生、研究的记录价值，而且对于整体地表现人物内容是有经验意义的。在这个过程中，观察比较如何选择整体人物的角度。在灯光照射下的坐姿工人，身姿投影乃是画面光暗重要的组成部分。经过思考斟酌，我决定用铅笔从正面角度写生，工人坐在模特台上，我亦为坐姿写生于台下，视平线较低，许多局部远近透视明显（见图2）。

局部写生的那一幅利用灰色纸，面部、手部均可见粉笔白色的画痕，这也是素描传统多用的技法，目的是提升调子的明度，调子的明度不仅对素描，而且对色彩绘画都是重要的。铅笔人物写生虽使用白纸，但因经受一定时间的光照，逐渐氧化，变回淡黄。铅笔作为写生工具材料，其优越性在于有软硬铅笔的差异，可以先硬后软，加厚浓度，易于擦拭，表现层次过多会产生凌乱，可用较干的馒头屑或面包屑平放画纸上摇摆滚动，可洗淡画面，利于再画。

图1 《持板锉和手锯的男工人》（1958年）

图2 素描习作

素描习作的准备

素描练习，写生的时间有长有短，各类作业内容和范围也不同。例如，画全身人物不同于画头像和半身像。课时相对长一些，自然也有长短之比较。总之，时间根据作业要求自有保证。为了慎始善终，要做好先期的准备，循序渐进。除了人物的比例，头、手、腿、脚都是不可放松的重点，故先作速写，做些观察准备。后又改变了写生的角度，选为正面描写，工人面部多了明暗对比，表示了作业前后的探索过程。

我在班集体素描写生中常选边位，从侧面描写人物并不是提笔就画，而通过认真观察做些准备工作，如图1到图2并非一致，角度上有所不同，从耳朵部位及面部眼睛对比可以发觉。

素描习作的准备

图1　局部素描试写（1959年）　　　图2　全身素描

画室中的速写是很重要的素描实习，可分为两类。一类是人体动态速写，由学院供应模特，可男可女，都是职业模特，男模大都比例匀称，肌肉发达；女模也多身材较好，也有肥胖者。男女模特都知道如何摆姿势，并能设计动态，熟悉画者的要求，每15分钟变换1次，中间休息几分钟，1个钟头可有3次的速写成果。学院提供模特，每个班1次，都安排在下午，时长两三个小时。每次可有近10幅的速写成果，没有教师指导，一切由班长负责联系。

另一类速写，是长期作业。开始时先作速写小稿，或在作业期间另换角度，或另换临近的模特作速写练习，有时也会有跨班级的自由组合，或灵机的速写活动，也有由同学自己作为模特的速写。《失去双手的画家》（见图3）就是自己做模特的同学，供大家画速写。他叫普其岑，"二战"后在清理未爆炸弹时他失去了双手，但这未能阻碍他学习美术。他于1956年考入列宾美术学院油画系，使用双臂下端夹着笔调色作画，毕业后，他曾到中国访问。其事迹对双手健全的学子应有启示作用。我有幸能够为他画像。

尤拉·玛修金（见图4）是一位失聪的油画学长，从这幅自画像可以看出他的写实风格。我们曾住同一楼宿舍而不同室，他有时也到我们寝室串门，出示一下自己的速写、素描。他只能用手语，难交谈。记得他比我要高两届，在学期间已引起媒体的关注，此自画像是从报刊上剪下来的资料。耳朵失聪的人在学艺方面其困难要大得多，对耳聪目明的健全人来讲，当知自己的优势，努力学习而游于艺。

我的素描之路

图3 《失去双手的画家》　　图4 尤拉·玛修金自画像

尤·米·涅普林茨夫工作室

1958年秋，我与邓澍一起进入涅普林茨夫工作室学习，涅普林茨夫教授是苏联著名油画《战罢休息》的作者，他因为在1941—1945年参加卫国战争，有五年的军旅生活。他的这幅作品经过自己的双手复制再复制，其中有一幅复制品于1954年苏联领导人访问中国时，作为国礼送给中国，传藏于故宫国礼收藏馆。

涅普林茨夫教授生于1909年8月15日。

1934—1938年，学于美术学院的勃罗茨基，并留校任教。

1954年，在美术学院主持工作室，聘请米哈依洛夫教授为画室素描教师，后由赛瓦斯契扬诺夫接任。油画教师还有阿·阿施巴特。

1965年，获"全苏人民艺术家"称号。

1970年，获"苏联美术研究院院士"称号。

涅普林茨夫工作室有一位助手阿·德·阿施巴特老师，他已有到中国以专家身份办油画训练班的想法，曾向我了解一些中国的情况，后因外交关系不顺未能成行，训练班便由中国教授任教。

涅普林茨夫工作室教学的模特选择与摆设，尽量向生活朴素自然靠拢，不偏重衬布色彩的装饰性，这从我的许多人物写生习作可窥一斑。

长宽的画室中间有帷幔相隔,在两头相通,有些短期作业,男、女人体均有。我作画多选后位,或边位,因可行动自由,而不干扰他人。

涅普林茨夫工作室有一位专任素描教学的米哈依洛夫老教授,据了解,他曾是卡尔陀夫斯基的学生,而卡尔陀夫斯基是列宾的学生,米哈依洛夫在教学中时有隔代相承的列宾的口头语,启发学生把握素描表现中"有与无"的分寸感。我理解为有如中国传统绘画中的"意到笔不到"。

在我画《手攀画架背立的男裸体》(见图1)作业时,米哈依洛夫指出踝骨突起左右高低不明的问题,自此要求观察细致,明确了内踝高、外踝低的认识。非常遗憾,这幅作业尚未完成,米哈依洛夫就逝世了。在沉痛的奠礼之后,我们跟随灵柩至墓地下葬

图1 《手攀画架背立的男裸体》

永别,米哈依洛夫时已 70 岁有余。他生前,我们曾向他表达到他府上拜访的意愿,被教授婉言谢绝。他解释说:"多年来,我未曾画出什么东西可以提供给你们看,是很遗憾的事。"

而涅普林茨夫教授曾接受了我们的拜访,厅内挂有教授为他夫人所作的肖像,由于我们同时得到夫人的接待,因而人与画可以对照欣赏。

继米哈依洛夫之后,画室素描课由塞瓦斯契昂诺夫老师继任指导,他见我前几幅作业大都为用铅笔完成,便建议可试用多种材料,这也正是我的意愿。用铅笔画容易尽细入微,先改用褐色炭棒,便画一幅划船姿势的男裸体。未久,进入双人作业,先从双人裸体开始,待进入着衣双人作业,便选用瓦特曼水彩纸和捷克产的人工炭棒。水彩纸纸面较粗韧,人工炭棒较松软,近似木炭条,但色泽均匀,便于放手写意。双人作业的难度在于把握模特双人的对比与内在的整体联系,调子明暗的统一,要处理好主辅、高低、远近的空间关系,在光源统一的情况下,明暗和不同质物的色泽分布产生丰富的对比层次,准确地留白,保持应有的明暗对比关系,突出亮点、重点,才有画面醒目的效果。图2为我的素描习作。

我的素描之路

图 2　素描习作

同学的速写赠品

　　1958 年，我从列宾美术学院位于涅瓦河南的宿舍迁至学院旁边的岸上四街宿舍，居住未久。新生入学时间不长，有位年轻人经常到我们居室访友，每次进屋都带个速写画夹，与友人作艺术交流。我也很好奇地看他的作品，让我惊异的是，这位新入学不久的同学画艺熟练不凡。当我称赞他的速写后，他很大方地说你若喜欢可以随便选一些。我没有客气，前后选了几次。他已是我室的常客，姓里斯特柯夫，图 1 至图 5 是他的作品，分别为自画像、女孩像、女坐像、4 个月大的娜达莎、入睡像。

同学的速写赠品

图1　自画像（里斯特柯夫作）　　　图2　女孩像（里斯特柯夫作）

图3　女坐像（里斯特柯夫作）　　　图4　4个月大的娜达莎（里斯特柯夫作）

图5　入睡像（里斯特柯夫作）

契斯恰科夫与其教学法

契斯恰科夫（1832—1919年）为俄罗斯皇家美术学院布鲁尼和巴辛的学生，获奖学金留学南欧意大利等国，1872年回母校任教。

契斯恰科夫的素描教学观念、方法影响深远，其要点为：

（1）坚持现实主义，提出"感觉、认识和掌握即是艺术的生命，反对盲目崇拜古希腊、罗马艺术模式"。

（2）推进素描教学与创作实践相结合。他强调："艺术是充实的、完美的，不是自然的翻版，不！它是心灵的产物，是人的精神，其本质是反映世间崇高的侧面。"这种论点，拓展深化了人物表现的内涵，增强了课堂作业的真实感受和艺术魅力。

（3）因材施教。与同学交流，倾心谈话，不迷信天才。

（4）五个调子的创立。黑、白、灰、高光、反光，既是理性科学法则，又是一种艺术语言，置真实体感于空间、空气、虚实、质量和光的美学语言。关于认识客观与完善创作，他认为："崇高和严肃的艺术……不能脱离科学而存在。崇高的艺术属于那些美术科学家，而不属于那些只靠天才的人。"

（5）契斯恰科夫在教学中强调工作的顺序性。他说，"每种事情……都要求一种不变的顺序，要求一切在最初开始的时候，不是在中间或是末尾，而是从头、从基础着手"。他曾说："在您尚未把一切考虑周密之前切勿动手去画。"总而言之，只有慎始才能善终。一切匆忙起手的后果，往往是欲速则不达，记住程序、循序渐进是重要的学习方法。

契斯恰科夫谈素描教学

契氏的劝告是改善素描教学方法的源泉。

契氏教学体系是苏联美术学派的基础。

契氏以"一切地方都有任务"的要求培养学生对待工作的自觉的态度和目的性。

"自然是你们的母亲，但你们不是它的奴隶。"

"主要是要使学生惯于用眼睛衡量和理解形体。"

用"希腊人是照着人塑造出来的"来理解石膏人物。

苏联学派：

一年级以石膏像、人像为主。

二、三年级学习性素描作业，可提出如下的任务：

（1）研究透视和人体解剖的一般规律，获得在实践中运用这些规律的技巧。

（2）研究不同类型的人的解剖构造的特征，掌握心理描写技巧。

（3）学习用素描手段（线条和调子的手段）来表达模特的特征、形体的质量感、光线、空气感和空间感。

素描课程由几种作业构成，"长期作业"在课程中居头等地位，它是素描学习的基础。此外，必须作有系统的裸体，着衣人体速写，还必须作记忆性和想象素描。

长期作业按部就班地进行：

（1）严格按照模特的动态和个性在画幅上安排人体。确定人体各个大块形体的比例。

（2）仔细地研究形体，并保持整体感。

（3）概括和突出该模特的主要特征，抛弃或减弱次要的细节。

必须把第一个小时用在模特的研究、观察、理解人的特征比例、动态、光线的研究（可先作构图草稿）。

在前三年用铅笔炭精条画素描，可免于用外表效果的手段和美丽的笔触掩盖对形体的无知。

常见"典型的"缺点：

（1）不遵守完成素描的顺序。

（2）轻视造型解剖学和透视学。

（3）破坏调子关系和不善于利用细节。

不遵守顺序会造成被动，力求马上解决一切任务，结果一个任务也不能彻底解决。

速写素描裸体人物（见图1），是绘画、雕塑、工艺设计的基本功，不同的是各专业的课程结构，侧重点各有区别。

无论男、女、老、少，在颜值、身体、体态均有不同的客观存在，以各种艺术形式表现这些存在，给生活增添审美的精神力量。各美术专业都须在写生中得到从感性到理性的认

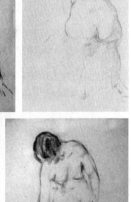

图1　素描人体像

知，从学习经验中获得一般的或共同的规律，从共同性的比较中，发现对象的独具的个性。

通过素描基础研究人体结构、生动历程和精神体相，与生物学、医学的研究方向是不同的。美术学院的人体写生课的要求应当严肃认真地珍惜时间，从严要求，才能达到练功的效果。

首先，要在观念、程序、步骤上取得经验。写生对象大都为比例正常、身体健康的人，但也有偏高、偏瘦等特殊性。其次，要观察到并画出真实的比例和动态。

素描人体有半裸、全身裸体之分，全裸又有卧、坐、立与动静之不同。

列宾美术学院除了给学生提供人体素描之外，每周安排一个下午3个小时的人体速写课，我多画全身的速写，画动态不同的姿势，除了前面讲的比例结构动态，还要注意重心和支点的适当与平衡。人在站立中，选取重心所在，如单脚负重，脚跟当与第七颈椎上下呈直线关系。

实习于北方俄罗斯

1958年，中国留学生油画专业与舞台美术专业共7人参加学院组织的教学实习，由乌加洛夫领队，还有苏联同学，共10余人，去到北方沃勒各答城市一座名为费拉奔特夫的教堂里，同时也参观该教堂的公元14世纪的壁画。壁画作者基阿尼斯是一位俄国美术史上的著名画家。除了参加城堡式的建筑作油画写生，晚饭后，大家还聚在一起观摩。按教学规定，写生作业不仅是油画，还要有一定的素描风景写生。19世纪，俄国不少画家都有这方面的范例发表于书刊上。我自然要抓紧机会实习，用铅笔画了一些风景画如《北俄农村》（上乾村）及《基利洛夫农村》《雅拉斯拉夫希郊》等，选入《绍纲素描》（新世纪出版社2004年版）发表面世。

实习基辅一行

1959年夏，中国留学生一行6人先到基辅参观，拜访了著名画家戈里哥利也夫，参观了他的画室。他介绍了自己学习色彩调子的方法，即以名作为摹本作小速写练习掌握大关系。在他热情接待后，大家合影留念。我们还有计划地拜访了著名女画家雅布隆斯卡娅。在电话预约中，她说因在孕期不方便待客，婉言回绝。我们此后参观了基辅艺术博物馆，得悉基辅美术学院师生正在德涅泊尔河西岸的康涅夫教学实习。我们遂去康涅夫和他们一起交流写生。当地景观很好，河中有沙洲，基辅美术学院师生对我们很热情，视如一家人。画人物还要为我们付模特费，但未被接受，因为列宾美术学院有这方面的费用支出。在交谈和休息中间，我为基辅的同学画速写像，也是表现乌克兰青年的形象。另外，以油画作穿乌克兰服装的人像写生和速写。有位青年教师到过广州，曾画过一幅戏装男演员扮相的画，该画已被印成明信片。

值得回忆的是，在德涅泊尔河，我学会了游泳，而且是先从仰泳开始漂浮。据说有位基辅的同学水性特好，他能手托画箱游到对岸去写生，堪称师法自然的特技，扩大了游于艺的空间视野。

这次实习期间，记得我们还应邀到苏军部队做客，受到官兵的热烈欢迎，并联欢、聚餐、合影留念，友情永存于记忆中。

此行离校前，我与邓澍都申请继续利用实习时间到红军部队去体验生活一段时间，没想到部队无女性生活设施，便只批准接受我一人独往，我便到当时的列宁格勒（今圣彼得堡）北一处炮兵师驻地报到。先有一位中校接待，他已知道一些情况，总是在向别人介绍我时，强调我已是中央美术学院毕业生，又到列宾美术学院学习，看来他们很重视一个人的学历。他们不能满足我开始提出的与战士们同吃同住同训练的要求，理由很简单，因为我是穿便装的居民，插在队伍中是不方便的，难以指挥。我理解他们的安排，给我住军官宿舍三人一间屋，我不能随着队伍去训练，只能在机关附近，围绕炊事班活动。但是，这种安排也有很大的灵活性，每餐开饭前都有值班的军官前来试餐，餐后写

图 1　玛卡雷切夫·伊凡诺维奇

出评语。开饭前后是我接触官兵的机会，我可约他们安排时间为我做模特。他们大多为来自农村的纯朴的青年，可亲可爱。他们常常互相介绍，让我知道所画人物的情况。我画的除了少量的油画速写，多数为素描肖像。未久，一位少将首长约见我，要我给他画像（见图1），我提出的条件是"我画两幅，请你选择一幅"。他同意了。此时已是9月中旬，正值中华人民共和国成立10周年之际，部队为我在礼堂举行一次观摩展。我将一个半月所画数10幅作品挂在屏风上，请大家评议，与此不久，部队还召开一次庆祝中华人民共和国成立10周年纪念大会，自然也安排我发言致意，我表示感谢。愿友谊长青。

这次部队写生观摩展也可以说是我的首次小型个展。苏军炮兵师想得很周到，设有一个展品回音意见簿（见图2），还专门设计一个封面，部队各层级的服役者都有所反映，大多是称赞的声音。为了翻译客观、准确，我曾请外语教研室卢振南老师翻译出来，现选择转录下列一些意见，从中可以感受到那些淳朴的军人的热情。限于篇

图2　郭绍纲展览作品意见簿封面

幅我只能择些录出。例如，"怀着极其满意的心情观看了郭绍纲作品展，不难看出其全部作品的一根主线就是力求表现苏联军事的最好、最重要的特征。我认为这一点在肖像画的质量上不是经常能很好地反映出来的。有些肖像画失去形象特点，当然这么短的时间是很难抓住其特点的，但在所有的作品中，可以感觉到艺术家的风格，当然展出的作品不多，而且是快速完成的。我要重复一句，我们还是得到了极大的满足，因为其主要目的——表现苏联军事的特征已经达到了。十分感谢您。"——奥斯特洛夫斯基中尉。

"十分喜欢您的作品！"——列兵布雷西耶夫·茹可夫·克雷洛夫等7人。

"我们是一些苏军军人，感到特别高兴。郭绍纲同志在我们这里画了很多很好的肖像画……衷心希望郭绍纲同志在工作中取得成就，中华人民共和国和苏维埃社会主义联盟兄弟军队战士的友谊……"

"我怀着极其满意的心情观看了我们中国朋友郭绍纲的画展。这些画作，肖像画、油画，我不仅仅是以一名苏军战士的眼光，而且是以一个尚未毕业的艺术工作者的眼光来观看的。我在高尔基城的艺术学校读完了三年级，郭绍纲同志的作品给我留下了强烈的印象。郭绍纲同志描绘了我们苏联军人（见图3），在一些作品中，他不仅善于揭示和表现出战士的印象，同时也揭示和表现了他们的性格，最出色的战士作品之一是通讯员准尉的肖像画。"

图3　素描军官、战士肖像

"是的,可以充满自信地说,郭绍纲同志在我们部队的工作是出色的,郭绍纲同志的画稿、写生、肖像画是有助于他建立两国、两军友谊的卓越作品。"

"怀着极其满意和密切注意的心情,观看了我们中国朋友郭绍纲的作品,我很喜欢……描绘了苏军战士及其性格……很多肖像画很值得重视……"

"观看了画展,衷心感谢郭绍纲同志在创作中对我们战士的重视,祝您取得新的成就。"——军校学员

图4 为我在展板前与苏军战士交流。

还有大半留言不再多录,在苏联学习生活,除了课堂画室学习,就是到不同的地方深入工、农、兵生活,最后就是参观美术馆、博物馆,吸收前人的经验。我有幸在苏军炮兵部队生活近两个月,画了一批写生作品(见图5),同时也传播了友谊,得到了苏军官兵的赞赏和鼓励,对我来说,这段经历是珍贵的,我会永远记在心中。

图4 展板前的交谈

图5 为苏军战士画像

素描教学中的群像作业

所谓群像作业,也就是双人作业,在教学安排中,群像作业应在双人体写生之后进行,就如在画着衣人物之前要进行人体写生练习一样,是为了更好地表现衣着掩盖的实体内涵。

群像写生表现的是双人整体的相互关系,两位模特组合在一起,一般要有预先的构思基础,物色人物模特,如母女、父子、姐妹、兄弟、师生等,也可能是临时组合的朋友、同伴等,在年龄、服装、性别可有区别,二者关系明确或模糊,要有生活的合理性或艺术形象的可观性,如两人的前后距离、或站或坐的高低变化,以及服装色

泽对比，光源的设计等因素，有如导演对演员的要求，无论是灯光照明或是在自然光线下，着衣的双人作业要比双人裸体在调子方面层次更加宽阔，在浓淡对比方面也要愈加丰富。

群像双人作业依画位角度、前后、比重、前后层次关系等因素，要有区分主辅的观念，从艺术表现上区分主辅关系的统一，戒避主辅关系的平均对待。同样的写生角度，不同的画者必然会因感受不同，着眼的重点不同，而表现出自己独到的见解，也是个性风格的体现。

我的经验是，无论用什么工具材料表现，在整体观察方面要形、质、光、色兼顾，使各种对比关系了然于胸。可先作一小草图，试探构图，包括大明暗的分布关系。心中有数，再上正稿。群像作业从摆模特开始，就赋予了一定的创造性，成功的双人写生作业应具有艺术的可观性。故慎始，方能善终。从起轮廓开始，就要认真循序进行，给后续的工作打下有利的基础。

为了保证衣饰的洁白与光强度，几处留白的部位要保持无染、洁净。写生伊始，就要弄清黑白明暗两级所在，了然于胸，以利调子的明快与统一。任何绘画从写生开始，就要知道掌握要领，明确重点，分清层次，使物象浑融一体，使意象或意境深厚。

群像二人的形象的神情特征的刻画，永远是人像写生基础的考验，因二人的距离不同，在比例与空间关系上要有统一的协调和主辅之别。且各有个性特征的表现，自然也能折射作者的情感。

单一人物素描需要安排三四十节课时，群像写生要安排六七十节，这是合理的。当然，为了省时而免去双人作业只画速写亦无不可，关键在于培养具有什么能力的人才。

质疑长期作业的素描教学的必要性时有所闻，以致讽言为"磨洋工"。如明确了必要性，还要明确"磨洋工"的现象产生的根源，是教师无力指导还是学生怠工倦学？素描是一切造型艺术的基础，应属教学者的共识。画家认真画一幅肖像，雕塑家创作一座全身人物雕像或塑像，需要较长时间才能完成，更不用说大型作品创作。常闻十年磨一剑，欧洲文艺复兴时期代表人物米开朗琪罗创作单人体的大卫石雕像用了3年时间。这件作品的头部以及全身仍作为素描和美术史论的教材。艺术品的质量不在于耗时多少，而在于注入的心血。

情感是心血的源泉，情感是启智的动力。多年前，心理学家已提出"情感智力"这个概念，对文艺情有独钟，方能有感而发，而不是无动于衷，冷漠待之。有仁爱之心，始生更多的美感。

我所画的3幅双人作业，依序为《双人体》《坐与立的两女像》和《老者与青年坐像》（见图1至图3），后者为模拟澡堂浴后的一个情节，构思合理而巧妙。素描用瓦特曼牌水彩纸，炭棒为捷克产品，质素松匀，可纵横使用，用到第三幅时已有顺手的经验。后两幅的白衣处均"以黑守白"，保持纯净，增加调子的光强度，这也是经验之谈。

在涅普林茨夫工作学习的两年，米哈伊罗夫教了一个学期就去世了。接任者为较为年轻的塞瓦斯契扬诺夫，鼓励我试用多种工具作素描写生练习，也正符合我的心愿。我的体会是铅笔宜作工笔画，炭条宜作写意画，应为相融互济的关系，关键是写生的目标明确，知道着力点，发力准确，达到力无虚发。

无论是素描还是油画，知道了它们之间的密切关系，要树立坚定的信念，就是外国人能做到的，中国人也应能够做到，关键还是明确艺术目标，走自己的路，追求自然高尚和深度。

这里 3 幅双人作业对我来说有一定的代表性。我始终强调，老师在摆模特过程中反复推敲也是个创作的过程，这个过程从作业写生对象的构思以及选择模特就开始了。有了美好的写生对象的组合，才能检验写生的效果和成绩。

在列宾美术学院学习 5 年，有关素描老师加上解剖学的教授，至少先后有 6 位老师的指导，我走向一条既宽又远的道路。

图1 《双人体》

图2 《坐与立的两女像》

图3 《老者与青年坐像》

室内素描练习的姿态与空间选择

学校素描教学多在室内进行，大多为 10 人围绕写生对象练习，自由选择位置，有人居先占据前位，多为坐势，以免挡住后面画者的视线。有时我也选坐势，通过前面坐画者之间的空隙写生。但我大多选站势作画，站在外围边缘，可得更多的活动空间，进退自如，不影响他人。

无论坐着画或站着画都要挺胸,手臂伸直持笔写去,挺胸的目的主要是保持视线与画面的距离,便于看到画面的整体效果,手臂伸直是为了便于运作挥写。同时,也要经常后退远观看素描的大效果。在群体围坐的外缘择位空间大,还可以看到同学们的画面进度情况,可以鉴取各自的优缺点。有时,我还选择边缘的角落,写画侧面人物,自加难度练习。以图1为例。

我从素描基础练习开始,全身心地锻炼,日久天长,养成良好习惯,追求画面的远观效果。单看不失分量,在群体作品展览中,对比之下会更显分量。

在远观素描练习的进退中,我锻炼了腿脚的走动能力,挺胸直背成为习惯,也可减缓躯干老化。

图1　侧面女像（1959年）

喜获《画论丛刊》

1960年夏,学长杨先让、同学张平良知道我将与高志结婚,便送我一套上下两册的新出版物《画论丛刊》为贺礼,并用毛笔题签两人姓名和纪念贺词,令我惊喜感动。杨先让比我高一届从艺。张平良与我同班同学4年。1950年暑假,学院组织绘画系、工艺系等专业学生到铁路系统去体验生活,从北京到浦口,沿线各站都派一组作为实习点。杨先让学长为驻丰台铁路桥梁厂五人小组的组长,我是他的助手,为副组长。记得当时,还有中央戏剧学院的师生一组人住在我们宿舍的隔壁。

我们看到了水泥电线杆的生产情况,工人们展开竞赛的热情很高。我们组织工人业余美术组,大家一起画,其中有一位比我大一倍的杨姓工程师也热心学美术,并说搞工程设计需要有美术基础。这使我知道了作画制图与审美的密切关系。工程师的学习精神令我敬佩,同时也丰富了我对美术教育的认识。

再说,《画论丛刊》为河南师范学院（现为河南大学）中文系教授于安澜先生编著的,于20世纪30年代已出版过,又于50年代末由人民美术出版社复印再版发行。《画论丛刊》中作者著述均多,汇总了千余年绘画的传统经验。我认为,中西绘画形式多有不同,但艺理多为相通,相融才能有利于交流、壮大自己,既要洋为中用,也要古为今用。古人画论中的经验、见解、成就非常丰富,作为美术教育工作者,应有广阔的视野和胸怀,以利素质教育和专业教育人才的培养。

《画论丛刊》收入乾嘉年间书画家沈宗骞(号芥舟)所著,《芥舟学画编》四卷(成于1871年)痛斥俗学,详论正法,可为画道指南。此书在日本南画界受到推重,以至奉为金科玉律;对于人物画已有进步的见解。他强调思想认识的主导作用,说:"胸无卓识,笔习恒豀,见之所不到,力之所不能。"识见之高低、深浅、雅俗决定执笔出手表现之正误,深浅、高低、雅俗。

沈宗骞看到中国人物画之衰弱,在《芥舟学画编》亦有云:"初学作人物,若全倚影摹旧本,习以为常将终身不得其道。"还说:"凡初学者先将裸体骨骼约定,后施衣服,亦是起手一法。"沈氏之见要求人物画者要从认识人体结构的自然形态出发,约定骨骼,后施衣服,已经接近了裸体人物写生的课题,是很可贵的。

清初画家笪重光(1623—1692)著《书筏》《画筌》。他在《画筌》中说"善师者师化工,不善师者抚缣素",是说善于学习者不仅训练手眼,还要学习前人师造化的精神。不善师者只能模仿前人之作,陈陈相因,难有创造性的发挥。要摆正继承传统与师法自然的关系。前人有云"写生因传统而深,传统因写生而明",相融而互为因果。

我在教学教材中也常引入一些古人、先辈精辟的真知灼见,也是不断学习的动力。在此还要感谢学长、同学的惠赠,使我享用不尽。

1960年6月,我回国实习,准备创作《过雪山》毕业油画,与王宝康同学一起赴四川体验生活,他准备为《万水千山》搞舞台美术设计。本想沿着长征路线各点搜集一些素材,结果因交通不便又见不到雪,我们不得不中途停止进程。不过,我们在遵义详细地参观了革命历史展览,是一次很好的学习机会。

在四川美术学院居住期间,我也曾请师生做模特,为表现红军作参考资料。7月份,高志已毕业,我随他们班的师生到四川铜梁为邱少云纪念馆完成绘制大幅油画的任务。我们在当地办理结婚登记手续,并举办了一个简朴的师生座谈茶话会代替了婚礼。未久,按工作分配,她赴成都电影学校任教。约9月中旬,我回京向文化部艺教司报到时,工作人员告知领导决定,要我回原单位工作,由高教部颁发学历证书。我无思想准备,便写信给广州美术学院领导,要求深入生活3个月,请暂勿安排任课。

学院领导答应了我的请求,我初步体验了广东农村的劳动生活,障碍是语言不通。当时与舞台美术专业同学一起活动,他侧重在风景场面,而我重在形象的搜集,在遵义纪念馆结识了老红军战士孔宪权馆长(见图1),他为我当参观向导,我为他画了速写像。在马尔康,我画了一位当过农奴的农民

图1 老红军孔宪权同志

（见图2）。马尔康是四川省阿坝藏族羌族自治州的首府，人的形象、服饰，以及建筑风格都具有强烈的民族特色。我还画了一位解放军青年（见图3），如不介绍，看不出他是一位参军的藏族青年。我请他在画像上签个名，他写了"拉斯甲"三个字，显然非汉族姓名。我们到了一个叫白河的地方，遇到几位出差的青年工作者，他们很热情地和我们交谈。其中，有一位青年工作者助我素描画像（见图4），并在上面记有"温江耿成运同志"（见图5）。见像如见人，美好的回忆依然清晰。

图2　阿坝藏族羌族自治州一老农

图3　藏族解放军

图4　旅舍小青年

图5　温江耿成运同志

担任毕业班教学

1961年春，油画系教研组安排我任教应届毕业生，我上了一段时间的油画基础课，就要为毕业创作先去体验生活，选定去汕尾渔港实习。在出发的那天早上，大家在教工球场列队，等待出发。令我感到惊异的是，他们离我想象的即将毕业的大学生的风采相去很远，衣衫不整不说，头发、胡须均欠整理，还有人戴的草帽已经裂成透天的大缝。虽处于经济生活困难时期，但我认为也应有个整洁的集体面貌。为了避免被观众误会，我们便临时决定推迟一天出发，让大家回去休整、做好准备。因为有采访撰稿人将此段与1961级同学联系起来，在此声明一下以正误传。

我作为一个北方人，初到汕尾见到大海，并有渔船来往穿梭，不仅兴奋不已，还产生拍一部题为《渔港的早晨》的新闻纪录片的想法，希望从此介绍滨海的生活生产实况。

我们住在渔业生产队的宿舍，邻近就是汕尾中学，有幸认识了美术老师马若愚先生。他给我们师生许多指点和帮助，有时还到中学饭堂加餐。因生产队的伙食有限，我们只有一钵米饭、一块咸鱼，咸鱼的味道很好，通过询问，我们还增长了关于咸鱼的知识。图1为油画创作人物素材。

此外，由杨之光老师带队的国画毕业班的实习点定在海丰县一个农村，有些老人与彭湃领导的农民运动有关联。我在那里画了一幅老人像（见图2），后编入《广东画集》。在汕尾，我只画了几幅小风景，处于初试画海的阶段。

图1　油画创作人物素材

图2　速写习作

我的素描之路

1961届国画、油画毕业班要求学生毕业后利用暑假到北京参观学习。之后，校方杨秋人副院长建议大家到桂林沿漓江参观写生。大家欣然接受。到了桂林，我们雇了两条民船，分住于船上，游于漓江，每有好景处便停留一段时间，可在船上或下船写生作画，船到阳朔结束行程。王肇民老师也是此行的参与者，漓江的兴坪景观给我的印象深刻，后有油画《兴坪初夏》多幅变体的出品。

暑假过后，油画系教研组安排，要我将二年级的三门业务课的教学都担负起来。我觉得自己留苏离校五年，大家分担了我的教学任务，回校后我多担一些任务也是合理的。因此，我未加思考便答应了下来。

1961年暑期后，我教二年级，上午课程多，下午为教师进修时期，学校要我和大家一起进修画素描。这又是义不容辞的事。进修室设在工艺系二楼的一间教室里。我记得版画系赵瑞椿老师是比较热情积极者之一，还有留校不久的几位年轻老师，大家交换意见时还是知无不言的。

《白衣劳动者》（见图3、图4）是用铅笔认真刻画的。另一幅双人作业《姐妹俩》（见图5）是用炭精条写成的，因为是自然光，调子不够强烈。

图3 《白衣劳动者》之一

图4 《白衣劳动者》之二

图5 《姐妹俩》

带班到钢铁厂实习

1962年春,我带油画二年级同学进驻广州钢铁厂(以下简称"广钢"),大家全住在工人宿舍。记得当时,我儿子郭晨未满1岁,我要常回家看看,从学院到过江码头,搭乘轮渡,再走到厂区,每段都需要20分钟,这也是一种锻炼。下厂期间,我除了深入车间画速写,也安排一些集体写生时间。幸有附中校友李垣开任职于广钢工会做宣传工作,为我们联系一些可做模特的工人劳模和先进工作者,供大家写生。我记得我画了一位吊车司机(见图1),是在露天环境画的,这位工人叫张德操,而且是一位归国华侨,备受尊重。我还使用不同的材料画了一批人物肖像,如《市劳模余润敬》(见图2)、《广钢苏师傅》(见图3)、《老工人袁成》等。此外,我还以油画作人物写生多幅。风景写生方面,我画了二炼铁车间《高炉晨貌》《广钢外景》等。

图1 《起重吊机司机张德操》

图2 《市劳模余润敬》

图3 《广钢苏师傅》

与国画师生到东莞太平镇

1962年秋,我随由杨之光老师领队的国画系三年级一起到东莞太平镇南边大队体验生活。大队农民的居住地坐北朝南,面向大海,东有虎门炮台,西可望见山巅的威远炮台,我们登上炮台要塞参观。这是当年关天培镇守的地方,我想到了林则徐领导禁烟抗英的历史事迹。在师生教学实习期间,关山月和黎雄才两位老师给学生看画并讲课,我也旁听学习,并做笔记。关先生重点讲国画构图的意境要稳中有险、险中求稳,在稳险结合中取胜。自此,在我的脑子里输入了构图中的稳与险的观念。

太平镇亦为渔港,在秋阳下,我为一位老人画了一幅速写像(见图1)。

在农业生产队正处于秋收农忙的时节,我除了以油画表现阳光下的人物,也作了素描人物写生,如《农家女》(见图2),画幅不大,尚属完整之获。另外有老人速写像,我画了一位朴实乐观的老者,十分可亲。(见图3)

图1 《渔港老人》

图2 《农家女》

图3 《农村老人》

对素描基础观的探讨

素描是一切造型艺术的基础，多有共识。

中国古语有云，绘事后素，着眼于先后程序，其重要性自不待言。

米开朗琪罗："这话可能对那些已取得某些成就的人来说，也还是重要的，素描按另一种说法，把它称为略图艺术，是绘画、雕刻、建筑的最高点，素描是所有绘画种类的源泉和灵魂，是一切科学的根本。"（《外国素描艺术》，1979年）。

法国勒勃伦认为："素描是指南针，它指导着我们，使我们不至于沉没在色彩的海洋中，因为有许多人都沉没在这色彩海洋中，希望找一条生路。"

法国狄德罗则说："素描给生物以形体、色彩给他们以生命。"

俄国画家列宾有过生动的比喻。他认为，"思想是作品的灵魂，形式是它的躯干，色彩是血液，而素描是神经"。将思想置于首位，占主导地位，素描是敏感的神经功能。列宾的形象比喻令人深思。

我国油画先驱者李铁夫先生，曾任职于华南文艺学院，我从艺友何启祥处见到李先生的书迹"炭画建筑，色彩批荡"八个字。木炭素描有如建筑之形，是基本的形体。作为空间艺术，也可以通过点、线、面、体而成雕塑，无须色彩批荡而能独立成品。李铁夫强调素描的重要性。

初作素描插图

20世纪60年代，全社会还处在"以阶级斗争为纲"的历史时期。广东省美术家协会组织创作结合文学作品创作与文篇内容相适应的插图。文章作者是谁我已记不清了，大体内容是老板欺骗童工的故事，根据内容，我画了4幅草图。现择其中两幅作为记录参考（见图1、图2）。

在留学期间，国内对契斯恰科夫素描教学法的讨论热烈，我曾专门向帕·乌加洛夫老师问到，现在学院的素描教学是否就是契斯恰科夫的教学法。他不以为然，强调历史的沿革，现在是苏维埃历史时期，应有不同。我曾询问：您认为谁是素描顶级画家？他回答是施玛利诺夫。这位画家的作品我早已在杂志见过。

我的素描之路

图1 素描插图草稿之一

图2 素描插图草稿之二

体验海军生活与创作

1963年秋,我因创作需要,联系到广州黄埔岛上一个修船单位,此处还设有海军俱乐部,有男兵、有女兵,分工不同。俱乐部主任是一位山东籍的老干部,姓宫,与战士们的关系亲如父子,他经常手持一个烟袋锅指挥下属工作。俱乐部的棋艺活动频繁,我则属于观局不语者,从众多对局中,我产生了构思创作的主题,即"将遇良才"。明确主题后,我便着手搜集素材,从人物形象、动态到活动环境,以油画写生为主,偶尔用素描写之。

20世纪60年代初,广州美术学院油画系校内外都承担了为部队培训美术员的任务,有的是上门授课,如到战士话剧团,有的是接受海军、陆军保送的学员组班上课。记得在海军黄浦俱乐部的美术员梁水友也是在广州美术学院进修过的学员,曾画名为《战士》的梁水友素描像(见图1)。此幅速写是一位负责机修职务的海军战士,穿着工作服。

在黄埔岛上有陆军军官学校,即黄埔军校旧址,内有校史资料展览,在岛上还有我用油画写生过的孙中山先生纪念雕像。

我在岛上画过一幅有关劳动场面的油画风景，那里后来成为黄埔造船厂发展的用地。后来黄埔造船厂还奉命派出工宣队进驻我院，他们与师生相处融洽，还有工宣队员为师生做模特。

图1 《战士》素描像

"四清"试点中的素描

1964年春，广东省农村"四清"运动试点展开，学院派我和国画系的麦国雄老师一起参加，地点是阳江合山公社，领导者为宣传部黄施民副部长，由他带队，红线女亦随学员下乡，实际上是体验农村生活。我与麦国雄，还有《南方日报》的刘再明进驻糖寮村。我所住的"三同户"户主为钟其卓，生产队队长为钟其彩，我与麦国雄首先要为大队部绘制并布置村史图画展。我们首先倾听群众意见，大队开会交换情况，并未直接参与调查工作，还是有时间在开会前后找个僻静的地方画点小速写。

我们经领导介绍安排，认识了一位养猪能手，为她画像（见图1）。在与这位名为何桂珍的能手接触中，我们感

图1 养猪能手何桂珍

觉到她是一位性格开朗的人，不时与围观者交谈。

1964年是中华人民共和国成立15周年，我有意创作一幅《将遇良才》油画，特向领导张斌处长请假，回学院搞创作。此次机会难得，参加了第四次全国美展并经《南方日报》发表，后经巡展，作品不知去向，我亦未追究，希望此作能再有面世的机会，立此存照。

自广州回到"三同户"，我曾带一斤挂面条给男主人煮食，结果煮熟后他加入片糖，成了糖水面条，可见南北饮食习惯之差异。

"文革"前的素描教学

1965年暑假后，新生入学，此时仍未恢复模特教学，我只能带着学生在学校附近的农田或甘蔗地画风景，也曾到珠江边写生。次年春，学院在怀集县设立的分教处已建成，学校决定由一批教师率1965级新生到分教处上课。因分教处就设在蚕种场内，所以可以请蚕种场的劳动生产者到教室做模特。国画、油画两个专业班均可按自身的教学计划进行教学，但好景不长，学期未过半，因北京高校大字报信息传到广州美术学院，省里也派工作队进驻学院，分教处的学生贴出大字报，要求回校闹革命，于是结束了正常的教学。分教处的师生均撤回学院本部，在大字报热潮中由分散的战斗队汇成兵团或公社，各有政见。激烈争辩、斗争从略。

在中华人民共和国成立17周年前夕，我得到通告，要我3日后入住"牛栏"，过集体生活。又过了3日，在大礼堂召开以我为主角的批判大会，陪斗者一长列，窗台站满了外地来穗的串联者，规模与气氛均可谓是"空前绝后"。

经过约40日的集体生活，其中包括我在内的同栏人纷纷贴出"自己解放自己"的大字报，自动回家团聚，得到默认，无人反对。此时，许多同学和青年老师结伴外出大串联，校内寂静了许多。于是，我与迟轲、潘鹤商议成立"共工"战斗组，我主动承担抄写大字报的任务并与练习书法相结合，每个字都是一笔一画的楷书，内容大都是北京或报纸上的信息。一个月后，我便参加了湖南湘潭火车站的油画绘制任务，同时对当地农村生活也有体验。铁路通车与毛主席73岁诞辰的庆祝活动结合在一起举行，场面热烈壮观。

素描教学絮言

素描为内涵广阔的概念,包括文学、美术各科的使用,作为美术教育的素描应是与彩绘相对的一个概念,其表现形式可以是固态的工具发挥或液态的工具发挥,因为谈论者的立足点与观念的差异,各种不同的看法和讨论是自然的。

素描也可纳入单色画、黑白画的概念,可以将各种工具材料的使用囊括在一起。虽然东西方绘画传统不同,而基本道理是一致的。中国传统绘画中以笔墨纸绢为材料,故常以笔墨黑白论之。近现代工业科技的产品如铅笔、钢笔及各种水笔,已相互通用。根据各专业的需要,有了更多的可选范围。其中,尤以各种软硬铅笔最为方便而受器重,使用面很宽。

南齐谢赫的六法有应物象形、骨法用笔与随类赋彩并列,就是以笔墨造型。到唐王维以后,水墨渲染一派兴起,以墨色暗示色彩。中国人作画、论画,常以笔墨功力论优劣,全是黑白造型的基础问题。黄宾虹有云:"要知古人之画,其精神在用笔用墨之微,以笔墨写生也须'尽精微,致广大'与各种工具材料的笔法精神一致。"

人物画家梁如洁善用笔墨表现人像可见于1980年所作的植物学家陈封怀先生像(见图1),可谓传神巧妙地运用了笔墨并赋以淡彩,其线面结合,足见其素描功力。

图1　植物学家陈封怀先生像(梁如洁作)

笔墨山水写生重气韵

中国山水画有点、染、皴、擦或云勾、皴、点、染,以及写、按、注等多种技法,点、线、面、体为抽象的几何概念,在造型艺术观念中极为重要。作画之先,首要明确章法的定点、定位、定势,均以比例透视为准绳。山水画是空间意境之表现,前人已有"丈山、尺树,寸马、豆人"的比例观念。虽然山势林木等构图气势各有不同,掌握适当的比例关系是极为重要的。画山有勾皴法,画树有点叶法,画石还有点苔法,以点为基础的笔墨变化表现物象的形质。

画树,近树之叶可勾形,远树则用一笔成形的没骨法,点叶法因树种而灵活运用笔墨变化,有所谓的介字点、个字点、胡椒点、梅花点、鼠足点、菊花点、柏叶点、椿叶点、梧桐点以及松叶点,其实,除胡椒点之外,大都为由点而运行的短线组合。

山水的点苔用于山丘、山石、山岩等重要之处,亦是可长可圆、横竖变化。宋米芾以横点积叠画法而成"米点皴",其子米友仁继承家法,而有米派之称。后人在竹木花卉中常配的岩石,亦多有点苔的各种表现。

有关笔墨功夫,清代画家在其所著《画筌》中有云:"宜浓反淡则神不全,宜淡反浓则韵不足。"神与韵乃各种艺术的生命与灵魂。作者说"墨以破而生韵",还说"皴已足轻染以生其韵"。

恽南田在《画跋》中曾云:"气韵差于笔墨,笔墨都成气韵,此乃成功之作也。"气韵乃从经验和修养中得来,绝非单纯技法问题。

广州女画家梁少兴擅长风景山水画写生,曾师从黄云、姜今等教授,并任教于广州广播电视大学,培育青年从艺者,热心于公益活动。

她擅长于表现林木的茂密,《榕非榕》(见图1)只是其众多杰作中的一幅。

《榕非榕》(梁少兴作)

构图法与空间三远之探索

图画写生作为空间艺术的表现，首先遇到构图问题。在哪里画，画什么，首先要明确的是主观与客观的关系，居高临下为俯视，坐低望高为仰视，位平望远为平视。山水画古有"三远"之法，即高远、平远、深远，不论何远，环顾四周，还要择定观望方向及表现范围，方能取景。在南齐谢赫所提出的六法中，第四为"经营位置"。而徐悲鸿提出的"新七法"，首先谈到"位置得宜"，可见他对构图的重视。我之所以说构图是画意抒发的全过程，是因为从起笔到最后一笔，以至作者签名、题记都要重视，所有这些都为画面有机的组成部分。

明确了"三远"的主观与客观的关系，还要定下视平线和视点的位置，以便按透视学的规律，找出远近大小的比例关系。山水画传统画论中有"丈山、尺树、寸马、豆人"之比喻来说明体量大小的比例关系，比例关系不当会影响空间关系的表达。照相摄影的机械会反映夸大了的近大远小的关系，与人的视觉有所不同，这也与透视学原理有密切关系。因此，学画者不仅要研习透视学，懂得焦点透视和散点透视的运用，尤其是表现建筑、桥梁、车、船等设计性强的物体或机械产品，更要求表现结构形质的合理性与说服力。

素描练功说

素描写生有如叙事作文，需如实抒情描写。鲁迅先生早年在《作文秘诀》中回答中学生询问所谓的"作文秘诀"时，点明了努力方向，为"有真意，去粉饰，少做作，勿卖弄"。这十二个字给笔者的教益，受用一生。真意是对真情实感的描述，粉饰、做作、卖弄涉及思想认识的问题，可上升到品德作风问题。在人才成长进步的过程中要警惕的是素描手法的熟练而流向轻浮："聪明反被聪明误"，"称天才"易被"捧杀"。艺无止境，踏实进取、坚韧宁静，方可致远。教师指导学生的语言应当是简明扼要而有学术原则的，要给学习者以时间消化，更要正视画面出现的问题，不宜关心过急。

在评判作业成绩时，当然应秉持公平、公正、透明原则，如能实行教研组集体观摩后议定评分的办法，更加客观实际。同学之间参与打分，亦可参照。作为学生，当从长远的艺途思考，不计较一时的成绩高低，而应更加虚心求教，总结收获与欠缺，使努力方向更加明确而坚定。

人所共知的表演艺术界有一句名言："台上十分钟，台下十年功。"表演艺术工作者直接面向台下观众，观众对演员可以直接有所反映，不称职者难以为继，必须苦练功夫，还要经过导演排练，才能入戏，演成声情并茂的角色。美术作品在展场上亮相，作品的质量要经受观众的、时间的、社会的检验，其中不免有各种艺术观点主张者的杂音，令人生惑。古语有"三十而立，四十而不惑"之说，其实真正能立与不惑的成熟是密切相关的。中国武术史有句名言："练拳不练功，如柳絮飘风，水上浮萍，足跟无劲。"这就是没有根底的花架子，用来警示学艺者是非常有益的。素描练习者当知功用在何处，始有成效，否则易为"花架子"而虚度时光，有负青春。

素描教学相长，为了培养人才的全面发展，基础雄厚，首先教师自己要身体力行向厚而博的方向去努力进修。学习者要具有独立的工作能力，即没有老师指导亦能使写生作业依时达到教学要求，这种独立工作的能力也要经受时间的考验，其优者学业与日俱增，其劣者则无长进，以致学力衰退令人失望。学习者如因某种客观原因而中断素描实践，也要保持敏锐的审美眼光，一旦重新拿起素描画笔，仍会有高尚的追求。

素描练功的沉静与文化修养

我喜欢欣赏前人的书艺，其中对联占的比重很大，内容大都是文字简约，富有内涵，其中有写景的，有抒情的，更有抒发人生感悟的隽永之词句。如清初徐骏之诗句："明月有情还顾我，清风无意不留人。"我有时仅写"明月清风"四字，以自励或题赠他人。古人还有"勤能补拙才偏敏，廉不沾名品自高"。从艺练功只有清心排除杂念，才能日进致成。

革命前辈范文澜撰联有"板凳要坐十年冷，文章不写一句空"。要求学者能甘于寂寞，做学问要实事求是，不说空话。这都是从艺练功者应当立志践行的。

诸葛亮在《诫子书》有云："夫君子之行，静以修身，俭以养德。非淡泊无以明志，非宁静无以致远。夫学须静也，才须学也，非学无以广才，非志无以成学。"成为千古名训。后人有对联继承发挥如"能受苦方为志士，肯吃亏不是痴人"，尚有"未能一日寡过，恨不十年读书"，"常因流水怀今日，每托清风感故人"等，这些词语对仗的文字艺术对于广大的后学者的成长进步的启发教育意义是深远的。

山水画与师法自然

我国古人早有师法自然、师造化之说。达·芬奇说过:"倘专以他人为模范,其结果必恶,唯仰求自然的教谕,其结果必善。"凡有志成为富有创意的画者,必须经过面向自然景物、面对生活形象写生作画的磨炼与考验,锻炼自己具有得心应手的表现能力。我国中西兼容的画家徐悲鸿,以善画马著称。他给一青年写信强调:"学画最好以造化为师,故画马必以马为师,画鸡即以鸡为师,观察其状貌、动作、神态,务扼其要,不尚琐细(如写羽毛等末节)。"艺术源于生活,反过来说,生活是艺术的源泉。绘画写生顾名思义就是要写生活、写生命、写生动、写生气。凡植根于生活的作品,才具有经久的生命力;画者坚持写生才能使青春常在,戒避陈陈相因,固步自封,只有现实的生活才能赋予你艺术灵感。

常言道,诗情画意,以情、意为主导,诗者胸中有画,画者胸中有诗,胸中有丘壑,胸有成竹,有整体之布局。《石村画诀》有云:"以情造景,顷刻即成,独出己意写之,匠气自除。"

写生作画,面对纷繁景象,根据时间长短、机缘,有所取舍、扬抑,以静心、和气之态运笔而为。"笔繁最忌气促,气促则眼界不舒,笔简必求气壮,气壮则神力雄厚而风格高"(清·郑绩)可参照。

素描写生的整体性

人称具有浪漫色彩的新古典主义法国画家普吕东,他的人体素描有不少是切头断脚的作品,有碍人物表现的整体性。徐悲鸿先生总结出的写生《新七法》中,居首为"位置得宜",是很明智的。我们欣赏19世纪俄罗斯学院派的人体素描,虽不乏构图完整之作,但也可见不完整的作品,有的甚至补接画纸,当然,这也是为人物的整体表现不得不做的补救之功。

今天,我们说素描是一切造型艺术的基础,强调循序渐进,慎始才能善终。人物画在纸上虽可补救缺陷,但在雕塑人物方面如果开始不慎,比例失调,就难以挽回了。特别是石雕,能怎么补救?因此,"慎始善终"四个字应贯彻作业练功的全过程。

在雕塑专业方面除了速写基本功,还有一种速塑的基本功——手握塑泥,可以在交谈中,在动态中将对象捏塑成像。由于速塑是立体成型,须从各种角度观察对象,平面的速写仍为重要基础。

潘江帆同事速写像(见图1),作于1968年。潘氏为我的早期校友,毕业留校任工艺系系干事多年,任劳任怨地工作,直到退休。

图1　同事潘江帆像(1968年)

教学相长与教学法的研究

素描教学是文化启蒙教育,这是对一般的素质教育而言;素描教学是入门教育,这是对步入艺术各专业教育而言。

学校教育教学相长,对教育整体来说是普遍的发展规律。艺术教育非一般的知识教育,教与学是相对而统一的整体,缺教无以学,缺学无以教。素描教学的学术氛围与质量的高低决定于教与学的互动性,充满着技艺的切磋,其中包括技艺的传授。

学习者求知的渴望与积极性,激发着教师对教学的责任感与心力投入。而教师教学有方,将使学习者树立信心,从而虚心进取,并具有创造性。

教师在教学能力方面的说服力体现在分析学员作品时的真知灼见。有可能许多同学都犯错的普遍问题,也有特殊的个人难症,都要求教师耐心地指出解决方案。学习者画面中的问题多数属于在师法自然中观察的失误,也时有心理障碍,影响学力的正常发挥,以致学习态度有失严肃与端庄。

素描教学中产生的问题,当然不如医患关系中的有关生命健康的问题那么重要,不过,一旦心理或审美脱离了健康成长的轨道,也会为艺术生命埋下隐患。教者误人子弟为失德,学习者非志无以成才。

写景当知中国山水画之欣赏

宋代画家范宽,字中立,因性宽厚,时人呼为范宽,所作山水画可见于台北故宫博物院收藏的《溪山行旅图》《雪山萧寺图》和天津市艺术博物馆收藏的《雪景寒林图》等作品。

范宽始师李成,继学荆浩(洪谷子),更有感悟"与其师人,不若师诸造化",也就是师法大自然。后来,范宽遂移居终南山、太华山,遍观胜景,将静览的心得、印象抒发笔墨于纸上,展现雄伟峭拔之山势,雄浑深厚。有"善与山传神"之评誉。时人曾曰:"李成之笔,近视如千里之远,范宽之笔,远望不离尘外,皆所谓造乎神者也。"

前人称,画山水者必以成为古今第一,成字咸熙,五季避乱北海,营丘人(引自《黄宾虹自述》)。也有评家称李成为李营丘(919—967),善文能诗,初师荆浩、关仝,后师法自然,好用淡墨,被誉为"惜墨如金"。其画山石如云动,后人称其为卷云皴,是山水画形成时期重要代表画家。代表作《茂林远岫图》卷藏于辽宁博物馆,《寒林平野图》轴藏于台北"故宫博物院"等传世。从艺者学习传统原作,参观博物馆当为旅游行程之首选,或以此为启程的目的地。

景观之空间层次

绘画,包括素描,均为空间艺术,即在平面的画纸上表现出空间结构、远近层次。先辈山水画家黄宾虹以诗论画云:"意远在能静,境深尤贵曲。咫尺万里遥,天游自绝俗。"要求景观之层次深远,表现自然空间之磅礴大气,天空之无限深远。

自然景观之山势取深远起伏,树木、建筑取远近距离,以及树木种类疏密之变化。

古人经验曰:"石无十步真,山有十里远。"这是景物的体量与空间的关系问题。

素描风景写生和山水创作都要依据画意、观感构思构图。突出画意,必须有所取舍,表现重点,忌"有像必录,平铺直叙"。不仅要有景观之美,还要贴近人的生活,使景观可入、可行、可游以至可居。范宽之名作《溪山行旅图》,设想如果只有巍峨之大山而无人物行旅的内容，就与人性疏远了。该图的生气就在于人物、动物以及车船的点缀，如在构思中空缺，即使有适宜入画行动者也会被放过，而不能及时捕捉其形象的生动。此外，还有光影、行云都是很快变化的，要及时捕捉入画。

古代画家常置描笔于皮袋内，或于好景处，或见树有怪异，便当即描写记之，分外有生发之意，也是黄公望《写山水诀》所引用，古人云"天开图画者"是也。构图是图画的基础，也是发挥创意的过程。

素描景观写生

传统的山水画多从大自然中获得题材。《黄宾虹自述》有云："古人画法多由口授，学者见闻真实，功力精深，其有未至，往往易流板、刻、结、涩之病。"今日交通发达，探寻山川美景比起古人方便得多。据我所知，仅太行山就设有多处写生基地，亦耳闻多省名山纷纷建起旅游设施，可供画家、摄影家前往写生，并可作为师生教学实习点。

随着城市建设扩展，城乡景观多有营造，风景写生亦可不必舍近求远。

景物写生的前提是作者必须热爱生活，始能写出生命，写出生气，写出生动。写生有如即兴诗歌，是情感的抒发，是心灵的印记。热爱生活才能发现美的景观和美的物象，才会在写生的笔迹中散发一种清新的气息。

春季万物生发，在清画家笪重光的目中喻："春山如笑。"而在清画家戴熙的目中，则喻为："春山如美人。"可知他们对于山水之情感。

城市景观写生涉及建筑、机械和车船等交通工具，要求运用透视学的知识和现代工业产品结构原理，与此相应，有时还要有人物动态的点缀。现代画家要有全面写生的功力，才能适应创作的需要。多作景观速写，多积累一些创作的素材。有了这种认识，才会促进写生实践，从而提升创作的表现力。景观写生是户外练功创作。在住处的门前窗外，也可能遇到可写之处。有些偶遇是可遇不可求的，要争取机会，不要放过。故写生工具材料如速写本，当常备不懈，始有功绩积累。

景观写生之戒避

宋元间有饶自然作《山水画十二忌》。现录出可供构图之鉴戒。一曰布置迫塞,二曰远近不分,三曰山无气脉,四曰水无源流,五曰境无夷险,六曰路无出入,七曰石只一面,八曰树少四枝,九曰人物伛偻,十曰楼阁错杂,十一曰浓淡失宜,十二曰点染无法。这些都是从内容上存在的缺点之谈论。

清画家邹一桂,号小山,为诗人画家,善花卉。他在《小山画谱》提到画忌"六气":一曰俗气,如村女涂脂;二曰匠气,工而无韵;三曰火气,有笔杖而锋芒太露;四曰草气,粗率过甚,绝少文雅;五曰闺阁气,描条软弱,全无骨力;六曰蹴黑气,无知妄作,恶不可耐。"六气"之弊病虽表现于各个气质不同的画者,但均需读书,修心养气,始能进升文雅之气。

风景写生虽然工具各有选择,但需要注重文化修养,提升审美气质,勤于实践,始能提升写生、创作之品位。除了多欣赏古今中外的优秀艺术作品之外,还要牢记"腹有诗书气自华"。

步入生活实际的古代画家

易元吉为北宋时期画家,擅翎毛花卉、草虫果品,后专写獐猿。他曾游湖南、湖北,搜奇仿古,能深入山区,入万寿山百余里观察野生动物。每遇景物佳处,他便留意观察,并写于毫端。于长沙寓居后,他开凿池沼,种植竹、梅、菊、葭,驯养水禽山兽,以观其生动游息之态。每有画作,他则在树石间签署"长沙助教易元吉画"。其后得北宋英宗赏识,入宫画花卉、禽兽屏风,后经复召,画《百猿图》。《宣和画谱》录御府所藏作品有《牡丹鹁鸽图》《梨花山鹇图》《夏景戏猿图》等245件。(《中国古代画家辞典》)

清画家边寿民(1684—1752年),名颐公,字寿民,又号苇间居士。他工诗词,性疏放。相传每至秋季,他便结屋荒郊,静观芦苇间雁飞潜动。所画之作,芦雁苍浑奇逸,生动入神,惟妙惟肖,意气盎然,为当时他人所不及。所居苇间书屋,名流过淮扬咸造访之。他的传世作品有《芦雁》多幅(见图1、图2),藏于故宫以及山东、沈阳等地博物馆。《岁朝清供图》藏于浙江省博物馆,《花卉八页卷》藏于上海博物馆,著有《苇间老人题画集》;其画法影响到日本,嗜画者皆知其名,被认为属扬州画派之一。(《中国古代画家辞典》)

易元吉、边寿民深入生活实际的创作精神,永远值得艺术写生者学习。

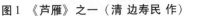

图1 《芦雁》之一(清 边寿民 作)　　图2 《芦雁》之二(清 边寿民 作)

线条表现风格的传统

在绘画中,画线、勾线为最基本的手段,而二者之工具不同。中国传统的笔墨书画风格纷繁多样。南齐谢赫总结绘画六法,第三法为骨法用笔,强调绘画线条要有骨力,其实书法亦然。北齐有来自曹国的曹仲达工画梵像。曹之笔线其体稠密,衣服贴身,而唐代吴道子之笔下衣服飘举圜转,故后辈识艺者称之曰"吴带当风,曹衣出水"。

吴道子,名道玄,字道子,阳翟(今河南禹县)人。他少孤贫,游洛阳,曾学书于张旭、贺知章,后改习绘画。年二十许已悟丹青之妙。他曾任兖州瑕丘县尉。唐玄宗李隆基闻其名,召入供奉,为内教博士,擅画道、释人物、鸟兽、草木,远师唐张僧繇,近学张孝师。他的笔法磊落、雄劲、生动,富有立体感,有笔不周而意周之妙。他亦善壁画。他在长安、洛阳寺观作壁画三百余间,情节变化各不相同,其人物笔墨薄彩微染,世称吴装。后人将他与张僧繇之画,并称"疏体"。他兼工山水,尝于大同殿画嘉陵江三百余里山水，一日而毕。苏轼有谓："画至吴道子，古今之变天下之能事毕矣。"道子画塑兼工，被奉为画圣。民间画工尊其为祖师，享年约74岁（约公元685—759年）。吴道子之原作笔迹"吴带当风"之线条雄劲圜转已难见赏，如联系他早年曾从擅草体的张旭学书，则其飘举之风格亦可想象。

宋郭若虚著《图画见闻志》，有《论曹吴体法》和《论吴生设色》两专题。记述吴道子之"吴带当风"与"吴装"，可供参阅。"吴带当风"对后人的影响非常深远，我们可把徐悲鸿当年从香港购买来收藏的《八十七神仙卷》鉴定为宋人之作，从中可以感受到传统笔墨线条的艺术表现力和风格。

线条作为素描艺术基本要素之一，其作用是多方面的，定位置、起轮廓、划分比例，表现光暗与体积，刻画形象特征和表达质感，等等，大都离不开线条的运用。根据艺术表现需要，线条应有主副、曲直、轻重、浓淡、虚实、刚柔、粗细、枯润、疏密、光毛等对比变化。

必须明确线条结构与光暗调子都是表现物象的手段，它们之间有相辅相成、相容互济的密切关系。在写生练习或素描创作中，应结合实际去认识和运用它们，并努力发挥它们作为手段的作用。

由于画者的认识不同，画意不同，在线条和调子的运用上各有特点，有所取、舍、扬、抑。我国传统的笔墨线描作品，和欧洲强调用线的素描作品虽有时代、工具、材料、风格的不同，但是它们的共同点均为作者善于将自己对于物象的观察、感受和对象的精神实质用洗练而富有表现力的线条概括地表现出来。

在素描长期作业练习中，若不理解线条在素描中的造型作用，就容易把素描画成照片一样，软弱无力，或相反，将素描画成粗乱无序之作。尤其是在短期作业和速写练习中，更应发挥线条的造型表现力。一般的练习都是根据观察对象酝酿画意，以自己所掌握的工具材料的性能，依意运法，按形求法，才能贴切地表现出真实感。任何工作都要求有进行的程序。不明程序，先后颠倒，就会使自己处于被动地位，费时费力，难以继续进行下去。

白描，又称勾勒，是传统的笔墨技法，纯用墨线勾描。用毛笔之前，要先用木炭条或铅笔起稿，再用毛笔勾写。传统技法有人物画的十八描，归为三类：一为无粗细变化的铁线描类，如铁线描、高古游丝描、行云流水描、琴弦描等；二为有粗细变化的兰叶描类，如蚂蟥描、柳叶描混描、橄榄描、枣核描、竹叶描、战笔水纹描、蚯蚓描、曹水描等；三为快速简化笔线的减笔描类，如减笔描、钉头鼠尾描、折芦描、撅头描、枯柴描等。

这些名称大都是以国画用笔的笔迹形象来定名的。我国现代画家黄宾虹有言："描法的发明，非画家凭空杜撰，乃各代画家在写生中，了解物状与性质后所得。"这值得我们去体会。

我们所使用的素描材料、工具多种多样，各有其性质、形式等特点，无需用炭笔或木炭条去模仿毛笔。但必须在素描实践中逐渐熟悉工具、材料的性能，以便充分发挥其性能。即使我们用毛笔作画，也定要明确地懂得描法的由来，这比懂得描法的使用更为重要。

　　对线条的运用，一旦脱离了写生对象的生动感、质感、整体感，就会出现如郭若虚所言："画有三病皆系用笔，所谓三者，一曰板，二曰刻，三曰结。板者腕弱笔痴；刻者运笔中疑，心手相戾，勾画之际，妄生圭角也；结者欲行不行，当散不散，似物滞碍，不能流畅也。"由此可知，线条效果与运笔不可分离。各种材质工具的运用都与感知、观察认识相关，都有运用的轻重、疏密、粗细等对比变化的问题，都要回避板、刻、结三病。唯此才可谈气韵之生动。

　　素描写生要求质朴、生动。明确性与深刻性的素描写生，不论是速写或是慢写，都要求从眼前的实际出发；不论是实在的人或实在的物，抑或风景，均是师法自然的机会，理当珍重，抛开一切杂念，真诚对待。将直接的观察感受，如实描写出来。所谓质朴，即朴实，不矫饰地描写，不拘成见的模式、套路，戒避轻浮的、追求表面的流气，尽显质朴的内涵。

　　徐悲鸿先生对于素描练功有三宁之说，即宁方毋圆，宁拙毋巧，宁脏毋净。总的精神是尽心、费力，放开手脚练好基本功。要知道，造型画圆易，画方难。线条有长短、有曲直，譬如人的头形，局部的眼睛、口形，都多可视为弧线。每个人的眼睛均为上下两条弧线，每条弧线都有个性特征的转折点，这就是转圆为方的变化。古人写真已有"画目宜方，方则风雅耐观"之说。画人物，无论内外、局部与整体，都由充满方圆变化的轮廓线组合而成，直接关系着素描的表现，在速写中更是如此。从艺者都知道技巧之可贵，更可贵的是真巧、大巧而非小巧，这是个艺术的高度问题。写生作画不能满足于一得之功、一孔之见，要着眼于大巧而下苦功力。得道可达，不期则不至。

油画创作的分工与合作

　　1968年秋，我参加中国出口商品交易会宣传组的绘制工作。在旧址楼下大厅四角需挂4幅大油画，我负责其中一幅《毛主席在陕北》。我先用素描加粉彩起小稿，经审批后作正稿，为立幅3米余，得到肯定，远观效果尚可，后刊发于《南方日报》。

　　1969年，我接到文化公园水产馆的绘制任务。1958年，毛主席曾到广州视察水产馆，为了纪念此行，需要一幅大油画，其宽度可供三四个人同时动笔。参加合作的有尚涛、宣承榜，还有任职于珠江电影厂的谭安昌、崔志成等，以及一些参加过这项工作的人员，难以记名。大家通力合作，愉快地完成任务，现留有一幅素描稿（见图1）。

图1　毛主席视察广州水产馆（合作）

为"三同户"的二女画像

1969年春，学校领导决定将1969届和1970届两届学生下放农村接受贫下中农再教育，决定由我、关伟显、汪宗伟等组成领导小组，下放地点就在三水县南边公社大日头大队的几个村和生产队里。我带领一班1969届工艺专业的学生进驻张边村——以张姓为主命名的一个村，路对面就是以肖姓为主的肖边村。张姓的生产队长将我与谢顺景安排在村头的一户张老伯家，而吃饭又分开到两户进餐，可能考虑到家庭劳动力和伙食质量情况，供我进餐的一户有老娘，有两兄弟，哥哥在队里是管水员，每日出工就是扛着铁锹巡田，每见水田中有田螺便捡回家加菜，仅此而已。

为了使同学们的写生更得心应手，我曾提出要求，大家在出工前能保证有一个小时的速写练习。有人说这是冒风险的主意。我考虑到同学们将接受分配工作，步入社会，要靠双手工作，这是很简单的思维，没有考虑风险问题。我曾听到一位女生提出不管何时分配工作，只要按时发工资即可。

我的"三同户"有个小名叫二女、大名叫张瑞敏的小同学，精明能干，帮助家里做很多事情。我特约她做模特，画个像（见图1）。至今已半个世纪过去了，未知人在何方，情况如何？我很思念为我们提供食宿的两户人家。

我的素描之路

图1 "三同户"的二女张瑞敏（1969年）

为许学文画像

20世纪70年代，我住在广州美术学院老美院二栋，与校医许珍妮家为邻。许医生有4个弟弟，青年许学文排行第三，还有四弟，多有交往。记得有一年，我还带他一起北上探亲，探望我的老伯父郭兆钧先生。前面已谈过，伯父是中医出身，是最早教我认识字的先生，所教之字都与中药材名称有关。我与学文到昌平县时还要走4000米，我告诉他，我们家乡称伯父为大爷，或称老大爷，结果见到伯父，学文抢先叫了一声大老爷，令人发笑。学文原籍潮州，在广州居住多年，对北方生活民俗知道不多，但他还是有一种好学精神的。

我为许学文画像（见图1），这是我练习的试验品。用黑色炭条与浅褐色结合写生，在20世纪50年代我也曾有过试验。此幅肖像特征、神态还是肖似的，可惜画后没有签署画自何年，具体时间已记不起来了。这可能是20世纪70年代初的作品。

许学文早已移居香港，我们有过书信、电话联络，但已多年未曾晤面。翻阅素描画幅，引起我的思念之情。

图1 许学文画像

艺术基本功的争论与思考

在20世纪60年代初，当时文件下达废除模特教学。"文化大革命"开始前后，我曾带一个班的同学到怀集蚕种场，上素描课、油画课均请农场工人当模特供大家写生。未久，1966年5月，学生已不安于在分教处学习，纷纷写出大字报要求回广州校本部闹革命。经过一段时间串联，又响应复课闹革命的号召，分配我参加领导小组，率1969届和1970届同学到三水县大日头镇接受贫下中农再教育，实际上是以参加农业生产为主，与各队农民同劳动。我本着学艺练功"拳不离手，曲不离口"的精神，要求同学每天在出工前至少要画一个小时的速写。有人说我很大胆，其实我只是尽教师之责，没有考虑很多，只是想到这些同学在学期间，因停课而在练功方面失去太多，一旦走上工作岗位，要靠美术的功底做事、尽职。

20世纪60年代末，广东人民艺术学院成立，由广州美术学院、广州音乐专科学校、广东舞蹈学校合成，共分五个系，包括绘画、雕塑、工艺、音乐、舞蹈等，还有一个为演出服务的舞台美术组。为此，姜今教授由珠江电影制片厂调进主持。

1970年3月至8月，学院组织各系人员到曲江县马坝镇举办艺术教育试点班，各系均收了首批学员。作为教具的钢琴、地毯要不要带过去？因多有争论，先决定不带，后又要带过去，因为北京排出了钢琴伴唱《红灯记》的样板节目。

带地毯过去的原因在于舞蹈老师拒绝在草编的垫子上教学。草编太滑，怕有风险，担当不起。

舞蹈、音乐师生回校后，排练歌舞样板戏《白毛女》，这具有教学的实验性。既安排四名同学分工练习喜儿和大春的角色，使他们有较多的演艺收获，又安排很多学生分工演配角，尽管有的只是"跑龙套"绕场一周。但教育主管急功近利，将学校当成剧团，必使一批同学失去练功的机会，缺少接受全面教育培养的机会，也必然难以胜任未来的演出任务要求。

无独有偶，在美术这边也有一位教师发出"以创作带基础"的口号，也就是创作需要什么画，就去练什么。乍看起来，是结合创作任务的需要去打基础功夫，但传统分科有人物、有山水、有花鸟、有工笔、有意笔，还有兼工带写，同属人物专业，创作题材不同，形式要求不同。教师的基础课怎样安排才能适应创作课的需要？因此，"以创作带基础"实践起来必然是干扰或是取消了各门基础课之独立性，也是将教学单位变成了创作单位。素描（包括白描）是一切造型艺术的基础，这句话销声匿迹，不再存在，更无扎实基础可言了。这同属一种急功近利的表现。

学校是培养人才的地方，不是文艺社团。要从长远考虑青年学子的基本功夫的练就，这样，他们走出校门，才能有较强的适应能力。

为油画创作而准备的素描像

1971年为军管时期，省文艺创作组领导美展的筹备工作，要我与恽圻苍老师一起创作题为《毛主席领导我们在大风大浪中前进》的作品。毛主席畅游长江之事，大家都知道。我们一起专门择期到武汉采访，收集素材，共同商议构图并到有关码头写生；在当地友人协助下，有很大收获。为了画好毛主席的形象，我们参照了几张照片。图1的这幅素描像基本上是按照1966年毛主席在天安门城楼上向红卫兵招手的那幅摄影照而画的。

图1　素描毛主席像

学军步行拉练往返荔枝之乡——东莞

1971年年初，工农兵学员入学，都是由广东各地区包括海南各单位推荐而来的，有穿军装来自部队的，更有一位来自农村的学员，是扛着锄头入校门的，使人眼前一亮。绘画系根据学员的志向仍分为国画班、油画班、版画班，学员的学习热情很高，教师也恢复了在校内的教学生活。经过一段时间的课堂教学，由多名教师和学生拉练，步行到东莞松柏朗大队体验生活。

东莞是荔枝之乡，久负盛名。我们除了画些农舍的速写，还重点画了一些荔枝林的速写（见图1），以及小油画风景。

荔枝属常绿乔木，生小叶，为长椭圆形；花开绿白色，夏季果熟时为紫红色，也有早熟的品种，名为三月红；果肉多汁，为透明白色，是我国特产的甜果。唐代杨贵妃与宋代苏东坡都深爱吃荔枝，留下很多故事，现今荔枝也成为颇受欢迎的出口产品。

图1　荔枝林

我们教学实习约两个月，回程仍拉练步行先到惠州，又从惠州步行回校。在我的记忆中，还有露宿的生活体验。好在天气作美，行程还算顺利。

农村生活速写

素描基本练习可分室内功和室外功。因环境条件制约，室内功常以素描慢写为主，但亦必穿插速写人物、人体等，慢功与速功相结合，但以慢功为主。

室外功的写生练习要求宽视野、大空间。复杂的景观物象尽入眼帘，要练习取景成画的能力（见图1至图3）。当然，也可以特写一棵树、一栋建筑或一丛花卉；从取材、写生的角度，表现出情之所至。从取材爱好

图1　东莞松柏朗·春耕1

逐渐显现画者的志趣而日见风格的形成。譬如有人热衷于画建筑，有人爱画树木，有人爱画动物等，各有自己的选择。历史传统取材以自然山水、林木为多，也有专以画房屋建筑，以至特写亭台楼阁结构为特色的界画，都需要在室外现实中取材。表现建

我的素描之路

筑或建筑群体，要掌握透视学的有关知识，如视平线、视点、焦点、平行透视、斜行成角透视的知识，用以判断、检验自己的观察力。

图2　东莞松柏朗·猪舍

图3　东莞松柏朗·部队大院速写

荔枝乡的景观

　　东莞是岭南人文荟萃之地，物产丰富，陆海交通便利，历史遗存可见证中国近代史。我们带领工农兵学员到达的实习地松柏朗为盛产荔枝之乡，到处可见荔枝林。荔枝树虽属乔木，但不高耸，果熟便于采摘。一般来说，荔枝成熟期在五、六月，但也有早熟种名为"三月红"。苏东坡南迁居惠州时，曾作诗《荔枝叹》《食荔枝》，"日啖荔枝三百颗，不辞长作岭南人"已成名句。对于北方人来说，虽对画荔枝兴趣满满，但画起来有一定的难度，因果皮布满瘤状突起，时见于工笔或水彩画家之写作。

　　我以油画作宏观风景和素描、速写记录所见，荔枝树形态曲折多变，适于特写（见图1至图5）。荔枝林与农田水利生产、建筑错落有致，与山坡河流融为色彩丰富的景观，到处是风景的画材（见图6至图14）。

　　每到一地，我都会到处游览，见人所未见，画人所未画，求画意出新。有了新意的思想基础，还要使写生的手段、语言达意，速写就是观感的畅所欲言的表现！一棵树可以从多角度去观察，一处景可以从多方面去表现，来不及画，可以默记下来，丰富大脑的储存。

荔枝乡的景观

图1　荔枝树姿之一

图2　荔枝树姿之二

图3　荔枝树姿之三

图4　荔枝林之一

图5　荔枝林之二

图6　东莞松柏朗村景之一

我的素描之路

图7 东莞松柏朗村景之二

图8 东莞松柏朗村景之三

图9 东莞松柏朗村景之四

图10 东莞松柏朗村景之五

图11 东莞松柏朗村景之六

图12 东莞松柏朗的松林

图13　东莞松柏朗的田野

图14　农院

艺术品中只表现农村故事的连环图画多有出现。虽属农村建筑，但它们与城市建筑一样，都有自身的建筑形式和规格，须表现建筑结构的合理性，比画那些茅草屋棚要严格得多。这也是为什么学生下乡总爱画破旧的棚屋和茅草屋，因为画这些屋棚可以东倒西歪，随意性强，画正规的建筑要求结构透视的合理性。

人物头像写生面面观

写生练习不怕重复，应抱复习与进取的态度。譬如画同一个石膏像，如面容相同，角度位置相同，可在总结过去经验的基础上改进方法，变换工具材料。若条件不具备，也可在取像的角度或写生的范围有所变化。石膏像自身有个连体的方座和圆座，可放在不同台面上，给取像扩大了任务范围。站立作画或坐不同高度的椅、凳作画，在视线上又有不同的变化。

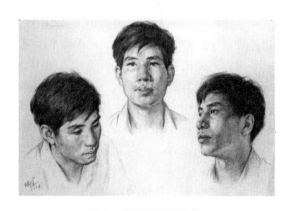
图1　男子面面观之像

人像写生有面面观之课题。从不同的俯仰、正侧的方面、角度画出具体人物特征，以及头颈的运动规律（见图1），还有五官的透视变化，都是很重要的人物造型基础训练。

我的素描之路

我在学习期间曾认真画过俄罗斯一位白发老人面面观，画作已被展示过。为了配合教学示范，我又认真画了一位青壮年，从三面观察写之，基本可以看出为同一人的面面观，画作后被1983年出版的《素描基础知识》一书刊载。不久，由湖南美术出版社出版的《素描基础教学》一书将相距近30年的两幅面面观作业同时刊出对照，更引起我的美好回忆。附在此处之图为44厘米×65厘米的炭笔画（见图2），早年的铅笔画尺幅为40厘米×70厘米。人像面面观的写生课题应在美术教育事业中得到重视，这是培育人才、复兴人物画肖像画的必需的基础。

图2 老农像素描

造船厂的生活见闻

1972年秋末，我曾先后到两家造船厂作画，一是广州造船厂，二是广州新中国造船厂，油画写生与素描写生并重。油画侧重于景观，如《珠江口》《码头吊机》《船厂》；素描则偏重于人物。那时，广州造船厂正在建造万吨轮，我也登上万吨轮观景，增加了一次登高望远的机会。

这里的人像都是在广州新中国造船厂所作。幸好画完后，我请他们各自签名，否则是难以记住的。首位人像画的是青年突击队副队长梁超（见图1）。我画人物肖像，总要努力达到形神兼备，以不负双方的劳动时光。梁超既是青年突击队的副领队，也应是一位有形有神的青年人。东风202轮机长冼球（见图2），头发已花白，说明他有一定的驾驶船的经历。他的精明能耐全在他的眼神与表情中表现出来。新船五号机手胡俊乃（见图3），黑发，穿着的中山装衬托着他的面色，双目直视，神情严肃，可信其掌机的能力。还有新船5号轮机长陈光同志（见图4），更是工作经验丰富，颇具风采。

我很高兴曾为几位劳动能手画像，并有美好的回忆。

造船厂的生活见闻

图1　青年突击队副队长梁超　　图2　东风202轮轮机长冼球

图3　水手胡俊乃　　图4　新船5号轮机长陈光

茂名石油城景观速写

1971年，工农兵学员入学，开展了包括学军在内的全面学习与锻炼。当时，美术专业也分国画班、油画班、版画班。1973年，我有幸加入教材4人编写组。为了丰富教材编写内容的生动性，我们3位到茂名、阳春、高州体验生活，搜集画材，还在茂名举行了以校友为主的座谈会，征询教学改革意见，得到校友们多方面的帮助。

茂名是盛产油页岩的石油城（见图1至图5），石油公司很大，分布广，有专门运输的交通工业站，火车穿行于各个厂区。那里到处都是钢铁的构件，铁道为横线，灯柱为直线，以烟囱、油罐为圆形体，还有电线左右串联。这些景观均不属于可以随意变化的线条，画线无论轻重，必须符合表现形体结构质感的要求，能否达到要求确实是一次考验。

图1　茂名石油城景观之一

图2　茂名石油城景观之二

图3　茂名石油城景观之三

图4　茂名石油城景观之四

图5　茂名石油城景观之五

茂名石油城工地速写

茂名石油公司车间多，室外工地亦多，到处都是忙碌生产的景象。画这些场面的速写，不能从局部出发，必须有宏观的气度，注意构图的整体性，以及构图的重点、要点，使纳入构图中的物象相互关联，形成一个统一的画面。同时，要有比例透视观念，才能避免许多矛盾现象。图1至图3是石油城工地速写。

既然是生产忙碌的景观，必有人物的点缀。人物虽然应按比例缩小，但要尽可能画出应有的比例动态，既相互有别，又互相关联，才有互动的生活气息。

临时速写捕捉形象的能力有赖于平时"拳不离手，曲不离口"的勤学苦练。能够随时在大小不同的纸幅上构成可观的画面，这也是创作能力的重要基础。

图1　石油城工地速写之一

我的素描之路

图2　石油城工地速写之二

图3　石油城工地速写之三

速写带手半身像

　　在现实生活环境中的人物速写，一种是在动态中捕捉形象，另一种是在静态中速写。在茂名石油公司的机电厂，我偶遇一位正在休息的电工师傅。我请他在自己的工作环境中静坐一会儿，给他画一幅速写肖像（见图1）。他的双手自然地搭在双腿上，属于带手半身像。电工师傅穿着工作服，头戴工作帽，稳坐在靠背椅上，职业特征明显，背景只是简单的衬托，重要的是电工师傅的五官端正、身体壮硕，双手自然地握拳，充满了尚待发挥的技术劳动潜能。在调子处理上，腰间皮带的重色与帽色之重相呼应。

　　从另一幅青年工人像（见图2）中可见，他英姿潇洒，目光有神，我对他的衣服进行淡写，重在头手刻画、表现。古时已有云："画人难画手，画兽难画狗。"其实就是五指在四肢中的比例动态难以把握。人物写生虽难，但凡有可以画手的机会，都要抓住，不要放过，即使画不完也是一种收获。

图1　带手半身像速写（1973年）

劳动中人物速写

图2　车间劳动者

劳动中人物速写

现实生活中的人物速写，有静态的姿势，也有在生产岗位上劳动中的人物速写。这些速写可以是有待进一步创作加工的素材，也可以是独立的艺术形象，多用于宣传事件的拼图或表彰人物的特写，达到辅助文字宣传的效果。现在有些速写、图画的功能已被摄影、录像所取代，不过时间艺术、空间艺术、人工的写生与机械的反映仍各有优点和自己的优势。

这里表现石油城车间生产劳动的速写是用自来水毛笔完成的，有独立操作的男、女劳动者，有集体合作的劳动场面。（见图1至图4）各有职责，各有分工。

女工扬手操纵机床而站立，男工也是扬手而下蹲，构图横竖不同，主要是基于工人的劳动姿态。群体合作的场面在特定的生产环境中加上生产工具更增添了生活气氛。

我的素描之路

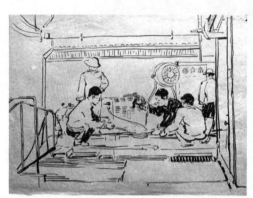

图1 矿区生产小组

图2 矿区户外劳动者

图3 矿区工人立像

图4 车间女工

石碌铜矿的素描速写

在茂名的工作结束后，我很快就到了阳春。在阳春文化馆宿舍，我见了老同事梁器奇老师一家，那时他们还在下放期间。到了石碌铜矿，我见到广州美术学院原俄语老师鹏飞女士，她的丈夫是此处的领导者。我们与一批科技实习者同住一排宿舍。

石碌铜矿为露天矿，面积庞大，称为矿湖。每8米深挖一层，底层已有数十米深，广布挖掘吊机，运载矿土的运输车辆往返穿梭，虽见人不多，却是一片繁忙的景象，也是令人大开眼界的景观，不到现场你是难以想象的。在矿产中，还蕴藏着与绘画有关的石青、石绿，不过当然要经过研磨加工才能使用。油画的群青颜料优质者奇缺，不在此多说。

在矿湖画速写（见图1至图5），面对大空间的土层，只有机械点缀其间。机械的结构是严密的，质材是坚硬的，与自然的土层形成对比。虚实对比关系不难发现，难在机械的概括性、可信性的艺术表现。当然，室外的大空间的深远、辽阔也要通过透视空间的层次有序性才能体现。这些都要耐心地观察，才能做到胸有成竹，烘托生产氛围。

图1　石碌铜矿之矿湖

图2　石碌铜矿之钻探塔景

图3 铜矿运输车

图4 石碌矿湖一景

图5 石碌矿湖速写

为女劳动者速写形象

40多年前,我们去过阳春石碌铜矿。前不久,我曾向熟人打听过石碌铜矿的情况,据说矿源已接近断绝,现在的情况更不得而知。我们曾在那里有过一段生活体验,不仅有所怀念和记忆,而且还保存了对一些人物和环境的速写。这里有3位女职工的画像可以见证。

首先介绍《矿区女话务员》(见图1)。她的工作状态较稳定,经过通话接插线路。根据她的形象和工作环境,我以横幅木炭纸构图。她的坐势端正,我重点表现头部和双手与话机的关系。面部静听的神态固然重要,双手的结构动态的表现也必须到位，这样，表现出来的人物的工作状态才能美感十足。

《车间女工》（见图2）描述女工正在认真记录着什么，俯首弯腰的专注精神呈现出干练的有为者形象。

《选矿配料工》（见图3）记录了配料工运用机械仪表进行工作，她的着装戴帽，面对机表的专注神情凸显了她的工种特征。

3位女职工只是矿区诸多劳动者中的一部分，她们足以令人尊重。

图1　《矿区女话务员》

图2　《车间女工》

图3　《选矿配料工》

素描写生与创作中的钢笔画

钢笔是硬笔中的水笔，由蘸水发展到蓄水而成"自来水笔"，这是工业产品发展以后创造出来的。欧洲古代文人和画家一开始使用鹅毛管笔书写作画，拉斐尔善用苇管笔作画。我国画家司徒乔曾用竹笔画速写。用这类工具作画无非是利用管状物削成的笔尖的钝锐、粗细变化，自如地表达作者的感受和体会。有些作者则利用自来水笔，并将金属笔尖折弯，可正、反双向画线，正面纵向画出原来的细线，背面横向画线则为粗线,以达到粗细互用的有变化的表现效果。有年轻人用圆珠笔画速写,同时记录文字;还有一种针笔可画出均匀的细线条。广东有位版画家林驹致力于针笔创作。在金属版画,有一种干刻的铜版画。以钢针为画线工具,伦勃朗就有这方面的铜版画创作和自画像。

创作线条相对均匀的硬笔画,应使用铅笔并以削尖了的软硬铅笔写生作画。铅笔是一种较为方便的工具。用钢笔画画,作人像写生难度大,在落笔时肯定不能犹豫,因为不同于铅笔可以擦拭。我只好用长线与短线相结合,以短线与点的密度变化表现女像的暗面,男像则用短线和点较多,二人的头发线条的长短和密度都有不同的变化。这两幅人像均作于1973年,女像为钳工(见图1),男像为汽车修理工(见图2)。

图1　女钳工苏风美像(钢笔速写)　　图2　汽车修理工人像(钢笔速写)

钢笔速写人物与景物

在现实生活中,速写人物与在教室中速写摆姿势的模特大不相同,生活中的写生对象都有自己的生产劳动环境和职业装束。这位静坐的青年工人(见图1)形象英俊,双手拿一对宽大的手套,说明是劳动生产的需要。画作要恰当地表现他的坐姿,身躯前倾,双肘弯曲压在双腿上,重心稳定。

另一幅画中,蔡司机(见图2)蹲在地上面带笑容,手持墨镜,身后有一棵树,身旁有几棵小草,加上他自然蹲下的姿态,显然,这是在室外偶遇而被画的。见画思人,虽是偶遇,也是有缘,记下了司机姓蔡,面善乐观,有如老友。时光已过40余年,仍存感念之情。图3、图4为风景速写。

图1　青年工人　　　　　　　　图2　蔡司机

图3　矿区山景　　　　　　　　图4　石碌矿景

钢笔风景写生

用钢笔作景物速写很方便。我在搭乘车船以及散步过程中,均可随时速写所见景物,如山势、树姿等。车船速度快,即使缓行,远观变化也较大。我常被远方山势的起伏重叠所打动,只能画远近距离不同的起伏线。下面的几幅景观速写均为在阳春石碌铜矿所见（见图1至图3）。在矿湖中，分布着高耸的钻探塔棚，露天矿层高度为8米，景观面积很大，因此，当有构图的取舍，多用长短线条组合，略加疏密变化。

图4为铜矿宿舍区景观，与我们同时暂住的还有几位以老带新的科研工作者，大家时有交流，相互学习，尚有记忆。

图1　阳春郊景

图2　石碌矿湖

图3　石碌采矿

图4　矿区宿舍

大自然在地下为人类提供物质财富，全赖科研工作者提供线索。大自然在地上为美术工作者提供取之不尽的画材。

风景写生讲究意境。在一般情况下，画面可分上、中、下三部分，景深各有不同，总有远、中、近三个大的空间层次，画幅不论横幅、立幅，均可分左、中、右三部分，或说分三段，画面的重心一般都落在1/3或2/3的地方，基本上，按黄金分割律的比例确定重心较为稳妥。

钢笔写生的局限性就是不能擦改，用笔要确定，按构图需要，先定点分割大块比例，点与点之间连成造型的线条，更重要的是心中把握分寸比例，应手握笔不迟疑，使线形顺畅确定。如《渡船》（见图5）的结构，有如复杂的建筑纵横交错，有门窗，有平台，还载有汽车，渡船与远山之间还有船只，有远、中、近三个空间层次。

《渡口》（见图6）亦如是，有远、中、近的空间距离，只是近处坐了一排等待中的服装一致的军人，轮廓线粗重，加大了与远山的空间感。

《建设工地》（见图7）为我偶入一个工地，见到群体劳动上下配合施工的场面。人与高架相比显得很小，但姿态各有不同，遗憾的是远处的人物太大，不够精而小，与近处的人物未能拉开距离，对空间深度有明显的影响。钢笔速写或圆珠笔速写，只有多画才能达到常写常新的程度，并应在题签时记下时间与地点，有利于未来查阅有据。

图5 《渡船》

图6 《渡口》

图7 《建设工地》

高州深镇行遇记

1973年夏，我们由阳春转赴高州，到深镇农村体验生活，还参加了一些集体活动，如妇女代表会议。我们只是旁听，画速写。我还接触到新珍珠生产队张伟坤副队长，请她坐了一会儿，为她画一幅速写像（见图1）。我觉得她是一位能拿主意的生产能手，画幅不大，是一幅半身带手肖像的缩写。

另一幅女像为66岁的管水员张瑞英老人（见图2），人称土专家的一位农业劳动者。圩尾生产队队长苏明进（见图3）是一位先进工作者，身着获奖汗衫，因此，我以胸像格式写之。另外有谭昌贤老队长之肖像（见图4），经过色调对比衬出白发，更显经世沧桑。这些粤西务实的老农使我带着深切的情感去画他们，总有相见恨晚、言犹未尽之意。此深镇非彼深圳，音同字异，虽已过去40余年，我仍有记忆。在高州深镇素描人像中，我对自己画的生产队队长卢坤惠（见图5）是比较满意的。首先是这位女队长面带微笑，纯朴可亲。此画使用炭铅笔素描，比较简洁，调子明快，形神统一，要表现的内容比较充分，显然她是一位能够团结众队员、搞好农业生产的人。

图1　张伟坤副队长

图2　管水员张瑞英

图3　生产队队长苏明进

图4　谭昌贤老队长

图5　生产队队长卢坤惠

首次西沙群岛一行

1974年5月,广东省文联属下的作家协会、美术家协会、音乐家协会组成了一个到西沙群岛体验生活的工作团,学院派我和周波、曾洪流两位同事,广东画院的林墉,音乐家协会的作曲作词者等人一起先到海南通什黎族自治县采风。由当地有关负责人给我们推荐两位民兵,黎族青年民兵黄进形穿民族服装,确实名副其实,英俊有形,双目传神。黎族是海南岛最早的居民,虽是首次接触,却不觉陌生,因大多数黎族同胞都能兼说汉语。除了这位男青年(见图1),我还以钢笔画了一幅着民族装的女青年像。

对持枪青年像(见图2),我很遗憾当时未记下他的姓名,只记了"公社民兵"四字。他的形象淳朴,坐姿挺拔,颇有英武气派。

海军战士头像画于西沙七连屿附近的舰艇上,七连屿即七个小岛屿散布成一条线。正值台风季,他是姓吕的年轻海军(见图3),一位通信员,虽未画得充分,但形象可亲可信。

图1　黎族民兵黄进形(1974年)　　图2　公社民兵(1973年)　　图3　通信员小吕

这位握枪端坐的民兵战士是西沙海战的三等功荣立者(见图4),姓名为陈毓松。他坐在一个方凳上专门为我们摆个姿势请我们作素描像,我仍然用钢笔作画,将他画得年龄相当,精神专注。帽形帽绳系扣的表现也算贴切可信。写生时间至今已40余年,这位有功之人值得纪念。

图5的速写像实为老人的两面观。这位陈维德老人为海南崖县渔港大队的一位革

命老人，速写时他已经66岁，从面容可以感觉到他饱经沧桑，白发与眼神可以见证。他是一位可钦可敬之人。画了正面，我意犹未尽，又从侧面速写，使用钢笔线索表现，显然有很大的局限性，好在老人的目光可以令人想象很多。

图4　握枪民兵战士　　　　　图5　陈维德革命老人双面观写生

我们从榆林到西沙永兴岛是乘海军运输艇，在夜间行船，有风浪颠簸感，幸未呕吐。

在永兴岛上有中文碑记，几位搞国画的校友还热心地做了拓片，乃是历史遗存的见证物。在铺地的水泥砖缝中虽有沙土，我们用手扒几下可见有古钱币露出。据说此处曾堆积出土文物，原在沉船水下积存。群岛之间时有海上交通机会，晕船者却步，我则争取乘船到另一岛上参观，寻找画境，已有油画写生发表。我曾先后登上六七个岛屿，如金银岛、深航岛、甘泉岛等，甘泉岛意味着岛上有可饮用水源。在到西沙前，我曾听说那里的太阳强烈地照在白色的沙滩上会非常刺眼，我便知不能戴着有色眼镜作画。通过实践，我经受了多次考验，并得到了关于一些海洋知识，如见到海龟、巨型海参等。我回校后创作了《休息的海军战士》《营房的壁挂》《海上望远镜》。（见图6至图8）。

图6　《休息的海军战士》　　图7　《营房的壁挂》　　图8　《海上望远镜》

学军到汕尾深入生活

1975年夏，我与同事陈金章老师一起到汕尾驻军部队深入生活，写生作画。我们住在海边队部宿舍，出大院远可见山、近可观海，与部队军人生活在一起，他们既严肃又活泼，而我们接触较多的是九连炊事班的战士们。我们不仅画战士，还常到附近去画风景。由于好奇寻景，有时我们还要脱鞋卷起裤脚涉水到对岸沙滩。

我与陈金章并坐而画，都用钢笔记录风景。我总能听到他每画一笔都要发出运气的吭声，我想这是他常以毛笔作画养成的呼吸习惯。陈金章作画真诚、稳健有序，给我很多帮助，给我提供过教材资料，如他的《榕树》写生，可见我的《素描基础知识》一书。

我画了九连炊事班长韦成昌（见图1），他是真诚能干的老战士，对我们很体贴、照顾。我所画的另一位王冠英战士（见图2）为英俊敦厚的年轻人，他的形象还被用于《素描基础知识》人像写生步骤四幅示意图，王冠英像上有文字记为广西大新人。

图1　炊事班班长韦成昌　　图2　九连战士王冠英

渔船速写系列

南海之滨汕尾市有个叫遮浪的渔港，风景很美。此幅钢笔的速写风景就题为《南海之滨》（见图1），作于1975年，曾刊印在《素描基础知识》首页作为插图。那次汕尾行我还画了一些渔船的速写（见图2至图5），作为创作素材使用。在海面上，尤其是平静的海面，如果有渔船行驶或停泊会增加生活气息；如果有风，行船出海张帆，会更增景观氛围，可惜这些渔船突出的是刺向天空的桅杆。

图1 《南海之滨》

图2 渔船速写之一

图3 渔船速写之二

图 4 渔船速写之三

图 5 渔船速写之四

第二次西沙行

1975年冬，利用学军的机会，我在榆林港结识了许多军官、战士以及部队医务工作者，画了许多肖像，现选出4幅，加以回忆40多年前的情景。每次素描结束，我都画上题注，有时还要请被画者亲自签个名以作纪念。其中年纪较大者为503舰副政委（见图1），他很支持我们的工作，并常给我们介绍一些情况。我们回广州后，有一次，他还到学院探访我。年轻者为主炮战士（见图2），来自上海，在舰下码头相见，没谈几句话，他从裤袋掏出一包烟请我抽，我婉拒，请他自己吸，他说自己不吸烟，因领导批准要探亲了，所以才高兴地请大家吸烟，其心情可以理解。

图 1 503 舰副政委

图 2 503 舰战士

我的素描之路

另外两位为425医院门诊部女护理战士，我先后完成写生（见图3、图4）。他们的从军工作与医护工作联结在一起，因此更值得敬重。我笔下的他们都具有严肃负责的精神。

图3　425医院门诊部女护理战士之一　　图4　425医院门诊部女护理战士之二

为南海军人写生

在榆林港学军时，我记得与梁世雄、汪宗伟一起登上护卫舰503舰，真正体验了海军较大舰艇的集体生活。舰上海军的伙食标准较高，伙食好，有时还可以加啤酒，餐前先列队唱歌，指挥说，"今日加菜，每两人共饮一瓶啤酒，自己找对象，解散！"大家高兴地笑起来。我们在舰上与军官、战士相识，他们都热情地支持我们的工作。我曾画过一位叫林有余的海军战士（见图1、图2），他是炮班标尺手，相貌很英俊、敦厚，高鼻，嘴上边还有不太明显两撇小胡须。我先后两次请他做模特，当时就想到，从不同的角度画一个人可以作素描教材中"面面观"的范例。作为青年学子，能通过面面观画好同一个人，也是对自己练习素描写生功夫的检验。可惜教材未能用上，因为面面观至少要有三个角度的写生。

图1 战士林有余之一　　　　图2 战士林有余之二

海军部队生活速写

我有幸两次参与西沙群岛行,均要到海南岛海军部队,体验生活。毕竟军民有别,我大多时间是从旁观察,通过速写记录所见,如在椰林中开班会或小组会,展开学习讨论。

名为《椰林中的学习会》(见图1)的速写体现了3个小组的分布情况。根据冬季服装的深色判断,此幅速写应属于1975年所作。

出墙报乃是部队文化生活的重要组成部分。(见图2)这些部队的宣传工作者在认真抄写稿件(见图3),未必能发觉在背后已有人将他们专注认真的姿态速写下来。

图1 《椰林中的学习会》

我的素描之路

图2　出墙报　　　　　　　图3　宣传干事

在拉练到期的前一天，护卫舰接到上级通知，要执行一项任务，即搜寻一支搁浅的泰国商船。搜寻一日一夜毫无结果，我以为可以回程，据说外交部又有一项命令——"继续搜寻"。又寻了一段时间，终于在浪花礁附近发现了搁浅的泰国商船，护卫舰还要承担看护任务，等待广州海难救助打捞船的到来。又因海深无处抛锚停靠，护卫舰只有进一段、退一段，往返重复运行，涡轮机永远不停地响着。等了数日，救助船终于从广州来到这里，先由救生小艇探清情况，小艇上八九人，都穿着橘红色救生装，个个精神飒爽（见图4、图5），英勇的气概使我十分感动。救援完毕

图4　创作素材人物速写之一　　图5　创作素材人物速写之二

后，护卫舰已在海上漂泊十多日，舰上的饮用水基本耗尽，最后每人只供一杯水。我们与舰上的官兵同甘共苦，回到榆林港前18天的生活体验，让我终生难忘。我并草拟了表现海滩救助的素描稿。（见图6）

图6　创作草稿

参观画展宁、沪、杭行

1975年秋，澳大利亚风景画展在南京举行。当时学院名为广东人民艺术学院，由革委会胡一川副主任率领汪宗伟和我一起，赴南京参观澳大利亚油画风景展。我们见到了不少当地美术领导，如亚明等人。请当地国画家示范表演，由亚明开笔，魏紫熙补笔，林散之先生答应写字，要求定时到家中去取，由我代表去取，顺便也登门求教。林先生之手迹我早已在关山月先生客厅中欣赏过。我知道林先生对书画均有造诣，他曾谈到书画关系问题，李苦禅先生有"书至画为高度，画至书为极则"之墨迹，他也是同意的。林先生生活朴素，务实工作。

我们在南京还得到南京博物院的接待，得以欣赏藏画。工作人员戴着白手套，按顺序将卷轴摊在台面并作简介，大都是明清时期的山水作品。我们既赏画，又复习美术史。从南京转至江北扬州，我们会见老同学和校友，访问当地老画家，继而又参观扬州博物馆。有关扬州画派的藏品虽有限，但亦可观。古人提倡"读万卷书，行万里路"，以开阔视野，还有"养、鉴、经、取"四个字，要落实到自身的情怀与眼力的提升，才能有所作为。回程经过上海、杭州。

在上海，我们首先拜访了林风眠先生。胡一川同志见到老校长，首先道出"我当年是被学校开除的",林先生立即回答:"是呀,所以我派人通知你快离校,他们要抓你。"这也是当年的一种师生情谊。我观察了一下林先生的客厅,好奇地问墙上悬挂的一幅女像是谁画的,林先生回答是苏天赐。另外,我看到在大写字台的一边整整齐齐地平放着一摞《解放日报》,约有10米高,其整齐的程度令我惊讶。我从中看到一种卓绝的精神力量。在那20世纪70年代中期,无论是林先生亲自所为或是要求他人所为,都是难能可贵的。

在上海期间,我们还拜访了刘海粟先生。先生的门上贴上一张纸写着:"毛主席说'还有个刘海粟'。"搞美术的都知道这是有关模特问题批示的最后一句话,这也是自我保护的需要。刘先生先让我们签名,感到我们前来的诚意后,令人上茶,讲述了当年有关模特问题引起的社会风波情况,最后赠了一本资料和一本旧画册。数年前,我在郑州遇到一位治黄委员会属下的张仲夫先生,他已为我简单介绍了一些当年的情况,张仲夫为刘先生的学生。

最后,我们拜访了颜文樑先生。颜先生有老夫子之美称,当年已80多岁,拖地小步行走,一件一件地将自己的多幅油画先后展示,而且每幅画都是有外框的,不辞劳苦的精神令我们深深感动。颜先生的名言是"我画画快乐,我为快乐而画画"。颜先生曾任苏州美术专科学校校长,我的素描老师李宗津先生就是苏州美术专科学校的学生。颜文樑先生也是中国粉彩画的开路先锋,从他的一系列代表作足可见他的写实的素描功力。与先生告别后,他还将我们送出门外,在院内不停地挥手目送。

油画《出诊》的创作前后

1976年9月,我与同事吴华先同行到广东省党群"五七干校"学习,这个"五七干校"在粤北乳源桂头镇。此次学习为期三个月,学员大都来自宣传、文教单位,听报告、分组讨论、出黑板报以及自我娱乐等学习生活内容丰富,业余和假日我则抓紧时间作小油画速写。因临近山水,风景极佳。此地有许多大棵的樟树,村民为了解决用电问题,便酝酿以樟树换取供电设施,不知后来如何,从环保角度考虑,肯定要另寻出

图1 《出诊》素描稿

路。在此学习到一半时，传来打倒"四人帮"的信息，我们自然要等待学习内容的调整。

此前，我为了参加广东省美展，便以油画《出诊》（见图1）一作参展。这是素描稿之一，油画原作将青年女性改为骑车者，为此，油画创作还画了两幅头像，为女医生形象的参考素材。

1976年所作的两幅女像是为创作油画《出诊》而作的素材（见图2），医生要不要包头巾也是我要考虑的问题。包头巾的一幅上有注明为当年青年节所画之人物，模特为学院附近农村女青年阿芳。另一幅我记得画的是一位渔民女青年，都是尽心尽力为之而成《我的素描之路》的资料。

图2 《出诊》人物细节

共赴江西老区

为创作革命历史画，参加全国性的纪念毛主席逝世一周年画展，1977年夏，我与同事刘济荣结伴经南粤雄关至赣州再北上到兴国，东行到瑞金、古田等地，参观各地革命历史遗址的展览。远望长征第一桥，以及赣江两岸的风光美景，令我们抚今追昔，感慨万千。北上之初，我们就参观了潋江书院旧址，毛泽东同志曾在此讲学，黑板上有"土地"二字，课后与学员讨论，有回答问题的情景。除了课堂速写素材，我还用油画写了外观门景，这幅素描创作稿人物多，时间紧迫。绘制小组领导要求我与易美楷合作，我在韶关他的住所看过他的画稿，早已熟悉。我们合作起来能按期完成任务，合作油画题为《胜利的节日》。原拟素描稿题为《革命领袖与农会学员》（见图1），在广东迎宾馆内进行，画中只有3位领袖人物。在京展出后，上海、天津两地出版社选印为单幅画发行。

《革命领袖与农会学员》素描稿也具有一定的历史意义。

图1 《革命领袖与农会学员》

素描人物写生作品的出版

1977年是社会历史的转折年，更是中国教育的复苏年。大学、高校恢复了高考制度，并于当年考试，所录取学生寒假即入学，这也是1977级大学生的有幸之处。就在这一年，河南美术出版社出版了《工农兵人物写生》素描集，为散页套装。而广东人民出版社出版了《人物素描选》，亦为散页套装，我应约提供了《汽车司机》（见图1）和《新战士》（见图2）两幅作品。前者为1973年我在阳春石碌铜矿画的，后者为1975年我在汕尾驻军部队所画，均为有幸与他们认识而结缘的成果。汽车司机属于模范级卓有贡献的人物，安全行车80万公里，此数字相当于沿地球赤道绕行20圈，这是何等难得的记录。为了介绍这位陈华厚老机师，我特地在纸上注明"安全行车 80 万公里"。

　　《新战士》画的是新入九连的新兵，按部队生活惯例，新兵入伍要经受多方面的锻炼，要承担许多繁杂的事务性工作。众多老兵都可以指挥他做一些辅助性的事情，对他充满了期待。这位名为何建忠的小战士能够有条不紊地接受各项工作的考验。这位小战士的纯朴与稚嫩使我认真地为他素描成像。部队是一所大学校，他也是入学的新生。

图1　《汽车司机》

图2　《新战士》

应 约 作 文

　　1977年，高校恢复招生，寒假开学，并筹备恢复广州美术学院院制，结束了广东人民艺术学院这段校史。

　　随着1977级学生入学，拨乱反正，包括组织安排模特教学，素描基础重新得到了重视。还有外省的兄弟院校到学院"取经"，了解怎样恢复教学。

　　本院的《美术学报》向教师约稿，参加素描教学讨论。1979年，该报发了一篇由我构思写成的文章《素描，基本练习中的风格问题》。

　　在文章的一开始，我就强调："一个民族，某一时期的艺术成就总是以一些杰出艺术家为代表的，他们的作品又各以其独特的风格给人留下深刻的印象。"

　　作为造型艺术的素描基础，要求素描练习不仅是使学生掌握认识对象的手段、描写对象的手段，同时还是掌握以何感人的表现手段……素描表现能力的提高，不能靠动作的熟练，也不能靠时间的积累，而是靠在一定的艺术思想和审美观点指导下的有意识的脑力劳动，而风格的形成就是脑力劳动的结果。

承担研究生素描课教学任务

20世纪70年代后期，广州美术学院开始招收研究生。我在油画系，为油画研究生3人指导小组成员之一，由我承担素描课程的指导老师。未久，国画、雕塑两系的主任都亲自找我商谈，请我把他们的研究生素描教学也承担起来。碍于情面，我只好应诺下来。我在排课时间上做了调整，只要有可能，我都乐意和同学们研究，一起写生。3个系的研究生以国画系为多，因有人物、山水、花鸟之分科，雕塑系的研究生只有2名，但有2位年轻教师，也一起参加进修，我也要酌情一视同仁，提出指导性的意见和建议。当时，我还有油画系副主任的教学行政职务，应该说工作量是相当繁重的。我记得不仅如此，版画系研究生经系主任同意还找上门来要我开一次素描讲座，我也答应下来。此时，我对于素描是一切造型艺术的基础，深有体会。业内也有人讽言曰"素描万能论"，其实是对素描基础的博大精深、多形态的认识欠缺，甚至把素描看成只是西方传来的形式，与中国传统水火不能相容。其实，中国传统的绘画讲究笔墨，也可以理解为笔墨在白纸上的造型、造境的能力，与西方素描有异曲同工之妙，而且经验之丰富，后人难以尽知，版画包括木版、石版、金属版以及丝网版等。从大黑白到精雕细刻的制版，无疑都是对素描粗细用笔的能力的考验。

为版画研究生所做的一次讲座，受同学们的欢迎程度是我始料未及的。次日，工艺系的研究生数人找到我家门，也要我给他们开讲座，我未贸然应诺，只说请通过系领导来商谈，如何准备再说。因为工艺系包含设计门类很多，我要多做思考，有幸的是未果而终，我不再多花时间。

为新疆年轻教师画像

1978年改革开放距今已有40多年，就在这1978年，广州美术学院恢复了4年本科教育的学院制，并筹备全国招考研究生入学，提高了办学层次，恢复了胡一川老院长和杨秋人副院长的领导岗位。后又提拔了黎雄才、郑餐霞、高永坚3位为副院长，加强了领导班子的组建工作。由于教学秩序的恢复扩大了办学招生范围，学院还要为新疆艺术学院美术系培训几位年轻教师，其中有维吾尔族女生卓然木、达斡尔族女生佛列娜和汉族青年教师张安亭。我画卓然木的素描已被用作湖南美术出版社出版的《素描初步》的封面，我院师生有些人也一起画这几位年轻教师。当我画达斡尔族佛列娜的素描像时，她向我提问：她们的民族有哪些著名画家？我则直言不知道，今后我会关注这个问题。后来我知道，源自东北地区的达斡尔族不仅在新疆，在四川也有居民。在研究各民族的文化史中，美术文化也应占有一席地位，各民族的美术工作者应有人在这方面做出贡献。佛列娜提出的问题，给我启发，也值得同行们全面思考。

青春男女像写生

  1978年暑假，我应邀赴韶关，辅导该地区重点美术创作作者学习班，并作素描、油画写生示范。下面的3幅素描人像为我在同一时期的写生作品。

  韶关地区包括一些矿区、学校，我应各种缘由的邀请，出行多少次已记不清了，这里3幅人像是在什么情况下画的，我只能简单谈谈。我院附中以及本科毕业生分配到韶关地区的人数很多，韦振中为雕塑系毕业生（见图1），社会需要雕塑艺术，但一般的单位难有给雕塑毕业生工作的编制。幸好韦振中爱好音乐，是一位提琴手，于是，他便到一个剧团工作多年，后回母校任职。他的形象憨厚，身体也高大壮实，属于质朴善良的青年。另一位吴斯嘉（见图2）1965年从湖北考入附中，分配到红工煤矿工会工作多年，成家立业。我几乎在逆光情况下为他写像，识者当知其神态样貌。

  还有煤矿青工小刘（见图3），穿工作服，神情专注，此3幅人像放在一起比较，形象特征不同，表现的笔调也各有特色。只要情感专注，认真写实，个性的表现自然而出。

图1　校友韦振中像　　　　图2　校友吴斯嘉像　　　　图3　小刘师傅像

社会教育的素描辅导工作

　　自20世纪60年代初到70年代末，我时有社会教育的素描辅导任务。最早是原广州军区战士话剧团请广州美术学院油画系教师去辅导舞台美术干部的业务进修。继而有广州市第一、第二、第三工人文化宫的美术活动，尤其以市三宫的业余美术组的活动为主，我参加的辅导次数较多，几乎每周一次，大都在周六或周日。因有校友刘保东在那里主持这方面的工作，另外有时也请迟轲老师去讲史论欣赏课，市三宫的青年学习热情很高，我知其中有些会成为美术院校各专业的一员，恕我不能一一列举。这些青年，即使不到美院，到任何单位、岗位都会发挥他们所学的专长。还有市少年宫时有活动，我也尽力而为，做一点工作。

　　20世纪70年代后期，我在市三宫辅导青年学员作素描人像写生。为编写教材，鼓励学员进步，我收有较好的图像，现在用来编入书内作为插图。可惜女像作者未有作者签名，唯女像素描的右耳垂单薄，欠缺厚度和质感，大体把握尚可。男像作者似为伟金，有待确认。（见图1、图2）

图1 学员素描习作之一

图2 学员素描习作之二

为矿山女班长写像

1978年暑假，我又去粤北写生，并做一些辅导工作。每次去粤北，我都会见许多校友，得到他们的帮助和支持，得以顺利深入基层和生产单位，接触生产劳动者。如果没有画上题注，许多素描都难以记住时间、地点、画的人物的具体因缘。幸好这幅女像（见图1）注有"大宝山矿潜孔钻三八班班长朱玉芳"，这是一位矿中妇女劳动者的领班人。如无人推介，我是无缘画到这位有代表性的人物的。作为写生对象，我感受到这位班长的青春美，表情自然而真实。王肇民先生画语有云："黄宾虹说凡绝似对象而又绝不似对象者乃真画，我则认为唯敢于如实写出自己的思想感情者乃真画或真诗，否则即为伪作。古人所谓为文以诚，不诚即伪。"写生作画心诚而有情感，自然画面会多些和谐。

图1 矿山班长朱玉芳像

我的素描之路

时光已过去40余年，我回看此幅素描写真，能为这位女班长留下青春的面容，内心甚觉欣慰。

人体写生的恢复

古人早有绘画师法自然之说，其中也应包括认识人类的身体自身。清代画家沈宗骞在《芥舟学画编》中说："初学作人物，若全倚影摹旧本习以为常，将终身不得其道。"还说："凡初学者，先将裸体骨骼约定后，施衣服亦是起手一法。"这种务实写真的思想是十分可贵的。

对于我国何时在美术教育使用模特这个问题有不同的说法。一种说法是由周湘、刘海粟于1916年办上海美术专科学校开始的，另一说为李叔同1910年留日回国任教于两江师范学堂时开始。无论如何，应该分清的是使用模特教学有无包括裸体模特在内。20世纪，我国经历了两次废除模特的干扰，当时毛主席认为，画包括裸体在内的"男女老少"的模特是必需的基本功。由于"文革"的干扰，到1978年改革开放后，模特的使用才逐渐落实。以下这几幅人体素描都是在20世纪70年代末80年代初所画。（见图1至图4）

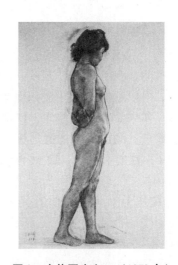

图1　人体写生之一（1978年）　　图2　人体写生之二（1979年）

着衣全身人物写生示范

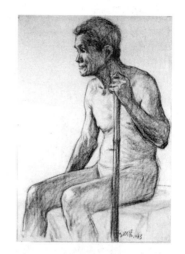

图3　人体写生之三（1979年）　　图4　人体写生之四（1983年）

着衣全身人物写生示范

　　素描全身着衣人物具有全身人物肖像性质。有了人体骨骼知识，有了人体写生研究的基础，会使全身着衣人物的表现更加充实有力。

　　至于人物素描写生对象，当然要选择体貌适宜者，不仅有对颜值的选择，更重要的是身长比例值。我们走在街上，背后观人看不到面容，无论男女、颜值，只要比例和谐，昂步挺胸前行，就会产生一种充满健康活力的美感。当然从正面观又有颜值的综合观感，会有更多的审美魅力。在此，我强调学美术要培养并保持和谐的美感，戒避那种大头失调的丑化形象的不良风气。要有一种扬善抑恶的使命感，利用好学校的教育资源，珍惜学习写生的时光。

　　为了配合教学示范，编写教材，我于40多年前画了两幅《女运动员》（见图1、图2），她们均持羽毛球拍，着运动服，身材比例都是属于匀称而健康的。着衣女青年素描可与立式女裸体联系起来，要表现衣着附体的紧密关系，重点在于找对身姿动态的支点关系，支重的重心落在左腿上。

我的素描之路

图1 《女运动员》之一　　　　图2 《女运动员》之二

全身人物写生步骤示范

　　全身着衣人物素描未选宽袍长袖着装者为对象，而是选择贴身的游泳装束女青年（见图1），更加显露女青年身躯的整体性，因为表现人体的充实感是重要的。首先要在画面上经营位置，这是画作完整性表现的开始，使上下左右均布置得当。在起轮廓时就要观察人物动态各部位的比例结构，使其合理自然地呈现于纸上，再为头形、面形、发型以及颈肩与头的连接关系找准轮廓线；然后，将光色调子有所铺垫，比较头发与泳衣的深重的暗度差别，再依层次逐步区分加重。手与脚在全身人物中的重要性永远不可忽视，不仅结构比例要准确，而且应着力刻画，与头面的表现上下呼应而成为重点。这些重点都要我们认真去观察，有得心应手的表现才能凸显素描的功力。如果时间支配不当，把握不住先后顺序和重点，就难以达到素描表现的完整性、深刻性。

图1　素描泳装青年步骤示范（1978年）

人的面形八格

我国传统写像画论将人的脸形分为八格，而且用汉字形作为标志。八格汉字为申、甲、由、田、目、国、用、风。这八个字形对于我们观察人物面貌特征有一定的参考价值。在日常生活中，常以圆脸、长方脸、方脸、蛋圆脸、瓜子脸乃至马脸等概念形容一位具体的人物对象的脸形。脸形的基础是由骨形决定的，人有胖瘦，瘦人骨骼凸显，胖人骨形易被皮脂所掩且体面转折圆缓，画起来难以深入骨实。

与面形关系紧密的还有发型与耳形。无论男女老少，发型所占面积与掩盖面部的情况各有特点。发型还决定于具体人的年龄、性别、人种等因素，头发的粗细疏密、长短曲直、软硬色泽等方面都有差别，还有眉毛、胡须都必须与头面结合自然，否则会令人感觉是附加装饰物和插画的符号。人的耳形有长短、大小，有伏贴耳，有招风耳，甚至耳垂的大小都直接影响着外轮廓线的变化。

以下这两位学生的素描像面形对比差别很大，可列入甲字格和申字格，均画于1978年改革开放时期。图1为范志刚同学，图2为黄励同学。

图1　范志刚同学（1978年）　　图2　黄励同学（1978年）

为王郭二生作素描肖像

　　1979年春，我任教于广州美术学院油画系，高志任职于广州美术学院工艺系，她利用休息、假日约工艺系同学到家里做客，也是给我介绍素描人像写生的模特，目的是要我坚持练功。从教学方面讲，这也是一种备课，多一些示范作品。图1为王建伟像，图2为郭伟生像，他们都是1978级入学的新生，来自湖南，有中专教育学历，有一定的美术基础，也正是风华正茂之年。郭伟生戴眼镜，淡化了眉眼之明度，王建伟眉须较重，双目轮廓明确，目光明澈。人物肖像，古称传神写照，从开始练习写生就要从观念上明确、记牢，表现人物不完全是技术问题，与情感因素息息相关。从1979年起，至今已逾40年，他们在校学习毕业后任教经历不同，王建伟留校任教后在附中校长岗位上退休，郭伟生曾任教于华南理工学院（今华南理工大学），后调回广州美术学院任教，直到退休。在以经济建设为中心的历史转折时期，工艺设计专业毕业生成为社会人才市场的佼佼者。

对素描头像写生分面与涂阴影的见解

图 1　青年王建伟像

图 2　青年郭伟生像

对素描头像写生分面与涂阴影的见解

俄罗斯画家列宾曾师从契斯恰柯夫学习，并深谙契氏教学体系。关于画头像，列宾有详细的记述："它就是头部各个面的透视，这些面亦即是这些面的边界，在头颅上相结，从而组成整个头上的网，这即是形成头像素描的基础。这些面相接的透视特别有意思，这些面是通过透视结为一体。当它们分散开来时就成为头的各种细部，并且完全准确地划定它们的大小，一直到最细的面。于是头像就有了整个头上一切凹凸面的一个正确间架，结果头像就是严整的、有起伏的，由此获得一个规律，起伏并不像一切初学者所相信的那样依赖于涂阴影，而是依赖于这些正确构成基础的线，任何具有正确基础的透视细节都是非凡地支持着头像的整个格局。甚至令人惊奇地看到，如果安排的位置恰当，那么单是线就足够了。"（《世界美术》1979 年第 1 期）

列宾的记述是对人像写生作业而言的，要认真阅读、深入领会，对于观察透视各面构成的头形表现仍有实际的指导意义。

［注：《世界美术》1979 年第 1 期刊载文题为《契斯恰柯夫教学体系》一文，作者为梁斯柯夫斯卡娅。］

素描人像中的皮肤与肤色

儿童与青少年的皮肤，因处在发育期，比较稚嫩，绷得较紧，也较圆润。随着年龄的增长，生活条件和环境的改变，反映在皮肤方面，变化是明显的。又因男女有别，社会分工、劳动强度不同，反映在皮肤肌肉方面，有明显的差别。素描写生的作者必须有这方面的敏感而采用适当的表现方法，表现具体人物的皮肤与肤色。扩大到不同的地域、不同的民族与不同的人种，更要贴切地对待皮肤与肤色的表现。

在社会生活中，劳动者可分为室内劳动者或户外劳动者，有白领、蓝领之分，还有大量的无领者，如田间的农民、海上的渔民，因接触阳光较多，肤色常呈偏黑而健康的小麦色。

绘画工作者要树立表现形、质、光、色的观念，要从基本功素描写生练习中树立。形象的形不是抽象的形，不是单材质的形，而是有质的形、有光有色的形。有了这种观念，才能得心应手。

下面这两幅人像写生，戴眼镜者为新入学的大学生（见图1）。穿背心者为进入画室的劳动者（见图2），对比之下，皮肤的质地和肤色的差别是明显的，素描工具虽单纯，但可以表现不同的质地和同质的微差。

图1　大学生（1979年）　　图2　劳动者（1979年）

素描人像中的皮肤与肤色

真人头像写生不同于石膏像素描。石膏像材质单纯，而人物有骨骼、有发肤、有男女老少及个性特征的不同，人像素描要求达到形神兼备，以神情为主导，决定人物的俯仰和视线的左右、高低。我们在画面上找形，也不只是外形，很多画家强调轮廓，不只是外轮廓，包括内轮廓在内都应当是立体的、有厚度的；要通过点、线、面、体的观念，内轮廓与外轮廓相结合的方法去确定具体人物的头面特征。另外，要以辅调子关系的调适、整合。所谓调子，就是光照的分量，摄影、音乐都使用调子这个概念而又有高低之分，在绘画中讲光暗层次明度，使它们相互对比，衬托而区别深浅和质感的表现。图3的男像着黑衣，骨骼凹凸明显，肤色与纹理均为年龄与劳动者身份的表征；而图4的女像乌发浓密，与亮衫、肌肤形成强烈对比。此幅人像是一幅当众示范的写生。

两幅素描写生均作于1978年，至今已超过40年。

欲练习画一个人的像，不能只看对象胖与瘦的程度和五官的特点，还必须深入到对具体人物的骨形的探讨。人的脸形各异，首先是由头骨的结构特点（骨相）决定的，人的头骨由婴儿、少年、中年到老年发育成长，有其共同的变化规律。其中，男性、女性在头骨方面的特征也有共性。而每个人又有区别于任何人的形体比例关系。因此，在素描人像时，必须透过表面的肌肤，深入地观察琢磨具体对象的骨形特点。这些特点主要是通过头骨的凹凸的变化，各凸起点之间的位置距离关系等方面表现出来。画眉毛既要画出眉毛形状的整体性，还要看到眉毛掩盖下的眉骨转折变化，也就是在头骨中眉弓起伏转折因人而异。

初学者因不了解骨形变化的一般规律，画小孩易画老，男女骨形也容易混淆，鼻子的长度、高度基本上都是由骨形决定的。眼睛有大小、眼皮有单双之分别，但是双眼四个眼角的关系，眼角的距离以及高低走向，黑眼球的调子浓淡，以及眼神光的位置都直接影响人物神态。

图3　舒湘鄂同学（1978）　　　图4　女青年（1978）

关于素描人像写生要领

无论在教室或在生活中，作素描人像写生，一是要尽可能多地熟悉对象，了解对象。平时就要加强对社会生活的了解，遇到具体的人物形象才有助于分辨哪些是具有本质意义和代表性的东西，以利于取舍概括。

二是全面地构图。在一般的人物头像练习中，应尽量将头、颈、肩以至胸纳入构图范围以内，以增加表现内容。头的俯仰、转动都会使头颈肩的关系产生变化。一般青年人学画容易忽视这方面的锻炼，长此下去，会影响练功的全面性。

三是防止两种倾向。在写实的过程中，要防止冷淡地摹写对象，即防止自然主义倾向；另一倾向是脱离实际而陷入概念化、套路化模式，也就是形式主义倾向。

四是强调与夸张的方向。表现对象特征时加以强调，以至夸张都是允许的，但要有所扬抑，扬美抑丑。

五是表现手法的多样性。决定用什么工具材料和方法必须从感受对象出发，力求在写生实践中不断地丰富自己的"艺术语言"，以使风格形成和发展。

这两幅人像均为教学示范素描。（见图1、图2）

图1　男青年（1982年）　　　图2　女青年（1983年）

速写生活中的人物

素描速写,也可分为创作性速写和习作性速写。至于艺术表现力的高低,就要根据具体的作品做具体的分析。速写人物题材也有分类,如生活中的人物速写。20世纪40年代,叶浅予先生常去北京天桥画各种人物速写,也有画家如关良先生常以戏曲人物为题材用墨彩作速写。在美术各专业画室有人体速写课,通过多变的动态使学者掌握人体结构的动作变化规律,以使着衣素描速写更具内涵。

这里的3幅人物速写都是现实生活中的形象,图1是高州深镇公社妇女主任在妇女代表大会上讲话,作于1973年。图2为访问广州美术学院的美国宾客科恩夫人,于1980年速写于学院接待室。图3为1989年速写于香港的两位广州美术学院的雕塑教师。他们是香港天坛大佛原稿的设计师,大佛铸铜放大工程由南京某厂承担,设计者为圆顶开光仪式而赴香港。除此速写,我还作了一幅《大佛工地》写生。

图1 深镇公社妇女主任

图2 美国宾客科恩夫人

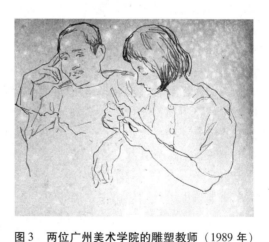

图3 两位广州美术学院的雕塑教师(1989年)

湖南长沙行

　　1979年4月，我同几位油画研究生赴湖南长沙参观瑞典绘画展览，研究生还带着油画名作的临摹任务。临摹到有效果显示出来时，我曾问瑞方随展的馆长，请他提出指导性的意见。他则直率地表示，很高兴、很满意看到我们的专业研究生临摹瑞典民族的历史绘画珍藏。这位馆长还说："看来我们如果有需要复制这些作品，可要请你们去了。"这虽有可能属于谦逊的客气话，但我知道在欧洲要寻找胜任复制经典写实的画家也是有难度的。20世纪50年代后期，在列宾美术学院同画室的有邻国来进修的画家，在写生课中那种视而不见的习惯性的用笔、赋色已成习惯，无论教授怎样耐心指导，都难见成效。

　　我对本院几位研究生的学习态度是有信心的，他们有良好的素描基础，同时也积累了数年的油画经验，相信他们在这次展览期间有了多方面的收获。

　　记得也是这次长沙行，湖南师范大学美术系约我去讲学，当然也是借机交流的性质。讲座是谈油画艺术，我一鼓作气讲了约3个小时，从油画简史到油画教学，后来主办方还很有心地把讲座内容整理出文学稿，注明未经本人审阅，订成小簿册寄给我留念。

　　此次讲学还安排了一次油画人像写生示范。尚未进场入门，见有几位女生成排站立，组织者让我自选一位当模特，我则婉拒：谁为模特由你们选定。正在相持之时，有位勇敢者胡应征发声"我来做"打破了沉默。在画像休息时，我问模特女生："何以如此勇敢？"她答道："我当过老师，不怕众人观看。"她的回答使我释然。我之所以说她勇敢，是因为她出声前已有一位女生后退了，没有接受老师的指派，其原因也易于理解。在我进场前，场内有坐有站，已人满为患，有校内的，可能还有校外的美术爱好者。这次写生示范在一张乒乓球台上摆上两个的相对座位，有如一座小舞台，要接受大家的围观，对我说来也是一次新鲜的考验。好在我有相当多的被围观作画的经历，包括在马路边的行人道，许多好奇的围观者都要从头到尾看个究竟，以致我还会听到大家的议论，要在围观和充满杂音的气氛中从容不迫，"如入无人之境"。这种锻炼对于学画素描速写者都是必要的。当然，也要考虑周围环境的安全，不影响他人的活动。

　　我虽作油画写生示范，但仍由素描轮廓、经营位置起步，逐步敷色，把握好由整体关系到局部的细微变化，即使色彩单纯一些，也不失整体造型效果。

　　这件油画人物半身像示范作品现被收藏于湖南大学美术学院，模特人物为当时在读的胡应征。多年后，她进入广州美术学院读研究生。

线描艺术的继承与发明奖获得者——肖惠祥

在长沙期间,我偶遇了一位老相识,即当地画家肖惠祥女士。她热情地寒暄,并向我出示她的速写作品册。经过仔细翻阅,我知道她是坚持用线描速写的一位勤劳的画家。以速写人物形象为主,她笔下的人物表现不仅形象明确,而且在线条的运用上,圆中有方,有力度,手法生动,独有一种个人的情趣,能给观者一种快感。

我之所以称她为老相识,是因为回忆1954年时,我是中南美术专科学校工作的参与者。当年中央美术学院在武汉设招生点,为母校招生做点工作我义不容辞。北京只派了梁玉龙老师等(最多两人)来招生主考,其中报考者就有肖惠祥。从笔试到口试,她都表现优良,最终合格被录取,后入中央美术学院版画专业学习。

大约30年后见报载:"女画家肖惠祥获发明协会的金牌奖。在第二届全国发明展览获奖的项目是艺术性与实用性结合,为国家创大量外汇的唐三彩平面陶板壁画及立线新工艺。20世纪70年代末还在首都机场创作《科学的春天》壁画,并介绍肖惠祥的涉笔、版画、粉画、国画,尤以线描人物肖像见长。到新疆、湘西采风,她得了两本速写人物集。"在海外援建工程中,她的一幅壁画稿在选优中勇拔头筹。肖惠祥认定搞艺术的人根子扎在本民族,离不开自己的土壤。因为艺术家所表现的只能是自己的情绪、感情、气质、文化、传统,很难易地重植。作为一位老教师,我对这位老相识、老校友表示衷心的赞佩。

素描的章法与笔墨

素描,广义上地说,为单色表现的艺术,而且以黑白关系为主,也不排除运用某种单色造型或运用某种有色的画底,材料与工具多种多样;也可以材料、工具称谓,如水墨画、各种单色的版画、白描画等,但绘画因素原理是共同的、相通的。在素描教学中,调子对比有五大调,水墨也有墨分五色之说。点、线、面的造型观念用铅笔或木炭,要表现体面结构和光暗对比,用水墨渲染物象的凹凸转折关系,手法不同,画理相通,这与讲构图、讲经营位置的原理也是一致的。其重要性关系着画品的整体性和艺术性。黄宾虹有言:"自来有笔墨兼有章法者,大家也;有笔墨而乏章法者,名家也；无笔墨而徒求章法者，庸工也。"这强调了笔墨章法与笔墨技法的密切关系。其实，素描练习即基础，在使用工具材料方面也应有自己的严格要求。作画如作文，运用笔墨或其他材料的线描有如遣词造句，意理相谐！任何词不达意或节外生枝均有违章法、结构，凡美文常以行云流水赞之。作画练习即应追求严谨而贴切的表现。除了写生，临摹名作亦能有体悟的成效。章法、笔墨的表现成功与否还需有书法的助力。即使不写标题和诗文记事，只是签名，有书法功力会提升品位，无书法功力则会降低品味而使画面逊色。书画同源，因此，要不断多思考写意与"写画"的深刻含义，发扬优秀的笔墨传统。

素描的质感与结实

素描写生以形体准确与结实为尚。凡物质之固体都是形质的统一体。以圆形体为例，石膏球体模型为石膏粉的凝结物体，包括石膏像，形不同质同，乒乓球、木球、石球、铁球、铅球等同为球形，但质量感是大不相同的，要用素描表现出它们互不相同的质量感，在应有的体量中还要与重量感统一起来。在素描写生中，画轻浮易，画深沉难。但也有例外，即将石膏像画成木雕像，以至泥塑像，与调子的明暗混乱有关。问题出在素描起始阶段只有体量而无质量观念，素描的功力就在于将写生对象的体量与质量结合起来，整体把握，才能顺利地进行下去，达到完美的效果。图1为乌克兰老农像。

图1　乌克兰老农像（1959年）

素描虽以黑白或单色为写生的手段，但不忽视写生对象的色泽变化。尤其是人物写生，皮肤的色泽因人而异，表现在面色上是有个性特征的。例如，同属黄种人，年龄、生活环境不同的人的面部色泽当有明显区别，应有察言观色的观念。我曾感受到杭州的少女面色多白里透红，而藏族青年女性的面颊常黄里透红。如用素描手段表现，就要通过面色的丰富变化表现人物的健康和神情面貌。正如孟子所说的，"充实之谓美，充实而有光辉之谓大"。素描造型亦当深入地表现。

青春女像写生

1977年，河南美术出版社出版一套《工农兵人物写生》。该社在出版前向我征稿，我则提供了一幅于1973年2月画的校友邹立芳像（见图1）。邹立芳原为广东省体委游泳队的青年跳水运动员，作为工农兵学员被推荐入学工艺班，毕业后分配到广州市第五中学任美术教师，与陈格烈老教师合作。广州市第五中学是广州重点中学之一，陈格烈老师任教美术课，多年来为美术界培养许多人才，邹立芳到广州市第五中学，已起到承前启后的作用。邹立芳的双目有神，在此素描像之后，我还作了油画写生像。

图2也是一位校友——杨玲的像，她是晚些年入学的工艺专业生。她的这幅像是一幅木炭画，写于1979年中秋节。当将近完成时，我请她看看有什么意见，记得她说了一句："我有这么美吗？"这也许是谦虚之言。

图1　学员邹立芳（1973年）

图3的长发女像是为市属一单位学员所作的示范素描人像，也是一位女生，签名为连璞，作于1980年4月。对3幅女像既可参考又可比较。

图2　杨玲像（1979年）

图3　连璞像（1980年）

■■ 我的素描之路

向贤内助致意

　　我家女主人高杏芝，后更名为高志，早年毕业于中央美术学院附中，后考入四川美术学院。1957年暑期，我回国实习，在京与她相识，我们于1960年结婚。她毕业后分配到成都电影学校任美术教师，于1961年春调入广州美术学院任版画系干事，系主任张信让老师曾许诺，将来经过进修则可教素描基础课。她生儿育女后，曾携一儿二女下放到英德"五七干校"，作为工农兵学员入学，调入工艺系任干事秘书。家庭团聚全赖贤内助，她又做外联工作，约学员到家中作客，为我介绍人像写生模特，使我不至于动手能力退化。她的"外联"工作富有成效，使不少校友在我的笔下留下英姿焕发的青春形象。

　　有时，她本人也充当模特，如图1至图4可见她在不同年龄时期的容貌变化。她作为贤内助，兼任外联工作，名副其实。

图1　高志之一（20世纪60年代）

图2　高志之二（1961年）

图3　高志之三（1978年）　　图4　高志之四（1980年）

素描郭晨像

  为了素描速写的双手不至于生疏，家里的亲人也时不时给我做模特。图1为郭晨10岁小像，作于1971年，正是他从英德"五七干校"回广州居住的那年，他在小学毕业后入读广州市第五十二中学。他开始读高二的那年正赶上教育改革，高中为二年制，高二的后半年还要去从化参加农业劳动，自办伙食。他负责骑自行车采购食品。我很高兴他能有这种生活锻炼。他17岁时，全国恢复高考，他首次未考取，次年报了广州美术学院和广州市工艺美术职业学校，广州美术学院未取，但考上了广州市工艺美术职业学校。我尊重他的选择，他愿读广州市工艺美术职业学校，我也支持。按要求，广州市工艺美术职业学校毕业后要工作两年才能报高考。经中专和工作五年后，他顺利地被广州美术学院录取，这是实打实地经学习与工作历练后才读广州美术学院，到毕业再工作。有的同事在座谈会上不止一次重复郭某的儿子考不上广州美术学院，好像是怪事。我知道这是赞许我的公正对待。拿一时一事举例说"考不上"是不合时宜的。郭晨在广州市工艺美术职业学校学习是全面发展、全面受到教育的，后来他的绘画能力以及写作的文字表述能力都是符合期待的，对于父子都无遗憾。他曾先后在多伦多、深圳和香港建立画室办学。他还曾应邀在香港中文大学讲学，多次以油画作品参加我们的家庭画展的巡回展览。

  图2为郭晨17岁小像，两幅画时间相隔7年，他现已临近花甲之年。

我的素描之路

图1　郭晨10岁小像　　　　图2　郭晨17岁小像

素描郭悦像

我画女儿郭悦的入睡像（见图1），签有"1970年五一节写悦"的字迹，此时她未满3周岁。她出生于天津，后在英德"五七干校"幼儿园发育成长，未久，随母亲回广州美术学院读幼儿园。她很小就能做家务劳动，如在楼下养鸡，将蜂窝煤搬上二楼厨房。她开朗懂事，与兄妹相处和谐，经读昌岗路小学，考入广州市第九十七中学。我为郭悦作素描速写以及油画多幅，用铅笔画她的6岁像（见图2），用炭笔画了11岁像（见图3）。

在她高中毕业前，我曾带她到汕头、潮州、留隍等地写生、习画。她后来考入广州美术学院工艺系装潢专业，在学期间曾有机会勤工俭学，得到组织绘制广告大画的工作锻炼。毕业后，她独自创业，接洽设计业务，数年后因婚恋移居温哥华。她先后任职于玻璃装饰公司、花卉培植公司，并主持艺林画室的美术教学工作至今。

郭悦平时的油画创作多选花卉景观题材，为多次的海内外的家庭画展提供相应的展品，有时也参加综合性的邀请展。近期，她在水彩画方面有所探索，表现不俗、可观。

图 1　郭悦像之一（1970 年）　　图 2　郭悦像之二（1973 年）　　图 3　郭悦像之三（1978 年）

素描郭梅像

　　我在画郭梅许多幅素描速写中，选了这两幅为插图，仔细一看，均为 1978 年之作。此年正是改革开放之年，郭梅刚好 7 岁（见图 1、图 2）。她同郭悦一样，出生于天津，长于广州。小学毕业后，她考入广州市第五中学，继而又考入广州美术学院附中，之后读广州美术学院工艺系服装专业，于 1999 年移居温哥华。郭梅钟情于水彩画艺术，并以水彩画作品多次参加家庭画展巡回展。此前已有行家有识者收藏了她的作品。中国美术家协会水彩画艺委会名誉主任黄铁山先生曾为她的水彩画集作序，多有赞誉之言，如"郭梅的水彩画是很有技巧的，她充分发挥了水彩画本体语言的优越和特色；一是画得透明轻快，连画中的小面积的白色块也是精巧地留出来的，水彩纸在她的笔下是有呼吸的，绝不会干涩板结；二是画得滋润生动，水在她的笔下自由流动，色层似乎在不经意中自然渗化交融，使观者有畅快淋漓之感；三是画的色彩艳丽明快，她的水彩画出了油画色彩的分量，色彩饱和，丰富而富有光感，扩大了水彩画的表现力；四是画得笔力遒劲，放手挥洒，每幅画都是不拘小节信笔画来，一气呵成充满豪气！"实在鼓励有嘉。希望她继续保持本色，继续努力，多出精品。

　　郭梅从素描中摸索至今已逾 40 年，已在教育新一代，前景可期。

我的素描之路

图1 郭梅像之一（1978年）

图2 郭梅像之二（1978年）

速写蒲蛰龙教授

1979年为改革开放初期，全社会在落实"拨乱反正"政策，我有幸为我国杰出的昆虫学家蒲蛰龙教授作速写肖像（见图1）。在20世纪60年代初，我读《广东画报》，有专题专版介绍蒲蛰龙教授，知道他在解决农作物病害方面贡献显著，应用赤眼蜂防治多种害虫，并有了以虫治虫的观念。我还从介绍中了解到蒲先生是一位小提琴爱好者。

蒲先生于1949年10月，获明尼苏达大学哲学博士学位。他心系祖国，放弃美国优越的条件，毅然同夫人利翠英教授回国工作。他先后在

图1 蒲蛰龙教授（1979年）

广州中山大学农学院、华南农学院（今华南农业大学）、中山大学生物系、广东省昆虫研究所从事教学和科研工作。他还出任过中国科学院中南昆虫研究所所长、中山大学教授、副校长、中国昆虫学会副理事长等职务，于1980年当选为中国科学院生物学部委员。

当年，蒲先生约我到他在中山大学的工作室，他并非静坐，而是不停地工作，要我速写，当然也是一次考验。我画的是一位在工作状态中的具有国际影响力的教授、科学家，以此速写聊表我的敬意。

参与研究生的素描课程

1978年，广州美术学院院制恢复，油画专业单独建系，招收本科生和研究生，由我担任副主任。研究生的油画课程由徐坚白教授任，创作课由尹国良教授担任，素描课由我为指导老师，大家一起切磋艺术，学术氛围浓厚。在上油画课时，徐坚白老师特约了冯钢百老前辈到画室做模特，我乘机为冯老先生画一幅素描像，是难得的收获。

国画系杨之光主任出面要我去带研究生的素描课，雕塑系的潘鹤主任也出面要我负责雕塑系研究生的课程。基于他们对素描的重视，我都先后答应下来。

20世纪80年代后期，教育系招有素描研究生朱松青一名，由我来带，其专业为美术学（美术教育），研究方向为素描教学研究。因为处于院务行政工作繁忙时期，我常约他到办公室研讨素描教学问题，最后终于完成了1992届硕士研究生毕业论文，题目为《素描教学的逻辑方位与实践》。多年后，他又出版了一本造型学专著。

素描冯钢百先生

1979年9月，油画系研究生导师徐坚白教授为油画教学需要，特别邀请冯钢百老前辈到学院给油画研究生做模特，并指导后辈青年学者。我得知信息便携素描工具材料前往参加写生，以抓紧机会。多年前，我院同事黄渭渔老师曾约我一起共同前往冯先生府上拜访。因为她侧重史论研究，我也有这方面的兴趣，所以乐意同行，还欣赏到冯先生早年挂在客厅墙壁上的作品。冯先生直率地畅谈他与李铁夫先生的友谊关系。

冯钢百为广东新会人，生于1884年，号均石，又名冯百炼，自幼喜爱绘画，曾

我的素描之路

从师袁祖述学习人像写真。他1906年赴墨西哥入读皇城国立美术学院，1911年转赴美国，先后入读旧金山卜忌利美术学院、旧金山九街学生美术研究院；曾随著名画家罗伯特·亨利学画11年，其间与李铁夫一起全力支助孙中山先生革命。1921年，他回国与胡根天创办广州市立美术专科学校，并于同年组织进步美术团体赤社，后改为尺社。

1949年后，他曾任广东省美术家协会理事、省文联委员、省政协委员。1936年，李铁夫先生在香港余本画室为冯钢百作油画像，展现两位老画家的情谊，给后代留下了示范性、纪念性的油画写生作品。

冯钢百先生性格开朗，到广州美术学院做模特时已是95岁高龄，仍谈笑风生。有位研究生提问：先生何以健康长寿？先生速答："多睇靓女！（粤语，意为多看美女）"这好似和年轻人笑谈，但从审美功能来谈，亦有道理。

冯先生病逝于1984年，堪称百岁画家，名不虚传。我有幸写先生之像（见图1），获益良多，难以忘怀。

图1　冯钢百先生像（1979年）

全国素描教学座谈会（杭州）

1979年秋，文化部在杭州的中国美术学院召开全国美术学院素描教学工作会议，由各美术学院派代表参加。图1为广州美术学院5位素描教师出席座谈会。那时正是改革开放不久，已有3届统考美术专业生入学，有关废除模特教学的史实真相未能得到澄清。各省文化部门的领导认识不一，虽有毛主席于1965年的有关批示，但难以落实。例如，1975年，我们到上海访问刘海粟先生的目的就是向当事人了解20世纪20年代那场有关模特教学所引起的斗争情况。到他住所，尚未叩门，即见门上有字条写着："毛主席说：'此外还有个刘海粟。'"据说刘先生还未解放自己，此为保护自己而为之。我们早已知道，门上所写正是毛主席批示"男女老少裸体模特是绘画雕塑所必需的基本功，不要不行，为了艺术学科不惜小有牺牲……（中间点到两位国画家）没有一个能画人物的，据我所见到的只有徐悲鸿留下了人体素描，此外还有一个刘海粟"。也许我的记忆和用字有误。图2是我于1979年作的老人像。

全国素描教学座谈会（杭州）

图1　广州美术学院5位素描教师出席座谈会
（自左至右依次为郑觐、张彤云、郭绍纲、冯健辛、胡钜湛）

图2　老人像（1979年）

自20世纪60年代初至1979年，美术教育因受模特问题的干扰，其教学效果之损失是难以估量的。我的系统发言在会后得到艾中信先生的赞许。

初到杭州，会议开始之前，就有人向我询问：据云留德的几位先生已向文化部报告拟成立一个留德工作室，你是否与山石合作成立留苏工作室？我委婉否定，无此意向。我认为学历归学历，艺术风格属风格，我还以钱绍武为例，自留苏回国已有20多年的艺术实践经历，谈到各人有各人的风格。我们可以多总结介绍自己的学习、实践的心得和经验，却不宜成为某国某专家的代言人。会上的信息交流促使我们认真思考的问题很多。

韦启美先生会上的发言给我留下三点印象：一是北京的王麻子刀剪铺，很多不要以老王麻子自居；二是有人说吃了第四个烧饼最解饱，前面的三个白吃了，成为笑话；三是认知《瘗鹤铭》才能理解徐悲鸿的书画艺术。

会上还播放了蔡若虹和叶浅予先生的录音发言，反响一般，认同者不多。

会上有些或显或隐地将契斯恰柯夫作为靶子的发言。据我了解，真正深知契氏教学法的人不多，包括我自己在内。也有人对长期作业提出质疑，长期作业长达数十个小时，是苏联现代教学时数的安排，与契氏教学法有何直接关系不得而知，以多少学时为不长，画到什么程度为目标，几乎无人提及教学计划和要求问题。记得山石兄曾以灰蓝色的着装为例，讨论颜色材质单调的原因。画长期作业，如果教师无能力指导学生循序渐进将作业逐步导向深入，以尽精微又致广大，则只能把时间浪费于先后程序紊乱或磨细工，或被讽为"磨洋工"。我教素描多年，从未提及某某氏教学法，只

我的素描之路

是就画论画,使学生平心静气去应物象形,去概括地表现对象,去追求表现的深刻性,去看到古典素描的优越性。

素描教学会议,使同行难得聚会相见一面,有会胜过无会。会上的众多意见交流,反映了当时处在"拨乱反正"的历史时期,有些老问题的重提也是很自然的事。有些深层次的问题的解决不是一次会议能完成的,从美术文化教育的宏观角度去思考,任重道远,要求更多有志者去努力、实践、奋斗!

为新生写形传神

我在1983年出版的《素描基础知识》和2004年出版的《素描基础教学》中,都强调了人物素描写生的重要性。在美术教育事业中,人物素描写生也是复兴人物画的必需的基础。欲画好生活中的人物,必须从人生各个方面去观察人、熟悉人,才能使人物形象的艺术表现形神兼备,惟妙惟肖,呈现个性特征的深入刻画。按程序,一般是从认真地素描速写人像开始,经常而反复地练习,始能有所成就。尽管成才之路多有各自的途径,但既然在专业学校,就要珍惜这个难得的机会,并充分利用享受学校的教学条件和教育资源。

作为教师,我是一个教学相长的奉行者,经常动笔写生,才能保持心明眼亮,不失明辨的判断力。每一位写生对象都是新的课题,我们都要严肃认真地对待,写其形,传其神。图1、图2、图3分别为杨小明同学像、孙黎同学像、李瑞飞同学像。

图1 杨小明同学像　　　图2 孙黎同学像　　　图3 李瑞飞同学像

成人美术培训工作

图1　版画家陈德祥（1980年）

从20世纪60年代初到改革开放初，我在油画系任教，除去各年级本科学生的辅导工作，还兼任了不少培养进修人员的工作：一种是在校内办班培训，另一种是到学员单位去上课。除了少数来自文艺单位的工作者，其他绝大部分是部队的美术工作者，有海军、有陆军，他们的年龄和教师相近，有的甚至比老师还大。他们知道自己得到进修的机会难得，所以学习都很虚心、专注、自觉，对自己的要求很严格，在学风上起了带头作用，与老师相处都比较融洽，彼此间亦师亦友。当时进修的课程虽以油画为主，但也有一些素描课程。我是两门课都有任务，有时就请学员做模特，大家一起切磋艺术。来自深圳的陈德祥（见图1）边做模特边讲笑话，多少会影响大家的写生进程。他则解释说："我就是讲师，逗得众笑。"不过我还是写生到底，素描略施粉彩。签名有注为1980年5月。

改革开放初期，有来自河南、新疆各兄弟院校的青年教师来校进修，广州本地也有单位来校联系授课和示范等事宜。这类活动也为我增加了写生练习的机会，有些示范作品也被保存了下来，我每次翻看都有美好的回忆。

黄中羊的素描作品

校友黄中羊曾为广州美术学院油画系研究生，后留校到师范系任教，数年后又赴加拿大留学。他的造型能力令瑞基纳大学艺术学院师生惊异，认为他完全可以当教师不明白他为何还要学，觉得他毕业后完全可以留在学校任教。他认为，学术与艺术观念不同，他宁可做一位独立的画家。因为写实的功力强，所以他承担了社会所需的重要的美术创作任务。

数年前，黄中羊回广州举办画展，在座谈会上，广州大学美术学院领导当场表态，可聘黄中羊到广州大学任教，令人可喜。中羊在考虑中通过电话征询我的意见，我则支持，乐观其成，后来他果真为美术教育增添了力量。中羊的水彩画艺术作品《儿时的歌》曾获全国美展的银奖，为母校争了光，为水彩画添了彩。此作成功的源泉一方面在于中羊作为知青下放到增城农村的经历，另一方面是他对表现形象的刻画能力的发挥。这绝非偶然的浮想。

彩色画的基础是素描。他有一幅《老年农妇》（见图1）全身肖像作品，可见他早年已有素描基本功力。这是一幅温暖动人的农村老妇的肖像，没有背景衬托，只有挂在椅背上的斗笠，增加了人物形象的生活气息。农妇的头、面、双手和着鞋的双脚都得到充分的表现，手法真切，可见面容的安详，神形毕现，双手的刻画笔简意赅，在黑衣的衬托下更显常年劳动

图1 《老年农妇》（黄中羊作）

的双手骨肉坚实之美。双脚上下相搭位于画前，如能将左脚鞋底加重一些则更加完善。总之，瑕不掩瑜，这是一幅难得的素描全身人物肖像画，永远不会失去它的光彩。

赴英德师范学校讲学

1981年，广东英德师范学校举办暑期师训班，老校友吴兰芳美术老师邀请我去讲学，参加师资培训工作，我爽快地答应了下来。因为那时正值我院开办美术教育（时称师范）系，所以我认为这也是一次考察学习的机会。学员们大都是基层美术教师，我也在小学学过美术，初中三年义务教过美术，虽然我的理论还谈不上具有系统性，但我能谈谈美术教育中的感性认识，重点在于给大家示范作画。吴兰芳老师让她的小女儿当模特，我画了素描像（见图1），又画了油画像，只将素描像送给她们，油画像我自己带回留念。记得当年，英德教育部门有几位领导关心这次活动，其中有

一位也当模特要我画出来（见图2），可惜未记取姓名，只记了年月，结合记述这次活动，用这些素描像来作为插图，并不属于草率之作。深入基层写生，一般画青年人和老年人的机会较多，因中年人大都在岗位上忙碌。此次培训的时间多长我已不记得，我只记得教学任务完成后，在附近作过风景油画写生，还结识了两位北京师范大学的毕业生。他们已在英德工作多年，我们年龄相近，他们夫妇俩从事文教工作多年，可交流的问题很多，现已记不清他们的姓名，实在抱歉。后查资料，英德师范学校于20世纪40年代初设在清远，后迁至英德。

图1　少女像　　　　　　　图2　聋哑学校女教师像（1981年）

粉画《总理与画家》的创作稿

1981年为建党60周年，广东省组织筹备纪念性的画展，我教学与行政双肩挑，任务繁重。那一年还是广州美术学院创办师范系开始招生的一年，工作千头万绪可想而知。于是，我想到先起素描稿后加粉彩的方法，充分利用饭前饭后的零碎时间进行创作。同时，粉画创作不需要很大的空间，也易于收拾，可免去刮色和洗笔之劳。1984年为庆祝中华人民共和国成立35周年，我还以同样的方法创作了粉画《留念》，

我的素描之路

表现周恩来、邓小平青年时代在巴黎公社墙合影。"有志者，事竟成。"他们志同道合，维系着国家的命运，均是以成立中华人民共和国为重的革命者。前作《总理与画家》（见图1）产生于"拨乱反正"、落实政策的历史时期，经历过"文革"的人都知道，知识分子尤其是一些著名的画家境遇难过之情况。此作曾获奖。

图1　粉画《总理与画家》素描稿（1981年）

对人物双手的写生与关注

现在的素描教学课程有带手半身像和全身人像的作业练习，但对双手的结构形态往往重视不够，不同程度地影响了艺术表现的整体性，后学者应在赏艺、练功中加以重视。古人已有"画人难画手，画兽难画狗"之言。一方面，手由28块骨头组成，长短不一，动作多能，动静变化大，加上五指有分合，更增加了表现的难度。还有人的年龄、职业不同，生理变化、肌肤也呈现明显的特征。文人之手、工人之手、农夫之手的区别明显。在表现中要关注骨肉关系、骨关节的突出点位，还要关注手臂间腕骨的内在，使手与臂连接自然，才见功力。另一方面，双脚也是同理，要给予练习的时间。人体写生，无论是坐、是立或是卧，双脚位于体端都是十分重要的。图1写生于20世纪80年代初期的广州美术学院，为素描手的不同形态，用以示范或刊印于教材。

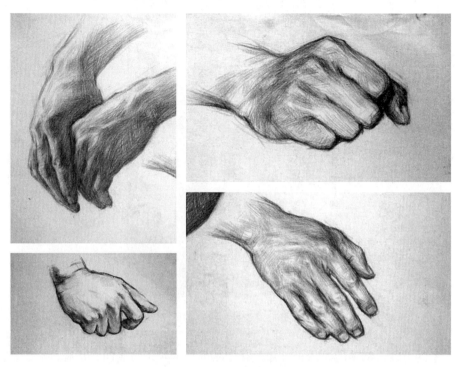

图1 人物双手特写示范作品

支持《素描初步》的出版

1981年寒假前后,湖南美术出版社计划出一本关于素描起步的普及性的图册,由湖南师范学院美术系负责编辑,找到我要求我协助。因隔两地,我只能提供一些建议和一些作品图片。

此图书于1982年6月出版,书名为《素描初步》(见图1),编辑将我于1978年画的《维吾尔族女教师》印于封面。这位女教师名为"卓然木",由新疆艺术学院选派到广州进修,因为偶然一次机会,她为大家做模特,我在旁边顺便用炭条把她的形象画了下来。画册后面是我在1974年画的一幅《蒙装女青年》,主人公是工农兵学员素描作业的模特,我和大家一起写生,放在图册后面作为"半身像画法"一节的例图。

在"略谈风景素描画学习方法"一节,湖南师范学院(今湖南师范大学)黄柯老师执笔著文,在例图中收入徐甫堡先生的一幅《秋林》。徐先生是上海戏剧学院舞

我的素描之路

图1 《素描初步》封面

台美术系的教授,从他的风景集可知,其作品都是木炭条写生的,富有诗意,整体感强,颇有造诣。

《素描初步》只有40页,当时售价1元,很受欢迎。据知情者介绍,第一版、第二版多次印刷,广为发行。

随美术师范系同学下乡

1982年春开学之初,我与师范系师生到广东封开县实习。封开位于广东与广西梧州的交界处,属于景观幽深、民风淳朴之地,从西江北岸经过县市区北上,不远处有一座如山的巨型斑石,据说其体量之大为亚洲第一、世界第二。我曾远观作风景油画一幅。封开是唐代状元莫宣卿的故乡,状元坟犹在。我院的实习点驻在渔涝镇,附近还有杏花镇,风景均佳。

在此次实习,我们还请汕头一中美术教师吴芳谷先生任水彩画指导老师,并请他选一批水彩画风景作品作为示范。吴老师早年曾游学于南洋各地,在汕头一中教学有方,为广州美术学院、为广东美术界培养了许多新生力量。我们聘吴老师到广州美术学院教学还有更新观念的意义,即有成就的中学教师也可以胜任高校的教学职务。我曾就读的河北省立天津中学的教务主任杨学涵先生专长于教大代数,后被天津大学聘去任教。师范系以培养师资为己任,职业无高低之分,只是社会分工不同而已。

师范系首届学生开学时,我曾对他们讲过,美术学院各系专业不同,无高低之分,请大家出入校门要昂首挺胸行进。美术师范系因成立较晚,排在最后,各系专业不同,是根据社会需求而选才入学的,应有排序不分先后的观念,重要的是重视自己的专业,学好自己的专业。

在封开实习期间,封开县的干部代表都集中到县城开会,我们向县领导部门建议为干部代表增加一项业余文化生活,即将吴芳谷先生的水彩作品陈列于一间展览室,请大家抽空前往参观。这一建议得到了县领导的支持。展览规模不大,但很成功,有的代表惊叹"从来未见过这么好的画"。这次的小型展宣传介绍了水彩画写生艺术,同时,让观众知道吴芳谷先生从广东东部到西部展示作品的机会实在难得。

我曾与吴芳谷先生等数人参观封开森林保护区七二一工区,亲见"清泉石上流",便以素描写生,尚留得此幅(见图1),有文字记下地点、时间。现又想起在回程转车等待期间,我接到电话,汽车司机因故来不了,我们只能步行返回。为难的是吴先生已年67岁,能否走动是大问题。幸好吴先生将手中拐杖一戳,说:"咱们走!"大家也跟着走去,顺利回到住处。

图1　封开林区流泉速写(1982年)

封开的一段生活给我的收获是多方面的,我常以到过封开为谈话资料。我不单提倡去名山大川,我也提倡去尚无人注意的地区,去发现一些历史、地理中美好的事物,如能使"冷门"变"热门",则功德无量。

略施粉笔的素描人像

本着教学相长的原则,我不介意和同学一起写生作画,只要不妨碍教学,甚至乐意"搭顺风车",不论是油画系、教育系,本科生或是研究生,大家聚在一起作画可互相观摩,有所借鉴。这里选出两幅人像写生(见图1、图2),虽男女有别,但有

我的素描之路

不少共同点,在于都是采用有色的素描纸,一为淡黄色,一为淡灰色,都是使用黑色炭笔,衣服上明显地使用白粉笔,丰富了调子的对比力度。

在两人像的面部均有施粉笔白色,不同的是在女像唇部和颧骨附近都施有不同程度的土红色,是润色的需要,但不可重施,达到似有似无即可,过重则显俗气。

在生活当中,每遇有色纸都考量一下,如遇到适合利用者,便保存起来,以至事先附上一张半透明而光洁的纸作为画后的保护层,如能喷上固定液,也能形成保护层以免磨损。为了使素描技法多样化,储存用纸既能增加可选性,又环保,物尽其用不浪费资源。

图1 女生像　　　　　　图2 足球健将郭潮明

在广州美术学院创办美术教育专业

1980年秋,文化部副部长林默涵莅临广州美术学院,与学院领导干部和中层干部座谈,并介绍了全国美术教育形势,提到社会严重缺乏中等学校的美术教师,希望广州美术学院能够筹办师范专业,要突破美术学院只培养创作和设计方面人才的观念。根据社会迫切需求,领导决定由我负责筹备小组工作。

当年教育部与文化部联合发出《关于当前艺术教育事业若干问题的意见》的文件,指出了艺术院校办学存在的问题。为解决问题,我院率先行动,成立了美术师范系,并于1981年开始招生40名。美术师范系为四年制本科。

教学计划安排素描与水彩为共修的基础课，后两年可重点选修国画、工艺、水彩中的一门。我自1981年至1989年一直担任素描基础课的教学任务，1983年和1985年曾先后任副院长和院长，秉承领导干部参加"生产劳动"的精神，我的时间多在"双肩挑"的工作状态中度过。记得在20世纪80年代中后期，广州市开办中学美术教师学历专科班，我亦参与了基础课教学。在我保存的一份1988级的课程表记载着：1988—1989上学期第10至17周10月31日—12月24日，每周六日上午四节共24节课；2月20日—4月8日为第二学期的第一至七周。记得后两年，学校给我配有青年教师作为助教，因为我还有办公室的行政工作要兼顾，未久又肩负素描研究生的指导工作。

参加中国美术家协会大同读书会

1982年，中国美术家协会大同读书会第二期读书会自8月1日开始。学院领导决定派我参加，我依时与会报到。读书会以自学为主，讨论为辅。来自各地的参加者共20余人，大家重温了《在延安文艺座谈会上的讲话》，阅读了陈云同志《关于党的文艺工作者的两个倾向问题》和文联全委会的有关文件等。讨论涉及如何对待《讲话》中的文艺方向，怎样服务等问题，大家各抒己见，交流思想，联系实际，反映情况和问题，提出见解和建议。

一是一切从实际出发，针对美术作品反映现实生活太少的社会情况，要求美术作品多发挥教育功能，从实际出发，避免重犯"左"的错误。

二是要重"画德"：大家反映党风不正、社会风气不正对美术工作者"画德"的腐蚀是严重的；缺少"画德"的画家又给社会造成恶劣的精神污染。因此，美协领导抓作品、抓人才固然重要，还应当把美术工作者的思想建设放到工作日程上来，《美术》杂志也应当做些工作。

三是美术工作脱离群众的情况严重，如有一个50万人的城市的市美展，展了20天只有300人参观。美术家协会吸收会员的条件不合理。湖南苗寨群众说，只见你们一年到头不断有人来这里，不见你们画出什么东西来……

四是一切实践都要尽力去符合社会发展规律，符合规律才能前进。思想应当继续解放，应当在宣传上明确含义，"为社会主义服务"确实是一个有政治含义的限制词。

雁北地委领导等前来读书会看望大家，美术家协会领导代表大家致谢。宣传部部长向大家介绍了大同一带历史、文化、经济的发展情况，内容丰富充实，受到大家的欢迎。

我的素描之路

读书会的同志连日参观了大同善化寺、应县木塔、净土寺、怀仁县金沙滩公社、大同华严寺、云冈石窟、煤峪口煤矿以及翠屏山悬空寺等文化古迹，观摩了北路梆子道情等地方戏曲演出。

在煤峪口煤矿南沟万人坑，我亲眼看到日寇在8年中虐杀大同矿工6万人的史实。

煤矿工人提前9天完成了上半年的产煤任务。我与校友钟增亚在矿上多住了两日，一面作画，一面做些职工美术辅导工作。我以油画作了万人坑纪念地的写生，还深入到240米矿井地下参观机械化作业，又一次感受了井下生活。我之前有两次下井经验，一次在肇庆，一次在韶关。我对井下工作者满怀敬意，在韶关红工煤矿现场还画了一幅矿工肖像。

此行我还参观了辽金时期的古代艺术珍品和昊天寺火山口，一路学习了许多知识。

通过此次读书会，我还结识了与会的许多同行，虽岗位有所不同，但有共同语言，许多交流是非常有益的。

《素描基础知识》的出版

岭南美术出版社出版的《素描基础知识》一书乃是由作者供稿，出版社为满足广大学习美术青年的需求的一项业绩，由1983年年底发行第一版至1995年7月已是第5次印刷，发行数量多少未知。数年后，出版社给我补发一份畅销书证明，能得读者群的接受是值得欣慰的。其间，也有好心人反映怀疑有盗版印刷情况，我则一笑了之。

我在1982年完稿时写了后记一文附于书后。文曰："本书题名为《素描基础知识》（见图1、图2），是根据作者在日常与美术专业学生和业余美术爱好者的接触中经常谈到的一些问题，经过整理，使其略有系统，并附图加以说明而编写成的。旨在帮助青年朋友，提高对于素描的认识，全面地去理解素描基础的意义。明确努力方向，以能主动地去学习，钻研、创造。

"因作者的业余时间和所掌握的资料都很有限，书中所需图例和附图，幸得许多同志的热心支持与提供才得以基本解决，尤其在制图过程中得到潘行健同事的多次帮助，应在此特别提出一并致以谢意！

"由于作者学识非常欠缺，本书各节难免有不少谬误之处，恳切地欢迎同行和读者给予指正。"

在书中的图例中，除部分选自刊行的出版物之外，多数为同行友好的供稿，如杨之光的墨笔《老人像》，潘行健的《老妇像》《男青年》，杨尧的《老农》，李征的《女学生》，张彤云的《瑶族男像》等。

图1 《素描基础知识》首版封面　　图2 《素描基础知识》再版封面

　　静物写生的例图有潘行健的《饮具，苹果》、司徒绵的《台面的静物》和《几何形体模型》、黄谷的《炊具》、梁如洁的《室内一角》。石膏像写生的例图有冯健辛的《阿克里伯》、江锡荣的《织女神》等。人像写生的例图有刘其敏的《渔业干部》、王肇民的《老农像》、刘济荣的《藏族青年像》。全身人物例图有孙光曦的《小鞋工》、司徒绵的《工人立像》。景物写生的例图有李行简的《大庆油井》《橘子洲头》，刘济荣的《瑶山风景》《兴国潋江书院旧址》，刘其敏的《北方农村大巷》，李行简的《拖拉机群》，恽圻苍的《群石》，陈金章的《滨海礁石》《罗浮山景》《榕树干》《树林》。在《人像速写》一节中，例图有恽圻苍的《维吾尔族少年》、潘行健的《农村姑娘》。在动态速写一节，例图有潘行健的《动态线示意图》、恽圻苍的《工地电工》、司徒绵的《写生者》。在场面速写一节，例图有刘济荣的《看慰问演出》、潘行健的《修理手扶拖拉机》和《谷场》。在动物速写一节中，例图有林凤青的《猫头鹰》《牛》《鸡》《猫》，潘行健的《鹿》和书后附图《虎》。

　　书后所附图页有张彤云的《男像》、恽圻苍的《瑶族女孩》、靳尚谊的《青年像》、刘济荣的《邮电职工》、杨尧的《工人像》、李行简的《钻井队食堂》、李征的《女青年像》、陈金章的《榕树》和潘行健的《椰乡小景》等前人的名作。我本人的素描入图恕不列举。上述列举的例图及作者均有一定的示范性，极大地丰富了《素描基础知识》的可读性。已近半个世纪过去了，书中作者的选材和素描工具材料的多样还能为后学者提供回顾过去、值得参考的信息。

我的素描选集出版

1982年，我应岭南美术出版社之约，筹备我的素描作品116幅，出一本个人的素描选集，请周大集先生写个序言，函请吴作人先生题写书名，都得到了圆满的回复。内容以人物素描为主，约有20幅风景素描，包含20世纪50年代至80年代初的作品，有30多年的跨度，展现我的素描风格的演变与操守。我所使用的工具材料有铅笔、炭铅笔、木炭条、黑色或褐色笔以及水墨等，所用纸张是多种多样的，主要以纸质、纸色和各种笔性特点能相互适应为出发点，平时在这两方面都要有所准备，选用起来就很方便。

选集编辑装帧为林声光，作品摄影为何沛行。

直至出版物面世（见图1），我才见到封面底色为灰色，上面将吴先生题的书名改为白色，由灰底色衬托出来。横向书名下还有三幅素描作品，第一幅为维吾尔族女教师卓然木像，第二幅为失去双手的苏联画家普其岑像，第三幅为一站一立的双人女像。这是编辑兼装帧者的选择，还是有一定的代表性的。

此素描集出来不久，有人告诉我，某地大量印刷此书，要我去看一看。我则无暇顾及，因为即使是违法盗版，也应由出版社出面解决。也许这是一本受欢迎的画册。

周大集先生在序言中首先引用一句流行的古语："无规矩不能成方圆。"我认为这句话高度概括了学习素描的态度和方法。接着，他说我国正处在建设物质文明和精神文明的新阶段，迫切需要培养大量美术师资和各类造型设计的专门人才，作为基础训练的素描势成当务之急。

图1 《郭绍纲素描选集》封面

幸画豫剧演艺家崔兰田

河南省安阳市是我到过多次的地方，也是历史名城。我首次去安阳是参加甲骨文还乡的学术研讨会议活动，另外有一次是专门到林县太行山区写生，参观了一段红旗渠。此前，一位艺友到广州专门请我书字铜雀艺术学校的校名，之后我又参观了学校并为学生作素描人像写生示范，同时也访问过安阳大学，我都获益良多。还有一次，那是1982年5月，在艺友的安排下，当地文联负责人要接见我，我自然地提出画像的诉求，得到了这位豫剧表演艺术家崔兰田女士的应允。崔兰田之大名我早有耳闻。那是20世纪60年代广州部属下的文艺表演，各团都要提高艺术水平，其中舞台美术是一个重要方面，广州美术学院油画系就承担了美术团员的进修培训工作。在一次工作聚会中，我认识了华南师范学院（今华南师范大学）院长王燕士。他谈起戏剧演出时，特别推崇豫剧五大名旦之一崔兰田，其因创造了崔派艺术而深受广大观众的欢迎，民间有"三天不吃盐，也要看看崔兰田"之誉。"崔兰田"三个字从此留在我的记忆中。现在我能为这位大同行画速写像，实在机会难得。经过对方配合，我用了约一个半小时画成此像（见图1），请她签上大名。约两年后，岭南美术出版社出版我的《素描选集》，此作也被编入画册。后来，我得知崔老有亲人到广州，约见于剧场，我赠画集请他们转交。近年我才得知她已于2003年逝世，享年78岁。此像将永存世间。

图1　豫剧表演艺术家崔兰田像（1982年）

荆浩的笔墨相辅相成

　　五代后梁荆浩曾对人说:"吴道子之画有笔无墨,项容之画有墨无笔,吾采二子之长自成一家之体。"他画风皴勾,布置得宜,笔意森然,无凝滞之迹。荆浩重写生,搜妙创真,应物象形,多有独得之秘的艺术表现。

　　荆浩发展了南齐谢赫提出的六法,他在《笔法记》中提出气、韵、思、景、笔、墨六字诀。气:心随笔运取象不惑。韵:隐迹立形备仪不俗。思:删拨大要,凝想形物。景:制度时因,搜妙创真。笔:虽依法则运转变通不质不形,如飞如动。墨:高低晕淡品物浅深、文采自然,似非用笔。

　　他曾应邺都青莲寺作画,曾以诗答道:

　　恣意纵横扫,峰峦次第成。

　　笔尖寒树瘦,墨淡野云轻。

　　岩石喷泉窄,山根到水平。

　　禅房时一展,兼称苦空情。

　　他创作的《匡庐图》可以证明是笔墨并重的,表现了壁立千仞的四面峻厚的云中山顶,体现了天地空间之深远,宇宙造化之壮观。他画林木都是从写生中得来,如松木挂在岩石中之盘曲,怪石的嶙峋,湿地的青苔,观察得非常细致,表现才能入微。

　　荆浩的《笔法记》很值得习画者去学习,运用笔墨作画者更应该深入地研究。

油画专著中的素描章节

　　1984年,岭南美术出版社出版我编著的《油画基础知识》一书,完稿是在一年前,书的第五章谈油画的基本因素。第一节为素描,首段谈素描的意义。文曰:人类最早的绘画是用素描完成的。历来的艺术家都重视素描基础的训练。米开朗琪罗(1475—1564)认为:素描功夫的深浅,对于一个画家的成败有直接的影响。瓦萨里(1511—1574)是一位艺术家和理论家,他发扬了米开朗琪罗的思想,说素描是一切造型艺术的基础。之后的几百年,美术家们都以自己的切身体会,强调了素描在艺创作中的重要作用。

　　当我们面对历史上的油画名作时，都要赞叹画家们以精湛的技巧创造出的完美艺术形象。我们也就产生了对画家的艺术生平的兴趣，画家的传记和他们的作品使我们看到了他们为创造艺术形象而付出的辛勤劳动。我们从伦勃朗的素描中，可以看到一种雄浑的魄力和深邃的魅力，这种魄力与魅力同样反映在他的油画艺术中。米勒的油画和他的素描一样，充满了质朴的农村生活气息。他的《拾穗》《晚钟》的人物造型具有雕塑般的整体性与稳定性，可见他的素描基础的坚固。谢洛夫的素描以精美、细致、优雅见称，这些特点都显现在他的肖像画里，尤其是大量的妇女肖像，从中我们都可以见到作者的"工笔"与"意笔"结合的功力。

　　甚至连野兽派的代表画家马蒂斯，他在晚年曾说过："我相信通过素描学画是重要的。如果说素描是属于精神王国的，那么色彩是属于感觉王国的。你首先得画到把精神培育出来，才能引导色彩走上精神的道路。"

　　在现实生活中，由于对素描这一概念未能有一个统一的说法，大家对于它的功能认识也有不同。我们将用线条、明暗块面画在纸上的单色造型，称为素描。在单色的造型中，画者放弃了物象的多色性，便于我们的眼睛接受，加上工具的单纯简便也就比较容易掌握。素描作为一种艺术语言，有它本身的方法和规则。我们可以看到现实世界的三度空间，借助透视而搬上画面，也就是物象在造型中的体积收缩；我们看到的体积及对象形体的特点，全赖对结构的理解和光暗的表达。自文艺复兴以来，许多画家以自己的热情钻研造型规律，大大丰富了素描的语言。

　　我们评价绘画造型中的素描，不只是着眼于物象造型的办法、正确性、相似度，而首先是他的表现力。我们练习素描基本功，不仅仅是解决方法、手段问题，同时也要解决绘画的目的问题，如构图的气韵生动、形象的明确性、作品的完整性等。此外，画家劳动态度的严肃性、毅力、敏锐，对整体深刻的观察力，审美情操的高尚风格的形成和发展都要在入门的素描练习中奠定进取的基础。素描基本功不仅是学生阶段的练习课目，而且是每个画家持之以恒的素养。德拉克洛瓦已经成为杰出的色彩大师后，仍坚持每天画一两个小时的素描。他还主张："甚至连最伟大的艺术家也要用一生来学素描。"德拉克洛瓦认识到素描是油画特殊美的源泉，油画家技巧的见证。

　　第二节轮廓与造型。轮廓在素描中有重要的地位，它不仅体现作者对形体的理解，同时也反映作者的艺术见解。我们从伦勃朗的油画中可以看到他把轮廓与光暗调子以自己的方式结合起来。他把许多东西置于阴影中，以集中概括的手法，只是突出某些重点部分和细节，形成他独具的一种隐现起伏的节奏感。德拉克洛瓦曾在日记中写道："在绘画上首先最重要的东西就是轮廓。只要轮廓在，别的尽管忽略，一幅画也是看得过去的。在这一点上，我得比什么都要当心，要时常想到这一点，作画时也总是应当这样来开始。"我们从德拉克洛瓦的一系列作品中可对照他的见解。其实在历史上，许多杰出的美术家都注意到轮廓的重要意义。如文艺复兴时期的许多画家，德国的丢勒、荷尔拜因等都是如此。轮廓是造型之根本，只是每个画家的见解不同，实践的结果也不同而已。轮廓是物体表面四周的躯壳，是实体与空间的界线。每一物体都有它本身的轮廓，互不相同，要反映它本来的面目，就要准确地把握轮廓特征。油画和素描一样，自始至终都有轮廓任务。轮廓有内外之分，在重视外轮廓造型的同时，还必须重视内轮廓的探索。轮廓不能理解为作画开始阶段的物体位置和界限，或是一个大概的外廓线，而是研究形体特征的结果。所谓"造型艺术"的造型和"造型练习"的造型功力，在很大程度上都反映在轮廓的表现上。

第三节轮廓与运动。轮廓线不仅表现静止的形体特征，还要表现运动中的形体变化，表现人、动物、自然物象的运动，如同在空间和时间中真实的移动。这也是素描最富有表现性的功能。尽管绘画本身是不会动的，但画家要通过表现一刹那来完成物象运动的延续性，使人想象它的前后会是怎样的，如人物动态的情景和动向，多人物运动之间的关系，人物表情的运动和变化，动物的飞翔，交通工具的行驶，水流的运动，旗帜的飘扬，草木的摆动，云彩的浮动等。表现可能出现的运动，既要求果断的捕捉能力，又要求周密的组织能力。这都是素描功力所要求的。表现运动要从刹那间选择，反映运动最共同的本质。既要有真实的运动感，又要有所选择，符合造型艺术特点的稳定性，以供人们乐意从容地审视和欣赏。除外表运动，还有内在的运动，如人物内心的活动、内在的激动，植物内在的生命运动、长势。要表现内在的运动，就要求作者对事物有深刻的理解力和洞察力，要有广博的社会知识、科学知识，要有热爱生活的感情。人物的心理活动、精神世界，蕴于内而形于外，往往通过动态手势表情流露出来。眼睛的开合，眼神的远近，鼻孔的张缩，嘴角的高低、上下之间的变化都是难以捉摸的，而又是可以捉摸的。弗朗斯·哈尔斯所作的《吉卜赛女郎》，通过向左扭头斜视的双眸以及诱人的微笑，反映了姑娘无拘无束以及热情的性格特点。而伦勃朗后期的一些老人像，不仅刻画入微，深入内心，而且好像打破了时间的局限，描述了老人的一生，故被称为传记性的肖像画。

我画廖先生

1984年，我出差到北京开会，顺留两日参观徐悲鸿纪念馆。友人介绍纪念馆对面的一条巷子里有黑龙江招待所，我住在地下室的单人房，廖静文馆长还专门探望，他说我不应住在这样的地方。我回答说这是为了方便参观纪念馆里的珍藏。在馆长办公室交谈和休息中间，我征得廖先生同意，为她作钢笔速写像，两年后《长江日报》刊发此像。（见图1）

图1　我画廖先生

为余菊庵先生画像

　　1985年，得悉余菊庵先生在家乡中山市举办个人书画展，我依时出席了画展开幕式。从广州去的还有在我院任教的黄文宽先生，我还冒昧地讲了几句话表示衷心祝贺。久仰余先生身兼诗、书、画、印"四绝"，年轻时当过教师，也曾在刻字店服务社会，在家中授徒培养青年学子，以诗论画示门生多首。其五曰："大匠无方巧授人，冥搜惟自领其神，筌蹄摈落出新意，始是优游透网鳞"，告诫生徒要"领其神""出新意"不能依赖先人。诗论画绝句示门生其六曰："画通禅理脱凡胎，三昧端从悟得来。领取行云流水意，略无滞碍是真才。"意即画理与禅理相通，要求心神平静排除杂念，才能符合书画的诀要。运笔如行云流水般的顺畅自然，方为真才。余先生瞻仰孙中山先生故居《感赋》云："简朴先生宅肃然起敬忱，庭隅存古井，酸枣布清阴，毅魄依稀在，丰功万世钦，洪杨固足纪，输却大公心。"可见先生之历史观。

我的素描之路

我曾登门拜访余先生,并为他作素描肖像,略施粉彩(见图1)。中山市领导重视菊庵先生的艺术成就并出版了《余菊庵书画作品集》(余先生曾为广东省文史研究馆馆员)。

图1　余菊庵先生像(1985)

主编《中国高等美术学院素描集(广州美术学院分卷)》

20世纪80年代中期,湖南美术出版社决定出版全国高等美术学院作品集,分素描、油画、水彩、水墨等品种,要求各大美术学院给予支持,先从各学院的素描集开始出版。我认为这是出版界面向高等美术教育的善举,当尽力给予支持。为了使院校统一认识,湖南美术出版社邀请了各院校有关素描基础课的负责老师集中长沙开会座谈。依时到会报到后,我发现了不少熟悉的面孔,见到了中央工艺美术学院的权正环、鲁迅美术学院的任梦璋、中央美术学院的靳尚谊、西安美术学院的董钢、首都师范大学的尚扬等,有的已叫不出姓名,不少是老同学。多年不见,见一次面实在是机会难得,老同学相聚,既亲切又不会太客气。

主编《中国高等美术学院素描集（广州美术学院分卷）》

首先由郑小娟社长、郭天民副社长等介绍了出版计划和一些事情，听说湖南美术出版社出版的《素描初步》由湖南师范大学美术系主编。在出版过程中，我还提供了意见和素描作品稿件。据说，这本普及性的小画册很受欢迎，一版再版，出了多版，只卖一元一本，价位也大众化。

我负责编辑《中国高等美术学院素描集（广州美术学院分卷）》（见图1），当然要发动各系各专业师生提供有代表性的作品，还在分卷收入王肇民教授两幅老人像。其中，一幅为带手肖像，他的素描风格重写意又重刻画，笔锋犀利，观察入微，根据人物的特征选择细节，以及对明暗关系，富有素描语言的气韵和力度之美。

胡一川教授的两幅风景速写，乃是他的油画写生前的素描，画幅不大，但气势磅礴，在写意笔法中充满了空间的风气。一望无际的海滨，突出了近景的两只渔船，已使

图1 主编《中国高等美术学院素描集（广州美术学院分卷）》

画面丰满有余，其奥秘在于天、海、岸三者的和谐关系，与双船融为一体，达到了笔简意赅的境界。

另一位老画家周大集先生的石膏像是用木炭画的。周先生长期教授素描基础课，其入集的石膏像可见深厚的功力，不仅结构轮廓准确，还着意表现石膏像的质感与光感，明暗分明而浑然一体，对于青年学子怎样理解艺术性而忌匠气，是很值得参考的。

为了普及一般的素描概念，我特地选入一幅陈金章先生的白描《榕树》，以传承笔墨功夫。画面不仅有树干与枝叶的勾勒，还施以点皴的枝法，使榕树丰满而富有真实感。还有李涛老师的一幅画树的素描，他用的是水彩画法，表现冬季，围绕树干的枝杈繁密而又舒朗的形态和意境。树在画学中是很重要的题材，学会画树、画好树应是学者的重要的基本功，尤其从事山水、风景画者，缺乏画好树的能力必将使作品失去感染力。

广州美术学院素描分卷的人体素描作品约占五分之一，这是学院教学的特殊课程，学子们都知道。远离学院再进修人体素描或色彩写生，就有许多条件的制约，不太方便，所以师生中的智者都会珍惜学院的学习资源，努力学习、钻研。雕塑系学生巩冰的人体素描作业用作分卷的封底，也是一件朴素而丰满的作品。用于封面的是吴雅林作人体素描。可观的优秀作品很多，恕不在此一一详列。

图2为《中国高等美术学院素描集（广州美术学院分卷）》编辑人员合影。

我的素描之路

图2 《中国高等美术学院素描集》部分编辑人员合影
（左起：靳尚谊、郭绍纲、任梦璋、权正环、董刚）

为教育同行画像

素描人物写生中，带手的半身像具有特定人物的气质，要求真实地表现人物形体和精神面貌的特点，达到肖似。若写生范围扩大了，则要拉开距离画。1979年，我特请陈和西同学到家里，用木炭条为他写生画像（见图1）。他坐在一张藤椅上，取自然坐姿，双手靠近。我重点表现了它们的相互关系，并加重了调子，以便与头部刻画上下呼应，并突出双手的结构与手势。带手半身像重点还在于形象的肖似与传神，基于我对和西同学的了解与观察，加之他的认真配合，此画也算达到了写生的预期效果。

台山一中李耀林老师的肖像是我在1986年暑期完成的（见图2）。为了方便构图，我采用横幅，使用炭铅笔，用横幅才能将双手括入画内，也适宜表现长沙发的空间环境。这是一位衣着朴素、胸前戴有校

图1 陈和西同学（1979年）

徽和水笔的典型教师形象。凡从事教育工作的同行，我都表示敬重。李老师为我做模特的态度严肃认真，使我素描进行顺利，此作也是一种缘分的见证。记得那年，我还在台

山一中画了一幅教学楼的写生,在台山还画了一幅烽火台的油画风景。

鲁迅早年与陈烟桥等谈话时说道:"艺术应该真实,作者故意把对象歪曲是不应该的。故对于任何事物必须观察准确透微,才好下笔。农民是淳厚的,假若偏要把他们涂上满面血污,那是矫揉造作与事实不符。"借鲁迅之言,在此我想提醒一些画者不要脱离实际去追求自己的志趣,更不要追随或吹捧脱离实际的矫揉造作者。

图2　台山一中李耀林老师

粤北行的素描

1986年,我曾到粤北乳阳林场,即乳源与阳山交界处的国营林场。人们都知道海南岛有五指山,其实粤北也有名为五指山的地方,即是乳阳林场的所在地。在那里,我们得到了林场领导杜书生等人的热情接待。同时,他也提出介绍师生到林场,为他们设计制作沙盘模型。这也是师生为社会服务的实习机会。在制作实习中,我们接触各种材料,使其成形为沙盘结构的组成部分,这也可称为平面的立体构成。图1是我为杜场长作素描像的留影,图2是我到煤田矿所画的景观素描写生,通过远、中、近三层次的对比,可感到画面形势之构成。多次粤北行,每次都给我留下值得怀念的故事。

图1　为杜书生场长画像(1986年)

图2　矿区素描写生

我的素描之路

根的生命力

　　1987年夏，我参加了广东省美术家协会组织的写生团，到汕头一带搜集创作素材，为举办"绿化广东画展"做好前期工作。在当地，我们发现了一棵巨榕，非数人不能够围抱，令我吃惊且神往。这就像一位古代的老人生存至今，有此幸遇，实在难得。成语盘根错节，以此见证，更是绰绰有余，若放在今日，推广旅游文化当属吸引人的一个景点。而我用素描写生，画其雄奇神伟，认真景仰观察，始构思动笔，表现古老的树龄与旺盛的生命力。（见图1）树后还有一座石狮，似伴有护卫之能。在风景画中，树木扮演着重要的角色。我以油画创作了一幅《滨海林带》。此幅素描略施粉彩，辅助背景空间的纵深表现，未画巨榕之全貌，尺幅有限，重点意在表现树根起伏交错，象征繁衍壮大的历史与生命力。

　　一般画树干难于画根，根干是由地下长出，才显生命力，立向的树干处理不好易像插入地下，即无生命力可言。因此，在景观中的树木，无论远近、虚实变化，以及用笔的繁简都要做到不违反自然规律，使画意与画理相结合，画品才能经得起检验。画理也是素描基础教学之重要内容。

图1　巨榕树根

素描的画与写

我们经常讲画素描,画速写而成画品。

写实素描是"应物象形",是写生,画速写是直接写画,都离不开一个"写"字。中国传统的绘画有工笔、写意之分,也有兼工带写的能手。写意更有抒发情感的意味;工笔与写意相对,着重精工细作、深入刻画;速写则强调写,意在捕捉形象,要求取舍概括,用笔简明扼要,不尚繁复。当年鲁迅强调:"作者必须天天到外面或室内练习速写才有进步。到外面去速写,是最有益的,不拘什么题材碰见就写,写到对方一变动了原来的姿态时就停笔。"(与陈烟桥等的谈话)

一般的素描写生依时长短而既工亦写,工是为了慎始善终,写是为了避免拘形失神,保持速写的功力,使造型生动。使工与写相济而融为一体,细致刻画之功有助于培养平心静气与求实精神的养成,笔扼精要之功有利于势质兼具的表达,二者不可偏废。无论用什么工具材料绘画,写生永远是联系现实生活的手段,都要求用旺盛的精神去写生命、写生活,接受生活的师教,以保持自身艺术生命中的创造力。

图1是我于1987年在南澳岛写生。

图1　南澳岛写生(1987年)

人像素描写生

人像素描写生在人物写生中占有重要的地位。人像写生又可称为面对面的艺术，是人缘际会的见证，不仅有艺术性、纪念性，还有多方面的人文价值。其艺术性的高低源于作者的情感与技艺，这两方面的决定因素缺一不可。有技艺无情感，难以达到形神兼备，从而缺乏内蕴；有情无技艺，则心有余而力不足，无法表现个性形象特征。

人像写生也包括画家自画像，通过明镜自我面对面写画。达·芬奇、伦伯朗、米列、列宾、徐悲鸿等各时代、各民族画家遗存的自画像，使后人可以观瞻当年经世的风采，从中得到教益。

人像写生是一门重要的艺术途径，也是一种独立的艺术形式，即肖像画。我国六朝之南齐谢赫长于肖像画，活动于公元479年至501年，他擅于目测人物形象，能惟妙惟肖地描写，为当时的画坛巨擘。其所著的《古画品录》为富有系统的画论，他提出的"六法"今天仍不失其指导意义，同时也是批评的法则。"六法"之首的"气韵生动"乃是画评的主眼，学画者应在师法自然中得到启示，有所感悟，才能生发通灵的智能。人物写生是画有个性的生命，人物个性都是有神情的，画者首先要有平等、尊重对象的意识，观察领会于心，搜妙才能起手创真，以达形神兼备，切忌冷漠，避免丑化的偏向。（见图1）

图1　少女像（蒋兆和作）

此作为蒋兆和先生的笔墨人像作品。形象明快、手法简洁概括。

谢赫的六法首要

南齐谢赫为画坛巨擘，长于肖像画，善于观相记忆，过眼即可默写人像。他著有《古画品录》，详述系统的六朝时代画论，据此始有"画有六法"之说，"六法"既为学画入门之法则，又是欣赏画品之法则，流传至今。

清画家秦祖永在《绘事津梁》中说道："首法气韵生动，有云，人但知道墨中有气韵而不知气韵即在笔中"，并评论"画写胸中之逸气"之说"此语差堪领会"。曰："作画能沉着松灵则不患无气，不患无韵矣，何事墨之渲染为哉"，还暗示李公麟之白描也可气韵生动，还抨击了文人画不肯下功夫。清画家笪重光在其著作《画筌》中说过"皴已足、轻染以生其韵"，还说"墨以破而生韵"，又有"宜浓反淡则神不全，宜淡反浓则韵不足"之说。

清画家恽南田在画跋中曾云："气韵差于笔墨，笔墨都成气韵此乃成工之作也"，"若气韵不周，空陈形似"。

我认为，气韵生动是"六法"之首，应从画旨深究。气是活力，有气息、气质之关联词；韵从音，声音要平仄押韵，以合乐声之韵律，书画笔迹和谐亦如是。欲使笔墨成韵之生动，必须从气息、气质的调养运用开始。这也需要功力的积蓄，绝非表面之手法所能成事。

素描练习中的"三宁"

徐悲鸿的素描教学主张："宁方勿圆，宁直勿曲，宁脏勿净，宁拙勿巧。"我在《素描基础教学》一书中已有详述。

清代画家在《南宗抉秘》中有云："人也孰不欲巧哉！不知功力不到，骤求其巧，则纤仄浮薄，甚有伤于大雅。学者须笔笔皆著实地不嫌于拙。迨至成熟之极，此笔操纵由我，则拙者皆巧。吾故曰：'欲巧先拙，敏捷有日矣，敏捷有不巧者哉。'"清代画家布颜图在《画学心法问答》中也说："拙力用足，而巧力出焉，功力既出，而功心更随功力而出也。"这些道理都是说不是不要巧，而是要有怎样的功力、基础的技巧的问题。至于"宁脏毋净"，关系到练功的心理和态度的问题。为了深入准确地表现对象，画面自然要留有反复探索的痕迹，但不必为此不安而小心翼翼，不要为了画面干净而影响对意象的追求，更不要费时修饰。过去也有先辈画家有感而著文《橡皮的功过》，问题不是不能用橡皮，而是不能过度使用或依赖橡皮。如果用体能训练做比喻，就是怕弄脏了衣服、怕出汗，肯定放不开身手、腿脚，怎能达到训练的目的？

法国雕塑家罗丹在他的艺术论中说过："艺术上的素描好比文学上文体的风格。装腔作势，故意炫耀的文体都是不好的，好的应当是使读者忘记这是风格而把全副注意力集中在所处理的主题上、所表达的感受上。"

为司徒奇先生作素描写真

1987年暑期，香港画家司徒奇先生到访我院，会见杨之光教授。司徒奇先生拟做模特，希望我们为他画像。之光作彩墨写真，而我则以素描工具写之。

我在有色纸上以褐色炭精棒为主，略施粉笔白色，用时约100分钟。（见图1）能为这位岭南画派传人画像是难得的机会。素描画像由司徒先生收藏，后得一摄影图像，可见原作精神。后曾赴港，我顺便拜访司徒奇先生。

司徒奇先生生于1907年广东开平赤坎镇的一个书香世家，初学西画，于22岁时入由岭南画派高剑父创立的广州春睡画院，转习国画，与关山月、黎雄才交往密切，并称为"春睡三友"。司徒奇为司徒乔先生的表弟，其子司徒乃钟亦为当代画家。

图1　司徒奇先生像（1987年）

司徒奇先生早年还曾入上海中华艺术大学深造，作品《艺人之妻》参加首届全国美展。他曾在广州创办烈风美术学校及威尼斯美术研究社，抗战时期曾回开平家乡，在开平第一中学任美术教师。他1950年迁居澳门，10年后移居香港。

水 墨 画

广义的水墨画也可说是毛笔画。

国画讲究笔法，其中包括勾勒法、没骨法、点法、皴法、渲染法等。这些方法无不与用墨法有关。国画的精髓在于笔墨的巧妙结合，讲究使笔墨的功力。常有评语说"有笔无墨"或说"有墨无笔"，落在某某画家头上可见兼具笔精、墨妙之难度。写生、写意都强调一个"写"字，缺乏书写的基础，又不重视骨法用笔的要求，是很难见笔力的。传统画论有"墨分五色"之说，还认为："运墨五色具，谓之得意。"何谓五色也是其说不一的，有的说是"黑、浓、湿、干、淡"，有的说是"黑、白、干、湿、浓、淡是也"，也有说是"黑、铁灰、深灰、灰、淡灰、银灰白"，又有说是"焦、浓、重、淡、清"。综合来讲，除有墨迹的变化，大致与西方素描的五大调子层次基本吻合。

五代荆浩在他的《笔法记》中提出："笔使巧拙，墨用重轻，远则宜轻，近则宜重"，又说"高低晕淡，品物浅深、文采自然！似非因笔"。中国山水画史，有分北宗金碧青绿一派，自唐李思训始；南宗水墨渲淡一派，自王维始，荆浩就是此派之继承者。其后到了宋代，李成在《画苑补益·山水诀》中说："落墨无令太重，重则浊而不清。"到了元代，黄公望作有《写山水诀》，还说："画石之法先从淡墨起，可改可救；渐用浓墨者为上。"而同代人王蒙则擅用焦墨披擦山石。被称为北宗的夏珪也擅长将焦墨用于青绿山水。古人将成块面状的焦墨称为"钱墨"，既形容墨浓缩如小钱，又有惜墨如金之意，用于深重而凸显的地位，如近景的石、礁岩、树根、山脚等处。

我国现代山水画家李可染、黎雄才都是善用焦黑的大家，焦黑在他们的作品中直起提神醒目的作用。

墨色的浓淡，完全是因人而异、因画而异。龚贤在他的《课徒画稿》中说："淡墨种种，愈淡念鲜，望之若有五色。"而唐岱在他的《绘事发微》中则说："不可太淡，淡则气弱而怯也。"脱离了画意而谈浓淡的利弊似无准则，还有人主张用清墨，近乎无色，墨色淡而清。现代画家潘天寿言"浓而不板滞，枯而不浮涩"。笔者认为，无论墨色的浓淡、枯湿如不与立意用笔相结合，产生气弱、板滞、浮涩就是必然的。此时，还要注意前面引用过的笪重光在《画筌》中说的"宜浓而反淡则神不全，宜淡而反浓则韵不足"。浓淡兼用、浓淡相宜是普遍采用的方法。现代画家徐鸿悲在致友人信中谈道："福州榕树，盘根气节，树树入画，盖取法之。"写树先以淡墨皴树身，再来湿施勾勒，则树必奇古。徐鸿悲还以水墨法画了桂林山水，也是他的代表作。

齐白石的水墨画中的虾、蟹、蛙等动物都是他在生活中观察而有感得来的。上述3种动物都以浓淡不同的墨色进行表现，不仅追求形神兼备，刻画更深入到实质。如蟹的硬壳、虾的软壳、蛙的软皮都富有质重感。如果不与精到的笔法相结合，任何墨色都是毫无意义的。

齐白石在66岁时的题画中说，"余之画虾已经数变，初只略似，一变毕真，再变色分浓淡，此三变也"。齐老在与友人说画时曾说："大墨笔之画，难得形似；纤细笔墨之画难得神似。"笔者曾亲眼见到齐老画虾，以大笔画虾头虾身，以长锋细笔画虾足虾须，运笔如写字般的徐缓，一笔一画，笔笔送到位，质与神随形而出。跟随齐老多年的李可染先生简而括之地说："学到一个慢字。"水墨淋漓挥洒恣肆是很痛快的事，若成习气，易入空泛。齐老在《64岁题画雏鸡小鱼》中写道："善写意者，专言其神；工写生者，只重其形。要写生而后写意，写意而后复写生，自能神形俱见，非偶然可得也。"此段话除去其针对悟性的看法，也道出了画家艺术的根基与生命力之所在。

徐悲鸿曾说："所谓笔墨者，作法也。气之云者，即黑白之相得balance，轻重疏密之适合也。与韵为两事，而为体也不相离。韵者rhythm，节奏顿挫之妙，即物象之变之谓也。凡得直之曲，得曲之直，得繁之简，得简之繁，得方之圆，得圆之方，得巨之细，得细之巨，其奇致异趣，皆号之曰韵。"在《徐悲鸿谈艺录》中，他认为，"晨光曦微、雨雾迷蒙中之山水更为动人。生动可分为两个方面，一指物象姿态之生动，一为作法之生动"。这也是中国水墨画传统精华之所在，一切都在得心应手的表现之中。齐白石以笔墨表现《自称》之作，书画结合、形质表现、概括饱含画外意。（见图1）

图1 《自称》（齐白石作）

李铁夫的笔墨功力

　　李铁夫，1869年出生于广东省鹤山县，少年时曾从家乡先生吕辉生孝廉习诗文书画，后于1887年赴北美学习，专攻画学。是年5月初，于奥灵顿画院考获冠军。李铁夫在油画艺术、民主革命方面，对于国人来说均堪称先驱者。1907年，李铁夫以美术为革命运动之武器，以革命为美术之推进机，与孙中山先生组建兴中会。1908年，孙中山先生在纽约华密街49号溪记面厂二楼设立同盟会，李铁夫任常务书记，历时6年，随孙先生四处筹款，增设同盟会分部19处。

　　1910年，清廷海军程璧光司令驾海圻船到纽约，有赵公璧、邓家彦、李铁夫到船上宣传革命，程璧光大为所动，竟与全船队员加入同盟会。李铁夫变卖油画300余幅，以助军饷。

　　1913年，李铁夫在纽约美术大学从油画家沙金特和切斯游历19年，曾获肖像画冠军。次年，又获铜像大堂冠军并获奖金。孙中山推许为"东亚之巨擘"，黄兴将军更以"横扫亚洲，名傲空前"八字为赠。

　　1916年，李铁夫加入最高画理学府——美国老画师会，其规则为加入者须年过40岁，要有相当学识。

　　辛亥革命后，李铁夫未回国为官，仍留美以画画为生。孙中山先生曾为其书写介绍书，在简历之后提道："洵足及与欧美大画家并驾齐驱，诚为我国美术界之巨子也。"

　　1929年，李铁夫到香港定居，住在九龙江红磡山上一间木屋里。1935年，香港钟声慈善社为他举办了一次个人作品展览，这时老同盟会会员赵公璧与邓家彦为他出具"润格故事"。

　　1936年，徐悲鸿南下举办展览，在潮籍画家陈文希的陪同下，到红磡山拜访李铁夫。

　　1938年，作大型静物油画《瓜蔬与坛盘》，笔法恣肆，有如国画大写意，在形、质、光、色等方面达到高度的统一，还有在余本画室所作的《冯钢百肖像》，均为回国后的代表作。

　　1942年，李铁夫应邀离港到台山县创作水彩和油画一批。1946年，李铁夫曾回故里鹤山，后随李济深赴重庆（5月24日）举行画展；9月，到南京创作《蔡廷锴就义》；10月，举办画展。

　　1949年10月26日，香港进步文艺界为李铁夫举办80寿辰庆祝活动。

　　1950年，李铁夫到广州定居，应聘为华南文艺学院教授、华南文联副主席，在文

我的素描之路

联筹备大会上表示将自己的全部作品捐赠给国家。1952年6月16日，他逝世于广州。

在李铁夫捐赠的作品中，除了一批油画，还有相当多笔墨书画和诗稿等文学资料。李铁夫在作油画的同时，还常以笔墨书画，从中可以感受到作者的胸怀与大气，对笔墨传统的继承与创造。

图1、图2、图3分别为李铁夫的作品。

图1 《饿虎下山》（李铁夫作）

图2 对联书法（李铁夫作）

图3 《飞鹰》（李铁夫作）

文叙《新素描技法》一书

　　1990年,我的同事邝声著《素描新技法》一书在香港出版,邀我于出版前作一文,我借题发挥,不料成为此书的代序。我先从素描概念谈起,素描是与彩绘相对而言的另一种美术表达形式,有悠久的历史。经过不断全面的发展,将素描列为必要的美术基础,就像人对语文的知识与运用一样,不可缺少。对于某些艺术设计等专业的工作者来说,素描更是必要的专业基础和职业技能,因而有更高的要求。随着社会商品经济的繁荣和科学技术的发展,人们从物质生活到精神生活的追求,都在美的享受层次上不断提高。艺术工作者、设计工作者从事直接创造美的劳动,对美的感受、表现与创造,应训练有素,应从素描基本功就开始要求。一幅画、一件艺术品(从小摆设到大建筑)的构成,选择什么材料、怎样运用材料、怎样完成它,都不能脱离对美的要求与创造。凡卓有成就的艺术家都强调素描基础的重要性。米开朗琪罗认为,素描功夫的深浅对一个艺术家的成败有直接影响。

　　素描基本功、素描艺术语言的把握能力,必须从长期的反复实践中获得,而人的实践是需要指导的。许多从事教育工作或热爱教育事业的艺术家,大都在基本功的理论指导方面进行了研究和探索,并培养了不少学生。邝声教授就是其中一位。他在其书中基于自己多年的教学经验,对素描的各种风格进行了分析和对比,提出了自己的见解。作者强调"兼容并蓄,有容乃大,不争长短,志在发展"。这无疑是十分重要的。此书还有文图并茂的特点,便于读者对照理解和参考。

　　当今社会对艺术创造和设计的要求日益广泛,一般是从竞争中选择以满足需要,因此,青年学子应加强参与竞争的意识和能力,这就需要有扎实而广阔的艺术基础。素描基本练习不仅是从纵的方面,同时也要从横的方面考虑基础的适应问题。素描不仅是某种专业创作或设计的基础,同时也是各种基本功的基础,如各种色彩画练习、各种雕刻的练习都不能脱离素描的基础作用。不全面研究基础的含义,不能保持素描基础的相对独立性,就会陷入片面性,顾此失彼,往往是得不偿失的。

　　素描概括绘画造型的基本法则和规律。它既要求科学性,又要求艺术性,二者是统一的,并非对立的,可以兼顾,也可以有所侧重,视练习时的需要而定。要实现素描的科学性与艺术性的获得与强化,须在实践中提高观察能力、独立思考能力和审美鉴别能力,才不会被俗流所困扰,才能沿着艰苦进取的途径,继承并发展传统,形成个人风格,开辟新的境地。

录像中的素描示范

老同事赵瑞椿在广州美术学院版画系任教多年,基础全面而扎实。他在广州工作多年后回到家乡温州专事艺术创作,同时热心教育。1990年,他应中央音像教材出版社之约撰稿,示范素描基础训练的步骤与方法。这是我国首次发行的素描录像带。他曾来函约我写评语以利发行,这也是对自学者的福音,我便认真地写了一篇评语。

我从素描与彩绘的概念相对谈起。素描基础训练内涵丰富,源远流长,形式多样,它不仅是艺术各专业所共需的基础教育,也是全面提高人的素质所必需的文化基础科目。

幸得中央音像教材出版社的鼎力支助,将他的教学示范制成录像带,使他的教学经验得以广泛传播,在普及与提高美术教育方面创造一个良好的开端。相信这部《素描基础训练的步骤与方法》的出版对美术教育的建设和发展都将起到推动作用。

此外,中央美术学院的韦启美教授、靳尚谊教授,中国美术学院的肖锋教授、全山石教授,我院的尹国良教授,北京师范学院的王琦教授等均给予良好的评价。

在此还要补充一点:赵瑞椿先生曾到佛罗伦萨旅游,能面对米开朗琪罗的大卫全身雕像,以全开画纸进行素描写生,他曾在岭南画派纪念馆举办其个人作品展览时向观众展出此作。其能写此作,也是一次国际性的素描示范;能有此创举与成果,需要具有何等的自信与胆识!请读者同行发挥一下想象力!

素描林卓权先生像

我画素描常有意用灰纸写生,在黑灰调子的基础上再用白粉笔,以提高调子的明度。我画的这幅《林卓权先生像》(见图1)是一位校友的家长。林先生常往返于港穗之间,他在香港任职,与广州漂染业有生意来往。我认识这位林先生与杨之光教授有关系,这幅素描像就是在杨先生客厅画的。林卓权先生是一位典型的白领,他还是香港马会的会员,常以参加赛马为乐,输赢都有限,乐在其中。他每到广州都要来访和我相叙,由于其修身律己,虽年逾90岁,仍能独行往来且精神矍铄,令人羡慕。

香港歌德学院珂勒惠支作品展

图1　素描《林卓权先生像》

香港歌德学院珂勒惠支作品展

　　20世纪80年代后期，广州美术学院与香港歌德学院建立了文化交流关系，于1991年引进了德国珂勒惠支作品展览。珂勒惠支是具有国际影响力的女画家。早在20世纪30年代初，鲁迅先生在上海举办木刻讲习会时就是以珂勒惠支的作品为示范的。自那时起，我国的一批批美术工作者把珂勒惠支的艺术视为学习的榜样。鲁迅在与年轻画家的通信中总是强调画好素描，能为木刻版画打好基础。

　　珂勒惠支热烈地同情和支持中国人民的革命斗争。她是全世界进步文艺家联名抗议国民党杀害柔石等五位作家的签名者之一。

　　珂勒惠支的名字在中国文化界是深入人心的，广大美术爱好者从珂勒惠支的传记和作品中吸取了前进的力量，同时也丰富了对于德国历史和文化艺术的了解。

　　珂勒惠支同时还是一位美术教育家。她曾自1919年至1933年受聘为柏林美术学院教授。她的作品是面向社会的，具有强烈的艺术感染力，其作品从多方面启发人们回味历史,理解人生,认识艺术。在展览开幕式上,我代表师生感谢歌德学院给予的支持——将作品运到广州美术学院展出。图1为珂勒惠支的自画像。

图1　珂勒惠支自画像

为故人周朗山先生造像

1991年,香港周耀琪先生来访,谈到为其先父周朗山先生出书需要配像之事,并提供了参考照片。朗山先生乃十香园学子之一,有集体合影为证。其子为尽孝心而编印画集,但画集未采用此素描像(见图1),转而更换为一幅国画人像,我完全可以理解。作为一幅以素描加彩的人像作品,我已尽了心力,此作比原有照片更有强调,也不失为试验性的素描作品。作为居氏兄弟的十香园授徒中的一员,晚年的周朗山先生的画照,应有一定的参考价值。

艺术是心性的磨炼

图1　周郎山先生像（1991年）

艺术是心性的磨炼

1993年春，在校友的支助下，我曾于江南大厦一画廊举办个人书法展。《南方日报》于4月11日刊载了廖雨兵写的一篇《郭绍纲书法展》访谈。首先，他引用一位书法家的评论，在此不重复。作者在访谈中记述了我亲身经历的两件事：一为1975年登门拜访林风眠先生。林风眠先生虽身处逆境，但他仍在写字大案台的一边放着一摞《解放日报》，有10多厘米高。令我震惊的是，原本日积月累的报纸，累积的整齐程度如刀切状，我顿时感受到这是一种可贵的精神体现，印象极为深刻。

另一件事是有一年我在上海参观中日书法展，见有一日本老僧在蓝底上以金字小楷书经，一丝不苟，可知作者心境如水，真正继承了唐人写经的精神气韵。这也是在国内举办的书法展中难得一见的珍品，国人应继承楷书的优秀传统。

研究书画艺术必须要有一种操守，并磨炼心性。

明书画家文徵明82岁书小楷《归去来兮辞》（北京故宫博物院藏），在13.7厘米×16.3厘米的纸幅上写下约360字，这种功力固然难能，但也是可以逾越的，浮心不沉很难为之。

访谈作者在文中提到时风以"浮笔肉墨"来形容,当然,懂得骨法用笔的还是大有人在,需要有一个普及与提高的过程。作者肯定了我的努力目标,在此聊表谢意。

此次书展开幕式上,致谢词中已申明:我的主业是美术教育,擅长油画,书法是我的业余爱好。我相信只要能有恒心坚持,必有风格日显。

图1为毛主席的《七律二首·送瘟神》,诗句意象鲜明,含蕴深厚。

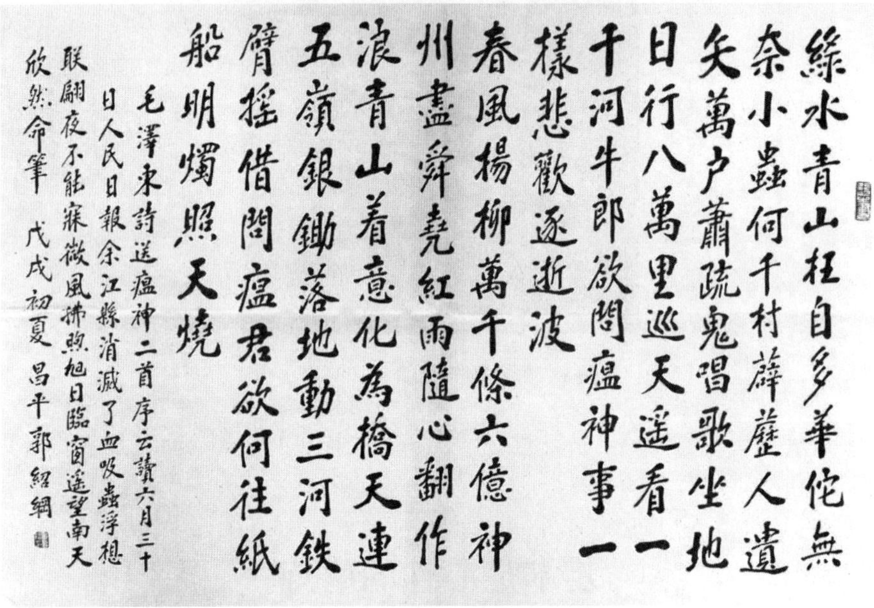

图1　毛主席的《七律二首·送瘟神》

素描者当知"六法"与"新七法"

"绘画六法",即南齐画家谢赫的系统画论,载于《古画品录》著作中,既是画法,又是鉴赏、批评的法则,历经1500余年,传承至今。"六法"内容:一气韵生动,二骨法用笔,三应物象形,四随类赋彩,五经营位置,六传移摹写。

"新七法"由著名画家、美术教育家徐悲鸿在20世纪30年代其著文中提出,其内容如下。

一是位置得宜,解释为不大不小、不高不下、不左不右、恰如其位。二是比例准确，即毋令头大身小、臂长足短。三是黑白分明，即明暗也。位置既定，则须觅得对象中最白与最黑之点，以为标准。详为比量。但取简约，以求大和，不尚琐碎，失之微细。四是动态天然，此节在初学时，宁过毋不及。如面上仰，宁求其过分之仰，回顾，必尽回顾之态。五是轻重和谐，此是就已成幅之画而言。韵乃象之变态，气则指布置章法之得宜，若轻重不得宜，则上下不连贯，左右无照顾、轻重之作用，无非疏密黑白，感应和谐而已。六是性格毕现，或方或圆或正或斜，内性须赖外象表现。所谓象不外方、圆、三角、长方、椭圆等，若方者不方、圆者不圆——为色亦然，如红者不红，白者不白，便为失其性，而艺于是乎死。七是传神阿堵，画法至传神而上。所谓传神者，言喜、怨、哀、惧、爱、厌、勇、怯等情之宣达也。作者苟其艺与意同尽，亦可谓克臻上乘。传神之道，首主精确，故观察苟不入微，罔克体人情意，是以知空泛之论，浮滑之调为毫无价值也……徐悲鸿强调认真写实，但求简约，不尚琐碎以求大和，以达传神阿堵，重在人物画的描写与深入刻画。他还有言："我平生反对形式主义，形式主义是泥坑，自然主义也是泥坑，陷进泥坑是拔不出来的。"这是要我们知道师法自然与自然主义在表现方法上有本质的区别。

前面提到"六法"的提出者谢赫乃是工画人物的肖像画家，并且有默画的专长，有"画人不俟对看，一览便归，操笔点刷，研精意存"一说。徐悲鸿在素描教学中也要求学生在写生作业过后再默写一遍，以增强对形象的记忆力。

在素描教学中，要强调以形写神、传神、形从神导，首先要自己提起精神，认真观察对象，才能决定对象的俯仰姿态，以平等敬业的精神将观感所得，写出自己关于善美的见解。学画人物，形神兼备是努力的方向，是进取的目标，有目标、目标明确才是成功的希望。演员扮演人物角色，要努力入戏探讨人物的语言真切与状貌出神，导演不能只讲戏是一切，还要讲怎样才能演好戏。讲戏是一切、画中形是一切，均为评论者总结性的概括，对于从艺者思考戏是什么、形是什么有所助益。为了达到成功的目标，教师以及导演应有所指引，攻坚克难。

素描是造就艺术风格的基础

素描是一切造型艺术的基础，这是欧洲艺术家瓦萨里提出来的，是他将米开朗琪罗的话进一步发挥而得出的结论。米开朗琪罗曾将素描称为思图艺术，认为它是绘画、雕刻、建筑的最高点。素描是所有绘画种类的源泉和灵魂，是一切科学的根本。米开朗琪罗还认为，素描功夫的深浅对一个画家的成败有直接的影响。

对素描基础的内涵的理解有深浅、宽狭之分，有人就曾提出素描只是技术基础。如果将素描简化为制作开始的流程，那只是一种表面形式；如果将素描基础看作艺之源、终将体现艺术灵魂，那就不只是技术问题了。

素描一词在文学创作方面也时有使用。法国雕塑家罗丹说过："艺术上的素描，好比文学上的文体风格，装腔作势、故意炫耀的文体都是不好的。好的应当是：使读者忘记这是风格，而把全副注意力集中在所处理的主题上、所表达的感受上。"（《罗丹艺术论》）素描写生如果未能表现出作者诚挚、认真的观察和感受，而只是突出素描手法，那就是罗丹所说的"故意炫耀的文体"，这也是艺术欣赏与审美崇尚的分水岭。

我经常引用鲁迅杂文中的《作文秘诀》的话：中学生询问作文有何秘诀，鲁迅认为，没有什么秘诀，但给了十二个字做方针，即"有真意、去粉饰、少做作、勿卖弄"。这十二字箴言应不只是文艺风格，而首先应是作者的为人风格，这样才有素描的高尚风格。图1为珂勒惠支的自画像。

图1　珂勒惠支自画像

素描写生观念的全面性

素描基础功夫就是要在写生实践中将物象的形、质、光、色统一起来。光、色首先属于素描调子的范围，以此为基础，才能在彩绘中把握准确。素描写生的材料工具多样，从黑到白有共同的层次变化的规律。

中国传统笔墨是通过毛笔使用墨色。古语有"运墨而五色具"，"墨分五色"等说法。关于五色的所指，一说是"黑、浓、湿、干、淡"，一说"黑、白、干、湿、浓、淡是也"或为"黑、铁灰、灰、浅灰、银灰、白"，又有说为"焦、浓、重、淡、清"等。墨分五色六彩，都是说明墨色层次的丰富。

早在五代十国时期，荆浩在《笔法记》中已指出，"笔使巧拙，墨用重轻。远则宜轻，近则宜重"。后来李成在《画苑补益·山水诀》中说："落墨无令太重，重则浊而不清。"清代画家沈芥舟晚年纯用焦墨，亦得秀润华滋之效果。潘天寿先生有语："浓而不板滞，枯而不浮涩。"各家之言均可参考。我认为，如何用笔使墨均属方法问题，要先明确画什么、表现什么，才能提出怎么表现的方法问题。任何方法，最后都要归纳为调子的统一性和画意的整体感。使用较为单纯的焦墨也可形成自己的独特风格。据我所知，张仃先生用焦墨画山水，还有广东的刘国玉用焦墨点画山水，充分地利用纸色，墨点有疏密虚实，借以表现空间物象的远近，可以说是焦墨点造意境，达到可以欣赏的景观。

素描人物写生还须注意形质、光色之形，要以人物之神为主导或形从神导，以致形神兼备，以形传神，人物之神要通过观察入微去捕捉、去琢磨、去探索。图1为我在1959年写生于苏联。手持相机或手机还要凭经验选角度、定姿势，涉及俯仰视线的选择，绘画写生更应有所要求。人物写生与画石膏像、画静物之不同，在于人物是有生命的、有精神的、有性格的，在观念上要有明确的区分。

写生是对真善美的发现与体现，人物写生更要求画者多了解对象、熟悉对象，真诚地对待所画的对象，尊重对象才能有所师法，并表现对象的美质、美形。

图1 寥尼亚·卡兹洛夫像（绍纲1959年写生于苏联）

为校友王彦发编著的《素描基础教程》作序择录

1995年，校友王彦发编著的《素描基础教程》一书出版，约我作序。为了对其教学科研成果给予鼓励，同时自己也想借题发挥，为素描基础课程做些宣传，以引起教师同行、青年学子以及教育工作者对素描的重视，我欣然应允。我首先谈道："素描是一种表达人的认识和思维的图画形式，基本上以单色为主，其形式品类的简繁与粗精有程度的不同，在人的素质教育中，但是素描能力的培养应得到重视和普及。其重要意义如同培养作文能力一样。因为人在社会生活中，用图画与用文字表达认识沟通思想都是不可缺少的，但是素描一词也被借用到文学写作方面"，"从人之初看图识字开始的整个教育过程，美术是文化基础的不可缺少的组成部分。尽管人的受教育程度、社会分工和职业的选择均有不同，美术文化素养不仅是精神生活的需求，同时也是创造物质财富必需的文化基础。人的造物能力的高低，商品生产、空间环境的布置，自然景观的发现与维护，以至美好蓝图的创造都与人的美术素质有直接的关系。美术的启蒙教育，一般都是从素描开始"。

"素描的工具材料各异，构成了素描形态的丰富性，素描教学都要遵循由简入繁、循序渐进、反复实践的教学规律。本着因材施教启发式的教学原则，培养应物象形的能力，以及反映生活的想象力、概括力，同时在素描实践中，领悟某些艺术规律并逐渐掌握独立工作能力。"

有志专门学习美术的青少年，更应重视素描基础的全面训练，虽然美术包含的专业很多，但是素描乃是各专业的共同基础课。既是共同基础，共性的要求基本是一致的。

从传神写照谈起

在可见识的世间，万物皆有形，有具象形，也有抽象形。中国的汉字为表意做抽象形，具象形是专一与独特的，人的形象个性都是独特的。画概念人易，画具体人难，难在传神写照，要求形神兼备。形神是客观人物本质的存在，也是画家的主观追求，因为人物的精神状态是有变化的。

古人传神写照的故事，如《唐朝名画录》中的郭令公（子仪）请画师为其婿赵纵绘肖像先后二幅，令其女品其优劣。他先问所画为谁？女曰：赵郎也。又问何者为佳？女曰："前画者空得赵郎状貌，后画者兼移其神气，得赵郎情性笑言之姿。"这就是中华文化优秀传统中的高层灵慧，表现于画艺中的一个至关重要的课题，就是既要貌似，又要传神写照。（见图1）古人已有"谨毛失貌"的写生警示，未失貌是不够的，还要画出神态，达到传神写照。画家写生追求有深浅，品画者的眼光也有深浅之分。

在素描教学过程中，从静物或石膏像开始打基础，注意形质的表现。转到人物写生，是写有生命的对象，人有个性、有精神，但往往不够注意，以致流向低能、痴呆、病态，以致发育不健全、比例失调，与美的距离日远，与形神背道而驰。我希望教师同行和青年学子能有清醒的知觉，课外多画生动的人物速写，把表现生动的精神调动起来，才能在自己的作品中反映出来，并不负时光，因为未来的服务对象大多是明眼的人、是健康的人。

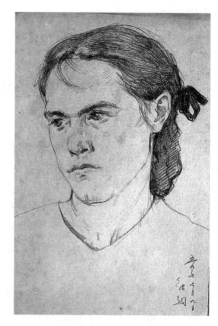

图1　乌克兰少女（1959年）

写 真 传 神

明末，西洋画传入，引起中国肖像艺术的再一次变革。突出者为曾鲸（波臣），福建莆田人，曾寓于南京，为人画像，参融西法，开创新风。姜绍闻在《无声诗史》评曾氏之画像曰："写照如镜取影，妙得神情；其敷色淹润，点睛生动。虽在楮素，盼睐频笑，咄咄逼真。每图一像烘染数一层，必匠心而后止。"张庚在《国朝画徵录》中亦有曰："写真有二派：一重墨骨，墨骨既成，然后赋彩，以取气色老少，其精神早传于墨骨中矣，此闽中曾波臣之学也；一重用淡墨，勾出五官部位之大意，全用粉彩渲染，此江南画家之赋法，而曾氏善也。"曾氏作《葛一龙像》等藏于北京故宫博物院。

曾氏（1567—1649年），享寿83岁，其门徒10余人。清代的肖像画多出于曾氏门徒之手。在北京、天津、上海、南京、广东、江西、福建、浙江等地博物馆均藏有明清以来波臣派作者们的肖像作品。

    以现代炭笔、炭条直写人物肖像，依时据情，略施粉彩，增加质感物色，亦可达到传神逼真的效果。（见图1）志于人像写生者应多从实践中获得经验，多观摩古今中外的优秀作品，如德国荷尔拜因多有炭笔加色彩粉笔的人物肖像，是适宜的参照作品。

图1　少女（黄少强作）

素描明暗调子与墨色浓淡

    素描中的调子，犹如乐曲中的调子。乐曲中的调子有高有低，有它音域本身的特点；素描的调子是光的分量，物象本身颜色的深浅，以及线条的粗细、刚柔、疏密等方面被通过素描来表现，不同的对象有不同的调子范围。

    在生活中，自然的光暗、调子和层次比素描手段所能表现出来的要丰富而广阔得多。但在素描中，必须保持特定的调子范围，确定最暗处和最亮处，恰当地掌握各部位调子之间的比例关系。

    由于每个人对于素描调子的认识和理解各有不同，因此，在调子的运用上又有作者个性的反映。有的倾向明快，有的倾向深沉，有的追求丰富细致，有的探索单纯凝练。

　　写生对象各有不同。光源有远近、强弱、集中与分散的差别，光物体各部分的颜色浓淡变化决定了调子对比的强度和它们之间各层次的对比关系。因此，在确定调子关系时，除了整体观察比较，还需仔细地研究形体比例、光线和质材的特性，用以作为确定具体调子关系的依据。一般情况下，明暗陪衬都具有高光（辉点）、明部、中间色（半调子）、暗部和反光五部分，有人称之为五大调。调子之于绘画、作画之重要性在于作品的完整性，常见一些画品有散、碎、花、乱之现象。这其中固然有用笔的问题，但调子不统一也是主要原因。在声乐歌唱中高低不准，就是跑调，就是不和谐。图1为蒋兆和作的老人像。

图1　老人像（蒋兆和作）

黄金分割律

　　希腊哲学家、数学家、音乐家毕达哥拉斯及其门人认为："万物最基本的因素是数，数的原则统治着宇宙一切现象。"此外，他们还注意到了艺术对人的影响，提出了"小宇宙类似大宇宙"及"人体内在和谐可以受到外在和谐的影响"之说，这与中国阴阳五行思想相类似。其后，著名数学家欧几里得从平面几何命题出发，针对自然界或艺术提出了各种不同的比例，而比较理想的比例，则被称为"黄金比例"，简称"黄金律"，比数是 1∶1.618。从欧洲文艺复兴开始，人们逐渐对此给予重视，尤其是绘画艺术。纵横比例、人体标准、审美等都得到普遍接受，即便某些画幅不符合黄金律，画家在内容的表现上也要尽量接近黄金分割，以增画面的视觉美感。在建筑设计方面，黄金分割的应用就更加普遍广泛。

中国孔夫子生于公元前551年，他的六艺课程为礼、乐、射、御、书、数，已明确数学之重要。中国汉字书写就属构形学，篆书多为长方形，到了东汉隶书向扁平方向发展，大都接近黄金律。黄金律还有用于建筑的门窗设计，比例大都在 2∶3，接近 1∶1.618。在绘画构图和造型上的运用就更普遍。

面中有体。《蔡元培美学文选》谈道："吾人视觉之所得，皆面也。赖肤觉之助而后见为体。建筑雕刻体面互见之美术也，其余体而取面，而于面之中，仍会有体之感觉者为图画。"体之感觉自何起？曰："起于远近之比例，明暗之掩映，西人更益于绘影写光之法，而景状近于自然。"

素描写生对象，光源来自对面，则产生平面效果；光源来自侧或斜侧面，则因明暗阴阳对比而立体易见。

雕塑艺术作品之设置有室内与室外之分，于室外又要考虑空间距离与周围环境的需要。雕塑艺术无论置于室内还是室外都要考虑有无环境背景之衬托。

一座城市犹如一座巨型的雕塑艺术作品，好的设计规划无疑会给这座城市增添了亮点，至少也可成为城市的标志，但其难度在于，自上而下或自下而上要有共识，否则事倍功半。

城市、园林、广场等处的巨型雕塑要经得起远观近看，使观众受到艺术品的感染。一道很重要的程序在于要有整体的全面的规划，将平面设计变成立体的模型设计，以供众议研讨。模型制作也可以成为富有创意的艺术品。有了这个环境设计基础，巨型雕塑品始能成为观赏的亮点。同时，还需要有文字书写和镌刻艺术的配合。

黄金分割律在艺术构图中不是一个死板的公式，而是可简化为 3∶2 或 4∶3，全在于因内容变化的需要而灵活运用对黄金分割律的恰当运用才有利于视觉美的生动变化，以达到自然、丰富的效果。

吴作人先生的水墨画《馋》（见图1）笔法造型生动，虚实分割亦很自然，可见于四周的空间比例。

图1 《馋》（吴作人作）

忙于"三支"笔

1992年秋，我从行政岗位退下来，或说卸职，按规定，要到1997年才能退休，因为还要承担一定的研究生指导工作。关心我的同事或是院外的艺友问我：最近忙什么？忙不忙？我则回答："别人没有叫我忙，我自己忙。"又有问：你自己还忙什么？我则回答："每天要拿三支笔交换工作"，即油画笔、毛笔和硬笔，这是自订的工作日程。虽不免有夸大之处，但自己心中清楚，日内三支笔都拿过才心安理得；只拿两支或一支则属亏欠；如没有拿笔则有空度一日之感。

1993年4月，在校友们的资助下，我筹办书法个展，于江南大厦三楼画廊举行。同事李正天在前言中说我钟情于楷书是一条险路，恐被时风淹没。我在发言中未谈及险与不险，只强调我的本职是以美术教育为主，擅长油画，书法则是我的业余爱好。

当年10月，我又应邀在汕头画院举办绘画书法个展，展出书法和绘画，一样接受社会观众的检验。通过一笔一画地写楷书，或繁或简，或繁简字体合成，对自己来说是磨炼心性；对社会来说，以选写的文字内容传承古今名言、诗文佳句，起到成教化、助人伦的作用，仅此而已。

我的书作有时也起到应酬助兴的作用。例如，1994年春，我为"94端州名砚粤港澳书画家作品邀请展"书写展标并提供展品。我知道端砚久负盛名，誉满海内外，据说日本人嫁女有以端砚为嫁礼者，因有墨汁商品的代用，使墨砚的功能渐退。为了复兴端砚的声望，我还试作打油诗一首："身体力行研墨功，修心养气蓄其雄。文房四宝皆工事，端砚流传惠艺风。"

1996年，我的作品获海峡两岸著名书画家精品展荣誉状；1997年10月，我为台儿庄贺敬之文学馆书赠"人学之光"四字以祝贺开馆；1997年12月8日，我出席雷州佛教艺术馆开幕式，此前曾书写该馆之名。

1996年7月，我赴东莞大岭山参加荔枝节活动，拍卖书法作品四尺宣"积德行善富精神"七大字和合作书画以扶贫。

1997年元月，我的书法作品参加布鲁塞尔首届世界书画艺术作品展，获最高荣誉奖。同年11月，我出席饶宗颐学术研讨会议，并提交论文《提高书艺有良方——读选堂论书十要之见》和《承前启后独行远》，入编研讨会论文集。1998年5月，我在深圳博物馆举办的"郭绍纲、曹明求牡丹艺术展"约定每人出展作品30幅，对方均为国画，而我只有17幅牡丹油画，另选有关牡丹诗词的书作13幅，充数展出。

2000年1月20日，我应邀赴广州电视大学开讲座，题为《素描基础的再思考》。同年，我的书法对联入编《百名家书联鉴赏》，由广东人民出版社出版发行。

汕头个展

1993年10月31日至11月6日，我赴汕头举办油画书法个展。展览在汕头画院展出，由汕头市广州美术学院校友联谊会、汕头画院、汕头大学美术系联合主办。我会见了许多老校友，结识了一些美术同行，同时拜访了前辈画家刘昌潮、王兰若、吴芳谷3位先生。这3位先生都为广州美术学院培养了许多美术新秀，他们的先期教育工作之重要在于入学院前的早期基础教育。

刘昌潮先生冲工夫茶招待客人，其娴熟的手法给我留下深刻的印象。

此次展出油画30幅，大多为中小幅；展出书法25幅。有几对六尺或八尺对联，似乎成了展出的重点。我重视书法的理论和实践、提升治学的理念。除了常写古典诗文，我还常写对联（见图1）。我写对联既是练习书法，也是文字艺术欣赏，择其优者可参加展览面世，又是文化传播。各种艺术形式都是社会发展所需，绝无高低之分。曾有友人问我：多年之后还有人学习书法吗？我回答：这是杞人忧天。我反向问：五十年后还会有人练太极拳吗？请回答。

书法写字以明确、易认、易懂为准则。在信息社会中，书法应面向广大的人民群

图1 书法作品

众,尤其面向广大的青年学子的素质教育。

前些日子,有人拟出新的"五福观",广征书法作品,发表于诗词报。我针对古语"五福临门"赋予新的内涵为"有时间陪亲人、有雅兴读好书、有能力助他人、有好友能谈心、吃得饱睡得着"。是认同的幸福非天降,五福之任何一项都需要自己去努力争取,才能获得。

我多年以美育为职,不仅教绘画技法,更强调以文助艺。读书使人情感丰富,心灵敏锐,明辨真善美与假恶丑。在汕头个展中,我有书作《读书修业,本分养神》《和风飞清响、好鸟鸣高枝》以及郑板桥所拟对联《百尺高梧撑得起一轮明月,数椽矮屋锁不住五夜书声》。从郑板桥此联内容中可知郑板桥早年在京时期的心境与文思,其重点是发奋读书。

描写于瓷版

1995年,有陶瓷书画爱好者友人来访,试问我有无兴趣画点瓷器画,可提供素瓷和瓷釉颜料,需同时作画或书两件,烧好后双方各选一件,当然是画作者先选。友人恐谈不成,便谈到与关山月先生商谈的经历,说到关先生谈及当年高剑父老师都画过陶瓷画，所以自己也可以试试看。我理解友人讲话的目的，我们也想试一试。于是，高志、郭梅画山水或花卉，我负责题字，另外，我选择往瓷版上写黄庭坚的诗。

1998年，又出于机缘巧合，要求我在瓷版上作画。我不想模拟传统的山水或花卉，便对着阳台上的增城盆景写生了一幅立式盆景的写意画（见图1），上面横题"根发异地"四个字。在我看来，这是一种即兴创造。烧成后配上木框悬挂在墙上，既是书画作品，又似装饰性的壁挂，很有纪念意义，唯一忧心的是恐其因坠落而破碎。

图1　瓷版画

美术院校师生速写选

1996年，吴作人国际美术基金会组织美术院校学生速写展暨教师速写邀请展准备在沈阳、西安、重庆、广州、杭州、北京等地巡回展出。显然，此次展览活动对于美术教育将有很大的推动作用，同时也是在广大范围内普及美术中的速写文化，起到推动社会美术教育作用，是功德无量的善举。

作为被邀请者，我义不容辞，提供了两幅作品：一幅是青年胸像（见图1），另一幅为快速写成的侧面女像（见图2），均作于20世纪50年代。

展览结束后，福建美术出版社还出版了专门的展刊，展刊在展品图像之后附印吴作人先生的《谈速写》一文，深有美术教育方面的意义。

吴先生在文中谈道："关于速写我们应该认识到它是艺术表现的一种手段，一种形式，同时应该承认这是艺术家必须坚持的一种锻炼，和其他基础锻炼一样，是不可偏废的一项重要的工作。从古到今，中国或外国的，凡是现实主义的艺术家都无例外地进行速写。"又说："美术的基本锻炼是要通过持续不断地通过造型实践来培养我们的造型能力。古人说要'得心应手'，是要锻炼自己的手服从自己的眼睛，手和眼要服从自己的意识的发挥，要做到心（脑）、眼、手紧密结合……达到高度熟练程度，学会如何提高，如果更简练、更典型地塑造形象。"

如唐代张彦远评前人艺术之说："笔才一二，像已应焉，离披点画时见缺落，此虽笔不周而意周也……"

吴文最后有言："要创造生动真实的形象，确实能够去繁存简，单纯扼要端赖于多画速写……"并以苏联著名画家茹科夫为例，勤劳出众，单只画孩子，就有几千张速写。

时至今日，20多年过去，我都要自省，勤于使心（脑）、眼、手配合，应物象形者、得心应手者、心手相应的速写者能有多少。

图1　男青年像

图2　女像速成

我的素描之路

素描女青年参加学院素描大展

1996年秋，广州美术学院举行第四届素描艺术作品展览，我提供了一幅《女青年》素描写生，为带手半身肖像素描（见图1），作于1993年。那时，我已卸任行政领导职务，应香港美术联会邀请赴香港讲学，并作素描写生示范，由校友田沧海安排一位女生卢洁明做模特。

此作使用白色画纸，用黑褐二色炭棒写生。女生端坐，长发乌黑，上衣呈褐紫色，裤为灰色，衬托出女生的肤色；其眼神凝视，表情严肃，嘴唇略施红色，丰富了调子中的色彩变化。虽属素描，仍有追求绘画性的条件，以充实其内涵的丰富性。孟子云：充实之谓美。写生追求充实，可远离浮薄空虚。素描大展期间举行座谈会，会上发言经教学科处记录整理，刊发于《美术学报》第12期期刊，我的发言经过整理有6000～7000字。

图1　卢洁明画像

多年来，学者因学历、专长和观念的不同，产生许多争论。争论的焦点不外于洋与古、工具、作业的长与短、风格等方面，虽各抒己见，但素描往往是一切造型艺术的基础，许多学者在学科建设上缺少兼容和互补的思考，因而对素描基础课应有的相对独立性重视不足。素描不仅是未来专业的基础，它还是横向基础的基础。例如，学习水彩等色彩课必须要懂得形与调子的关系。现在学生入学先入基础部学习，一两年后再选专业，避免了许多认识上的矛盾。当然，基础部的课程内容也要与时俱进，并非停滞不前。

素描的构成因素与观念

　　点,是书画艺术的构成因素,既属于观念,又有自身的形态,同时与数学中的几何学有密切的关系。其在纸上的一个点到地图上的一个点,以及在文字记述上的要点、重点,其内涵都大不相同。

　　书画为视觉的空间艺术,既可独立成为笔画,又可移动成为线条,用于描法的起点,如铁线描和琴弦描各有形质的内涵。而点的形态各异,有圆点、直点、长点、勾点、杏仁点、曲抱点等。在十八描中,有钉头鼠尾描,是先以点形着力,延连鼠尾形的线条,为点线连接的用笔变化,为点线结合的笔法。书法之着力点的强弱不仅在形态方面也是变化多样,强者要有高山坠石之力,另一极则如蜻蜓点水般的柔和。米点山水多用横长形的点画,创成一格,来自生活的诸多描法,绝不止十八描,更多的启示在于观察树立点线,才能扩及形体和空间。

　　素描艺术中的亮点(辉点)为调子的高光点,其位置、大小、形状决定于物象的形体、质地、结构和光源的情况。辉点不只是突起处,有时也在低凹处。辉点的重要性不仅在于调子强度的表现需要,还关系到水彩绘画的程序,用灰色纸作画可加白色点面,若画水彩必须要先有预留。另一极就是重点,即色深浓重点,固然可以层层加重,但早一点明确深重点之所在,对于写生的整体把握是有利的。古人有云:"宜淡反浓则韵不足,宜浓反淡则神不全。"

　　线,素描由点到线。首先是轮廓线。轮廓线由宁方毋圆的直线到弧线、曲线,表现运动的动势线,按照比例长短转折的边线,画风景还有视平线,景观的天际线,表现空间远近的透视线、斜线,探索轮廓的复线等。从构图到实物还要运用虚线和实线。传统的笔墨画法还要将不同形质的线勾画而成各种线描法。

　　作为作画写生的手段,线条和调子一样都是表现物象的手段,它们之间有着相辅相成、相融互济的密切关系。在素描写生中,应结合实际去认识和运用它们,并努力发挥它们作为表现手段的作用。徐悲鸿的多幅素描作品,如男女人体和《黑人女像》,为我们提供了线条与调子相结合的范例。

　　由于表现物象、作者的审美认识以及着眼点的不同,也会产生不同的画意。在线条与调子的运用方面有所取舍抑扬,能形成不同的风格。

　　白描是我国的传统技法,纯用墨线勾描。除了十八描,还有韭叶描、兰叶描等更多的描法。前辈黄宾虹先生曾说:"描法的发明,非画家凭空杜撰,乃各代画家在写生中,了解物状与性质后所得。"任何描法都是参照物,铁线描其质坚;琴弦描其质为韧;柳叶描、竹叶描在形似。取质取形都要从实际物象的感受出发,应物象形,自出手眼为宜。

面，在平面的纸上欲画出物象的立体空间，全赖画者对于所画物象的构成体面的表现，素描写生就是要练习这种由面到体的表现能力。一个立方体由六个面构成，在俯视的情况下可以看到三个面，在平视的情况下只能看到一个正面或两个面，素描写生练习从画石膏模型开始，就要求通过一定的光源照明认识体面的变化。还有专供练习的分面像，从中认识由于受光的角度不同而产生的调子变化。国画山水也讲阴阳向背，讲"石分三面"，目的是避免单薄的平面化。

在大自然中写生，眼前的万物错综，无非是大地（或括水面）的平面、山丘斜面、纵向的林木和建筑的立面的总构成。在这三大面的总领下，再去划分各个细部，拥有如此大面的景观，所画出的自然物象都从属于大面，理应具有整体的大块效果。天空如果云层密布，有如看到物体的底面，通过透视表现云层空间的深远，天空的云朵由气体凝聚构成，也具有不同形状的体面空间距离。如无特意表现需要，云朵宜少不宜多，重点是保障天空的纯净与深远，和地面的复杂与厚重之间形成对比，即地面是沉实厚重的，天上是虚空深远的。

构成物体的轮廓线都是由大小不同的侧面因透视收缩成线连接而形成的。素描的轮廓线，非剪纸般的边线，是体积厚度的概括，因此，可以理解古今画家都重视对轮廓线的探索。

体，通过点线面的探索以表现目标中的形体，要在平面上获得立体的效果。与雕塑艺术截然不同，无论是雕刻或塑造，它们的材料本身即是立体物或立体构成，但都要通过点线面的构成训练能力，所以素描亦为雕塑艺术的造型基础。

素描表现立体和体积，必须与特定的物与质相联系。以球形体为例，以目鉴的能力将球体画成规则的圆形已有一定的难度，但圆有虚空之圆，也有实体之圆，质重大不相同。用圆规校正圆形的外轮廓并不难，难就难在球体在一定的光线调子中的明暗变化要与质的表现结合而无损于圆形体面的规律性。在现实生活中，近似球体或圆柱形的物体有许多，如水果、杯子等。也有像建筑、家具、纸箱等方形体。一本书有薄厚之分，也是压扁了的方形体。

人像写生，头形介乎方形与圆形之间，要具体分析其体面特征。人体结构是由粗细不同的柱形体结合而成的肉体，表现任何形体都要与本质的表现结合，从而显现其特征。

单体、主体与整体素描写生，有时对象为多体，画家就面临处理相互关系的问题。突出主体的重点是重要的，但要将主次关系统一于整体的表现和谐中。

老年人像写生

人到老年，有胖有瘦，面容变化较大，虽男女有别，生活条件不同，但总的说来，均为肌肉松弛、纹理加深、骨骼凸显、眼窝深陷，只要悉心观察比较，就会多有发现。欲画好色彩绘画肖像，必先有素描写生基础。将面部骨形找准，脸上皱纹的虚实转折过渡关系处理得自然得体至为重要，否则，皱纹不自然，有如勾脸画线，生硬难看。对皱纹要有取有舍，有概括性，不能有纹必录，琐细无遗。左边的老人胸像为白发白须（见图1），右边的老人带手半身像为白须灰发（见图2）。人的毛发有疏密色泽之不同，都是由骨肉生出，连接自然，才具有生命力。我常说，能画好须眉也能画好地面的草丛，因自然生长是同理的，不是附加的。因此，处理好发际须际的自然关系是非常吃力的，不可简单化。

老人的眼睛虽然深陷变小，但画家对眼神要反复琢磨，达到形神兼备。老者的双手、肤色也要相互呼应，有协调的密切关系。服装的薄厚、颜色也应各有内在的衬托关系。

图1　老人胸像（1983年）　　图2　老人带手半身像（1998年）

外孙吴崑的婴儿睡姿像

我早年翻阅《徐悲鸿画集》,见有徐先生画儿子徐伯阳的婴孩时期和另一幅长大后的速写像,前者横卧,后者站立。1949年秋,我考上国立北平艺术专科学校,入校不久即见到画集中的伯阳本人,那时他已就读国立北平艺术专科学校的音乐系。

徐悲鸿校长提倡"拳不离手,曲不离口"是身体力行的。其虽院务工作多,但还是带头先后画了一些战斗英雄和劳动模范像,其中有素描,有油画,得到了及时的发表。

1998年,郭悦带着出生不久的吴崑回穗探亲,我见到外孙只有9个月大。吴崑酣睡于床上,胖乎乎的小脸十分可爱,于是,我就产生了一种非画不可的意念。我一画再画(见图1、图2),画完就存放起来,至今20余年。吴崑已长大成人,就读于建筑专业。我虽对外孙关心不多,但有两件事我总念念不忘:一是他自小有节俭的价值观,不属于那种穿戴讲究与人攀比的青年人;二是他爱好集邮,珍惜从集邮中得到的知识,接受邮票设计的美的教育。我时时在检视邮件中,见有邮票便及时剪下,存到一定数量后给他。他也是美术作品奖的获得者,不在此详述。

图1 吴崑入睡像之一(1998年)　　　　图2 吴崑入睡像之二(1998年)

回看全身女坐像

1998年,我所写生的《全身女坐像》(见图1)是与研究生们一起画的,这幅全身女像已编入《绍纲素描集》中,回看仍有可说之处。

模特的穿着朴素大方,富有青春的活力,虽为坐姿,动态变化自然。发色为黑色,与上衣、皮鞋以及座椅的黑色一起为素描调子增加了分量;裤色灰淡基本是利用纸的本色;内衣略施白色粉笔,也衬托了脸部肤色和质感,形成黑灰白三色调子的对比,犹如版画般简洁;加上素描形体的表现,又有雕塑般的整体厚度,是模特自身的形象、被有识者的选择与动作设计的成功。不足之处在于对右手的刻画不足,手持的白色刊物在调子处理上如能与手色略有所区分,会更加完整与醒目一些。当然,我也理解本册编辑者的用心。

图1 《全身女坐像》(1998年)

借此说一点,管状的金属质感在素描中要重视练习,有所追求,既要表现结构的合理与调子的整体和谐,又要有艺术的表现力。平时画直线,画不直容易,画直难,画另一条并行规整更难。再加上还有明暗的微妙变化,管状物的立体感的用笔表现更要求观察与表现的合理入微。

又回到素描教学

1998年9月,广州美术学院为提高师资的业务水平和解决部分青年教师的学历学位问题,特地请中央美术学院来我院举办"以毕业研究生同等学力申请硕士学位教师进修班"。进修班属于两院联合办学性质,聘我作为广州美术学院教学小组成员。教学工作根据中央美院制定的相应专业教学方案实施,并附教学教案及学生名

我的素描之路

册，分系编班。

教学教案规定素描课主要安排在第一学年第一学期，后期的素描教学将体现在油画的训练和创作的完成中。素描能力的提高是学员艺术创造力的关键环节，素描教学也最能体现教员对学员艺术长远发展的负责任的态度。因此，可以说素描教学成果将是贯彻在整个教学过程中的。油画与创作的造型能力都是素描基础的体现。

素描教学的要求：

素描教学是基础教学中最重要的环节，是造型技术的基础；课堂写生习作是素描教学的主要手段。对对象外观的艺术再现，是掌握造型规律和进一步掌握研究形式规律的钥匙，同时也是形成正确的观察方法的途径。

通过所任课程，在学员们的素描写生作品面前，能了解每位学员的素描学力并分别与每位学员切磋他们画面中所存在的问题及解决办法。

素描邓白教授肖像

邓白先生堪称博学资深的美术教育老前辈。20世纪80年代初，我曾专程到杭州拜访邓白先生，是为广州美术学院开办美术师范系前往取经，得到了邓先生的热情接待。经过10余年，得悉先生已回归故里东莞居住，早有前往探望之意。终有机会在小温艺友陪同下前往拜见，我提出为先生作素描肖像（见图1），邓先生欣然接受，使我如愿。我在灰色纸底上略施白色，加强了黑白对比，重点在于传达93岁高龄的前辈教育家的精神风采。老先生积极配合，我还请先生提出不足之处，邓老曾端详许久，表示满意。能为邓老作素描肖像，我感到幸运。

邓白先生出生于东莞城镇的一个中医家庭，8岁即跟邻居画家学习工笔花鸟画，20岁考入广州美术学校，改学油画及图案，深得陈之佛教授

图1 素描邓白先生像

器重。毕业后，他曾任教于东莞中学和东莞师范学校。抗战时期，他任教于中央大学建筑系。1941年，应吕凤子先生之聘，他任教于国立北平艺术专科学校图案系。抗战胜利后，他回杭州，任教于中央美术学院华东分院，该院先后改为浙江美术学院、中国美术学院，他任工艺美术系主任、教授、艺术学科博士研究生导师。他于1986

年退休，其业绩丰厚，著作等身。中国美术学院出版社于 2003 年出版了《邓白全集》十卷，其中囊括了陶瓷、绘画、诗词、书法、篆刻等分卷。他为社会为后学提供了丰盛的精神财富，堪称美术教育工作者的典范。

新纪元的自画像

2001 年 6 月，我作了一幅素描自画像（见图 1）。画像中的我斜视明镜，表情严肃，应为 69 周岁的自我写真，以迎接古稀之年的到来。我自 1999 年 2 月以后，每年春夏在北美度过，秋冬则返回广州居住，两地轮住已过 20 个春秋。

2001 年 1 月，我在顺德致尚美术馆举行油画书法个展。同年 2 月 4 日，《顺德报（新周刊）》发表黄国育文章，题为《南粤美育大师岭南油画巨匠——著名油画家美术教育家郭绍纲教授其人其画》，并附图油画《路》。27 日，《梅州日报》发表罗雄文《朴实宽博中的隐秀——谈著名油画家郭绍纲的书法艺术》。3 月，我赴温哥华写生，为司徒勤参画集作序。7 月，我为美国华裔画家刘庆祖画集作序，油画《海石》和《草卷》参加广东油画风景邀请展——《南方的阳光》。8 月，我被聘为广州市政协诗书画艺术交流会顾问。9 月，深圳十佳企业期刊《万丰文讯》刊发沙雁文《业行九转德艺双馨——新中国第一代优秀艺术教育家郭绍纲先生记略》并在封三、封四刊载油画《牧场》等 4 幅作品。我赴多伦多写生并顺游渥太华，10 月，由加返穗，

图 1　自画像（2001）

油画《海石》《林间畜榈》参加广东省文史研究馆馆员精品展。我为雷州靖海宫书"清扫尘气培宝树,海腾瑞气映珠宫"对联,同时我的论文《适应社会发展需要,更新美术教育观念》获中国东欧中亚经济研究会优秀社科论文一等奖。我为教育系研究生代课三周。

我的笔墨抽象艺术

书法有纸幅、纸色、纸质等多种形式及大小的选择,书写的文字内容又有多种区分,扇面还有团扇、折扇之不同(见图1),在何种形式上书写多少个字,首先要考虑的是章法,即置陈布势之构图,有时还要付出一些衡量计算的功夫。

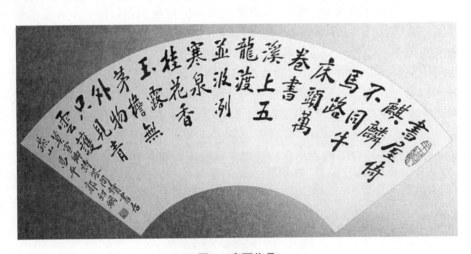

图1　扇面作品

专刊封底使用我为衡山书画内容的专集,是陶铸的《登衡山祝融峰》诗一首,为七言八句56字:"名山南峙此登临,绝顶融峰敢摘星。眼底奔流湘水碧,峦巅追逐白云深。我歌红日经天丽,谁遗豪情仗剑行。莫道两洋波浪阔,乘风飞去博长鲸。"此书为4尺宣直幅,大小字体共6行,专刊编入两幅折扇扇面形式的书作。其一为莫宣卿诗《答问读书居》五言,八句共40个字,以三二三二排列成16行,其诗为"书屋倚麒麟,不同牛马路。床头万卷书,溪上五龙渡。并汲冽寒泉,桂花香玉露。茅檐无外物,只见青云护"。

前文谈到广东封开时,在渔劳附近有莫宣卿墓。莫宣卿为唐代状元,其墓亦称状元坟,在全唐诗中编入莫宣卿诗甚少。我因曾于1982年到封开教学实习有所了解,故书诗以志纪念。至今已近 40 年的历史变化。莫宣卿墓是否成为当地的旅游参观景点？不得而知。

2004 年，人民美术出版社发行《南岳情书画集》，重刊我的书作所写的陶铸诗《登衡山祝融峰》。

表情自然，神在双目

素描写生，表现人物神情特点与表现人物的生理特征密不可分。故以形为基础，以神为主导。人物素描的感染力，全靠艺术表现的肖似、生动和深刻，当然要达到这一点绝非朝夕之功，它与作者对人生社会的认识，对具体的写生对象的熟悉程度和敏锐的观察力及表现力直接相关，需要长期有目的地磨炼，始有所成。忽视人像写生形神兼备的追求，也就失去了写生的目的性。素描人物写生还要由表及里地表现特定人物的内心世界、精神和性格，这是更高境界的肖像画要求。写生不是冷冰冰地画形体、画明暗和画立体就能算是达到目的。

素描人物写生对表现女性与男性应有所区分。发型不同是显而易见的，骨形是内在区别，更微细的不同在于肌肤的纹理变化。老年人与青少年及儿童的对比反差更加明显。图1、图2、图3 是我所画的女像。

图1　女青年像

图2　艺友胸像

我的素描之路

著名作家宗白华在《美学漫步》中曾谈到，素描的价值在直接取相，眼、手、心相应以与造物肉搏，而其精神则又在以富于暗示力的线纹，或墨彩表出具体的形神，故一切造型艺术的复兴，当以素描为起点。素描是返于自然，返于自心，返于直接，返于真，是返于纯净无欺。法国大画家安格尔说："素描者，艺之贞也。"

移居北美的美术专业青年，为了发挥自己的专长，改善生活处境，可选择到公园或街头为游人作素描人像写生，虽报酬不高，但也要经受人生面不熟的考验。正因为面不熟，才会引起特别注意和观察的兴趣，要经受围观的考验，心理健康的能手会沉着应对，并有相继的求画者，以至约时排序，在旁的同业者自然受到冷遇。我常与同学谈起，不要说为了高尚的艺术创作要打好素描基础，就是为了改善生活、适应工作要求也要有良好的写生能力。温哥华艺术博物馆曾举办肖像画艺术展，在楼下就有画家作人像写生示范，展览的题目为《面对面的艺术》，不少展品是外借的。

图3　日本女青年

应邀自画

自1992年卸行政职务，我于1997年退休。为了探亲方便我于1999移居加拿大。自我卸任领导职务之后，总有好心人问我的生活情况或是工作经验。我总是泰然回答："我的工作感受是思维线路紧张，肺活量增大，未患红眼病。""在职时是挑着担子上山，卸任后是放下担子下山，每日可拿三支笔，自由轮换，进入了人生第二春。"

2003年，我应邀在翰林斋举办个人作品展览，展品多是在加拿大的风景写生。在此期间，我接到《羊城晚报》唐朝人的信息，说他要组织一个"自画像写真"（见图1）系列在报刊陆续发表，要求恳切，我便答应下来。在作油画的过程中，我对镜自写，并附题："崇尚自然，写生重色，土洋均猎，其乐无穷"16个字。坦率地说，这是一幅简写的自画像，只是一个记录而已。经过发表，没想到唐朝人还下了功夫介

素描，树根

图1 自画像写真

绍，也算是一次成绩不错的合作吧。

我提倡画家要经常对镜自画，以提高师法自然的表现力。尤其是人物画家写自己以练功是最方便的事，何乐而不为？

唐朝人以媒体人的身份组织"自画像"写真工作是有创意的，应该肯定。

素描，树根

在温哥华住宅后院界外有树林，间有古树之根，从旁又生出不同龄的新树枝，事实说明古树繁衍的生命力强。我常说写生就是写生命、写生活。树根虽老，但并没有死。2003年，我画了一幅《光照古根》（见图1），在光照的一面又生出幼小的枝叶。

同年，我又认真画了一幅《根生后代》（见图2），可以独立成为作品。在北美的树木是饱经风寒的，且冬雪覆盖时间较长，比起温带、亚热带，北美的天气要严酷得多，但紧贴其根陆续生出不同年龄的树干和树枝堪称奇观，属于难得的素描写生对象。它的形象给人以顽强不息的力量。

图1　《光照古根》（2003年）　　　　　　图2　《根生后代》（2003年）

有关大树的哲理，我经常写"根深叶茂，源远流长"，也写"根深果茂，源远流长"，或写"根深果茂，春华秋实"，引申到治学经商都是至理名言。

英国女作家皮奥齐（1741—1821年）有言："树有深根，不易拔起，因此先贤说：人对生命的热爱，与岁月俱增，人生晚年痛苦剧增，疾病缠身时，对生命的挚爱才会显现。""长寿无（处）是径，终生需努力。"这是詹姆斯·克里斯顿·布朗（1840—1938年），这位98岁高龄的人的经验之谈。

自然的树木根深还要有抵抗自然灾害的能力，人的长寿经过心理和生理的修炼，是可以期至的。

纪念王式廓先生

2003年为王式廓先生逝世30周年，北京组织了纪念性的王式廓艺术研讨会。我的书面发言刊于当年5月的《美术》杂志，这是一篇专门评论王先生素描艺术的文

纪念王式廓先生

章，表达了我对素描艺术的感悟，全文载入我的文集。早年已有王式廓素描集出版，我曾多方建议，需要重新编辑精印，再版发行，以利读者品鉴及后学者提高艺术技艺。

王式廓先生的诸多素描人物写生具有高度的真实性和艺术性，给人以和谐的亲切感。我们可以感受到人物的质朴以及人物所处的乡土气息，与画室里的人物素描有天壤之别。这都源于作者的情真意切，非一般画者所能为，因此，应将其作品视为极具民族性和国际性的珍品佳作。我在《素描基础知识》和《素描基础教学》两书中均有谈论并选有王式廓的素描作品。

王式廓先生早年曾留学日本，因抗日战争爆发毅然回国，加入了抗日队伍。北平和平解放，王先生在华北大学第三部参加了中央美术学院的筹建工作，经受了"文化大革命"的考验，于1973年深入河南省辉县体验生活，逝世于写生的过程中。图1至图5均是王式廓先生的作品。

图1　王式廓先生作品之一

图2　王式廓先生作品之二　　图3　王式廓先生作品之三

193

图4　王式廓先生作品之四　　图5　王式廓先生作品之五

素描黑人女青年肖像

2004年夏，我与郭悦乘车外出。回程到附近一处加油站加油，见一年轻的黑人姑娘服务员。郭悦教学需要模特，我建议可约谈，看对方是否同意。姑娘很乐意做模特。于是，便约定时间到画室，大家都好奇地画了起来（见图1）。

我临时选了一张灰色纸，以黑色炭精条起轮廓、定位置，基本上是一个侧面角度。我着力于头形与五官的位置，把好面部另一半的透视关系，尽量保持灰冷的纸色，在口、鼻、颧骨附近处略施赭石暖色；在额结节（又称额丘）、颧丘、颏隆突、双唇、鼻尖等处稍加白粉以突出骨形和五官特征。卷曲的黑发与淡眉形成对比，神在双目，神情自然。古人有绘目要绘其明之说，口鼻对于表现具体人物的特征与情感有很重要的意义。耳环的金属质感以及它在画面中的位置很重要，可以成为亮点与服装的白兰色相配，增加了人像的生动感。

我平生较少画黑人的肖像，此幅也可以称为粉画，或称素描淡彩。如果时间充裕，能多了解些姑娘的性格，会有助于传神写照。

图1　黑人女青年像

《素描基础教学》一书的出版

2004年10月，由湖南美术出版社出版发行《郭绍纲素描基础教学》一书，2015年6月第二次印刷，前后共4000册。

此书文字、图例相互对照，可供读者参考，封面、封底均有图示，共80页面。

文字内容目录为：一、总说；二、立意与构图；三、关于方法问题；四、静物写生；五、人物写生；六、景物写生；七、素描速写；八、素描默写与记忆画；九、素描临摹与复制；十、素描教学法的研究。

书的后部为范画图录，包括石膏像写生2幅，人像写生2幅，半身带手人物写生4幅，人物胸像1幅，全身人物写生3幅，双人写生2幅，景物写生2幅。此外，选有吴作人、王式廓人物写生，李行简风景写生作品各1幅。

最后一章的素描教学法的研究，讨论了本人从艺从教多年的经验、体会和思考的问题，希望能引起广大读者的关注，并希望能起到抛砖引玉的作用，以促进古为今用、洋为中用的文化传承与民族美术教育事业的发展。

2004年，在我从艺55周年展览之际，本院领导决定为我出一本画集（见图1），自然是很好的事情。我则建议将油画与素描分开为一套两册，因为油画读者面窄，素描读者面宽，素描的成本相对又低一些，易于普及。

《素描基础教学》（见图2）由湖南美术出版社出版，我自己写了一个前言，策划为吴海恩，主编徐佳兼任装帧设计。第一版与第二版封面图像有所不同。

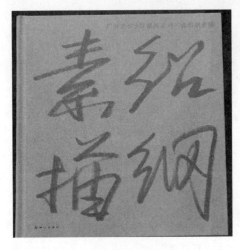

图1　《绍纲素描》封面　　　　图2　《素描基础教学》封面

写这些无非是说一本书能够出版面世，完全是众多人劳动合作的结果。印刷出版不仅要面对读者大众，还是一种民族文化的传播，应在国际文化交流中积极推广。

树景的素描随笔

许多同学和艺友时而谈起欣赏我的油画小风景，其实这仍是素描的基础，依照实景，用色彩辅助，以显意境。1962年，我曾在东莞南边大队作油画写生，题材为村头的龙眼树林。有油画系同事称赞，用了"淋漓尽致"一词，对我鼓励有加。自然风景写生中除去山水，树木常常属于重要的角色而立于舞台前后。温哥华虽在北美，但因有太平洋暖流，因而有松柏等常青树的生长，加强了景色的生气。常青树大都树干挺直，树枝伸展，多有气势，树叶的疏密变化明显，树叶的颜色浓重，增加了树形整体性。总而言之，树要有形质，又要表现自然，通过整体深入的观察，表现树木或树林的生命力和空间的深度、厚度，不可公式化、简单化。树木以及其他植物生长于土地上，有根深叶茂等富有哲理性的成语。很重要的一点是要认真表现外露的根部与土地的紧密而自然的关系，有别于木质电线杆插入土中的关系。

下面两幅路边林景都是随遇而作的素描速写（见图1、图2），均作于2006年。

图1　路边林景之一

图2　路边林景之二

校友司徒绵的早期素描

2006年10月，我曾有到洛杉矶一行，会见校友，结交艺友，先后获司徒绵、梁卓舒、梁戈的作品集。这都是天津人民美术出版社的海外中国画家的系列出版物。前两位画人物，后一位画风景，从他们的油画作品中，我们可以看到其均有相应的素描基础的支撑。

司徒绵先后在广州美术学院学习，获学士及硕士学位后留校工作，任教6年后到美国留学，移居加拿大。10年后，他移民到美国，定居洛杉矶。其作品在10年中获奖有12次之多，已获得美国油画家协会大师级会员资格。奥特吕美国西部国家中心博物馆理事会理事约翰·格列夫提为司徒绵作品集写了一篇前言，首先介绍了他们认识的经过，并开始了购藏他的作品，建议他着手表现华裔美国人的历史生活及在美国西部开发中

图1　司徒绵素描作品之一

我的素描之路

华人移民所扮演的重要角色。"凭借他严格的艺术训练及天赋,敏锐而美丽地绘制出这些画作。他抓取光线和控制色调的能力,画面人物的互动每每使我们惊奇……我目睹了全国各地收藏家和艺术家对他的空前的接受和认可"。这位美国作者写的前言是真诚而有启发性的,令人深思。

近些年来,司徒绵坚持深入生活的写实道路,多次回家乡开平组织画友写生,到云南少数民族地区采风,获得了多方面的成果,促进了艺术交流。

现附有司徒绵完成于20世纪70年代的3幅素描速写(见图1至图3),以助读者深入地认识油画家司徒绵,尤其是对青年学子有重要的参考价值。当初他在温哥华的公园里以替游人画像为生,他的素描写生能力获得了游人的认可,因

图2 司徒绵素描作品之二

而他较快地提升了自己的生活处境。我常与一些青年说:"闯世界也要打好素描基础,练出写生的真本事。要相信现实主义的艺术生命力。"

图3 司徒绵素描作品之三

传统相学观察法

2007年夏，我曾得到一本书，名为《冰盘》，传为曾国藩之作。

《冰盘》集中了曾文正看相的学问，全文共2269字，分七章，分别是：神骨、刚柔、容貌、情态、鬓眉、声音、气色，囊括了中国古代相术之精华，体小思精，言简意赅。

书前专门引介曾国藩相术口诀两首：

邪正看眼鼻，聪明看嘴唇；
功名看气宇，事业看精神。
寿夭看指爪，风波看脚跟；
若要问条理，全在语言中。

端庄厚重是贵相，谦卑含容是贵相；
事有归着是富相，心存济物是富相。

相术是识人之术，人的认识自有唯心与唯物之分别，其中包括持有相术者与接受相术者的双方需要。自古社会政治、事业传承都要求善于用人，无论什么社会，大都围绕着德、性、体、貌四方面去全面权衡，决定取用与否。

在造型艺术领域内，表现古今人物是重要的题材，尤其是在艺术教育的基本练习中，人物的课题占很大的比例。因此，现实主义的奉行者必须掌握观察人物、认识人物、表现人物的基本功。《冰盘》前章的神骨论与艺术表现中的形神兼备论是一致的。如文曰："一身精神，具乎两目；一身骨相，具乎面部。他家兼论形骸，文人光观形骨。"骨形是外在的表相，而神是内在的精神状态，动静结合表露于双目。

"相家论神，有清浊之辨，清浊为辨，邪正难辨，欲辨邪正，先观动静。"观人之神，不仅观其静态，还要观其动态，始能辨清浊、邪正。人的精神外显，分为两种，一为自然流露，一为勉然抖擞。作画渲染亦然，深入观察人物，有感而发，完全出自内心的自然本真，意诚情真，毫无故意造作之踪。勉然抖擞，有违于主观，客观之实际，必然流于肤浅。

形与神是人的容貌构成基本，容貌应包括人的整体与面容。

以人的面容的骨相为基础，画论讲的三庭、五眼是从部位比例方面去概述的，相学讲三庭、五岳是从骨相部位特征方面去观察的。五岳指上下额骨、鼻骨和颧骨之突起形状。

中国相学观人有"九成之术",来自"九骨"与"九行"的配合,"九骨"既清,加上"九行"即构成"九成"。

一、精神:精彩分明;

二、魂魄:魂神慷慨;

三、形貌:形貌停稳;

四、气色:气色明净;

五、动止:动止安详;

六、行藏:行藏会义;

七、瞻视:瞻视澄正;

八、才智:才智应速;

九、德行:德行可法。

九成之术作为一种观察方法,抓住了形相的主体内容,分九个层次逐级审视,判断其核心价值,为形神兼顾,形智统观,形法合论,辩证统一。

《神相全编》卷首十观条说:

一取威仪,……不但在眼,亦观颧骨神气取之;

二看敦重及精神,……神气清灵,久尘不昧,愈加精彩,……明明法法,久着不昏;

三取清浊。体厚、神厚谓之清,浊而无神谓之软;

四看圆顶额高;

五看五岳三停;

六取五官之府:眼为监察官,眼为心之户,耳为探听官,鼻为审辨官,口为出纳官,眉为保寿官;

七取腰围背厚,胸坦腹坠;

八取手足;

九取声音与心田;

十观形局与五行。

观人之法中的一、二、三法讲的是观人的精神状态,四、五、八法讲的是观人的形体外貌,九法讲观人的声音、心田,十法是对前九法的总结。

《相法七字法》——神相全编,卷一:

一曰清,汉高祖隆攀龙颜,唐太宗龙凤之姿,天日之表;

二曰古,老子身如乔木,孔子面如蒙淇;

三曰秀,张良美如妇人,陈平法如冠玉;

四曰怪,唐卢祀鬼貌青色,龙唇豹首,鬼谷子露齿法唯;

五曰端,阜陶色如削瓜,李白形自秀曜,张飞环眼虎须;

六曰异,尧眉八彩,舜目重瞳,大禹三漏,文王口乳……

七曰嫩,颜渊山庭日角,岑文夷眉过目,肉不称骨是也。

此七字法对于造型艺术表现历史人物有一定的参考价值。

十象面相法的 20 个字是一圆、二田、三由、四风、五用、六目、七同、八王、九甲、十申，与民间画工的骨相八格是一致的。用字形去观察归纳人的面形特征，不失为一种掌握人像大要的重要方法。

国字脸是多数常见的脸形。田字脸为指宽的脸形，可圆，可方，因人而定。相学将风字脸解释为"脸部皮骨松弛，缺乏进取心"，显然忽视了骨形的基础。将用字脸解释为左右面颊不均衡，不够稳重。有的将王字脸的解释为颧骨特别发达，敢作敢为。用字形把握人物面相特征是基本的、深层次的，可供学画者去参考研究，还有皮层、五官的特征也要更加具体地去表现，才能充分地显现人物的个性。

相学中有"容贵整"之说，与画学要求是一致的，"就是形体的各个部分均合格局，显得匀称有致，均衡得宜"。对画者来说，只有整体地观察，整体地表现，无繁碎的累赘，才能达到整体和谐的艺术美。

我画于右任先生

于右任是民主革命早期的参与者，也是著名书法家，有"草圣"之称誉，他在章草、狂草、今草方面做了大量的琢磨、研究工作，从而创建了自己的标准草书系。他主张书法，特别是草书，本着应"易识易写，准确美丽"方向去规范和要求。我作为书法爱好者，深表赞同。

于右任曾任国民政府立法院院长，后去台湾。中华人民共和国成立后，两岸都有和平统一的呼声，于右任曾有言"计利当计天下利，求名当求万世名，当今天下之利自然是国家民族之利，即实现祖国的和平统一；当今万世之名自然是为祖国统一做贡献，留名青史，名扬万代"。他在晚年已知自己等不到祖国和平统一时，曾以诗叹曰："葬我于高山之上兮，望我大陆。大陆不可见兮，只有痛哭！葬我于高山之上兮，望我故乡。故乡不可见兮，永不能忘！天苍苍、野茫茫，山之上、国有殇。"诗题为《望大陆》。读此诗，我不能不被感动，于是萌生为他造像之念，并在肖像两边以油画黑色书写他的具有代表性的文与诗。

此前，我曾在素瓷版上用瓷釉写过宋诗，经过烧制，基本成功。友人惊叹首用瓷釉书写就能如此均匀成功。其实，凡会调色作画的人均可达到色泽均匀。于右任像（见图 1）作于 2007 年，编入我的《郭绍纲从艺 60 年画集》尾页，可见布局与字迹效果。

我的素描之路

图1 于右任先生像及其诗文

人物画,不该"低能化"

2008年4月12日,我们的家庭画展在东莞大运河艺术馆举行。14日,《东莞日报》记者刘燕报道了她的采访过程,其中突出了我回答问题的观点,如"谈教育""不要用天才论影响孩子""谈流行""炒作有历史传统""谈包装""我对这个不感兴趣"等。

在回答第二个问题时,我谈到时下流行的人物画把人物处理得面目漠然、冷漠是不应该的。这可能是一种流行,但画中的人物看起来往往是受苦的,大头,奇形怪状甚至是痴呆,我不赞同。画家应该鼓励人向上,而不是把人矮化、呆化、低能化。这归根结底是画家的情感问题,是素描基础问题。练习素描不仅是练习对方圆结构、形体的准确把握,更重要的是在真、善、美审美观的主导下,追求头身比例的谐调,表现身心健康的人,不能把正常的、不难看的人画成低能的、难看的人。画家不调整心态，不端正态度，以低能、丑陋为习惯的追求，就会与美术背道而驰。如果误解素描结构，易将骨肉画为枯柴，将灰色调子变成玷污，失去了整体造型美，以致画面花、散、乱，这些都是素描练习的大忌。画乃心迹，从心出发，首先要静心养神，从人物对象身上看到美好的一面，比例协调的一面，才能有美善的表现，才能从低能向健康、理智和情感方面转化。将绘画人物分解、变态之风始于西方，此风不可沿袭，尤其是美术教育工作者，不能误人子弟。职业画家中也有"变脸"者，走向职业傲慢，不顾观众的感受而恣意发泄，令人失望。

裸体艺术的知识与鉴赏

在读初中时，我从《徐悲鸿画集》中已欣赏到艺术作品中的裸体人物。在中央美术学院的前身国立北平艺术专科学校学习初始，我已在三、四年级教室见到徐悲鸿、吴作人两位老师的油画人物裸体范画被挂于教室中，令人大开眼界，并了解到油画艺术的深入人体实质之美的表现力。

在中央美术学院本科三年级时，吴作人教授油画，我们只接触到男性半裸体写生作业练习。

1953年8月，我到中南美术专科学校工作后，在开学前筹备、成立了素描教研组，由王道源、周大集、徐坚白3位为组长，开始了备课进修。我画了几幅人体写生，学习徐悲鸿作画线面结合的方法，用于女人体写生。

1955年，我入列宾美术学院学习。次年，学院开始有人体素描课和速写课，连续四年。学院在着衣人物、群像人物素描课之前都安排了相应的人体素描课，以使着衣人物素描画得更加充实。我有时还"见缝插针"到邻班蹭画，画人体速写（见图1、图2），虽未尽画意，但所付时光颇有收获，总有自我安慰之情感，使"素描是一切造型艺术的基础"这句名言深入心扉。

20世纪60年代初，我在广州美术学院油画系任教不久，当时的文化领导部门竟有文件下达"废除模特教学"的指令，不仅不能画人体模特，连着衣人物模特也不准用于教学，令人费解，实在是历史的倒退。

不得不说这是美术历史教育的欠缺所致。不久，在毛主席批示中有曰："男女老少裸体模特是绘画、雕塑必需的基本功，不要不行，即使有些坏事出现，为了艺术学科，不惜小有牺牲……"但真正恢复裸体模特教学已是20世纪70年代末期的事了。就在此后，北京油画会准备到广州举办画展，在展品中有裸体油画作品。为了展出顺利，要有点舆论准备，《羊城晚报》资深记者赵君谋找到我要一篇《关于人体艺术》的文章。为了发展艺术学科、培养人才，为了复兴人物画，我便应约作文。男女人体

我的素描之路

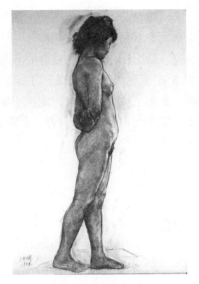

图1　侧面女人体　　　　图2　正面女人体

都是自然的产物,古代画家已懂得师法自然的必要。清人沈宗骞在《芥舟学画编》中说:"初学作人物,若全倚影摹旧本,习以为常,将终身不得其道",又说:"凡初学者先将裸体骨骼约定后施衣服,亦是起手一法"。这反映了作者要求认识人体自然形态的一种思想,是很可贵的。

　　1975年,为了美术教学,我还专程拜访了刘海粟先生,了解当年上海美术专科学校画裸体模特所引起的社会舆论风波,以及与军阀孙传芳斗争的经过。孙传芳是封建余孽的代表人物而已。鲁迅有一篇《对批评家的希望》,给那些反动的封建文人的假道学以无情的揭露,要他们在"解剖裁判别人的作品之前,先将自己的精神来解剖裁判一回,看本身有无浅薄、卑劣、荒谬之处……"

连环图书的作者与形式发展

　　连环图书或连环图画,长短不一,长者多本成套,少者只有4幅小故事,均为受广大读者欢迎的普及文化艺术的读物。北方称之为小人书,南方称之为公仔书,无论在北方还是南方,它都有很大的发行量。连环图出版物属于图文互济的读本,故事的连续性可吸引读者不忍释手。早期的连环图多为墨线白描勾画,后来发展到使用多种材料表现光暗、有立体空间的图像,再发展到彩绘图像,以及将电影图像选编成画册。

从单线白描艺术的连环图来看，我记得刘继卣创作的《鸡毛信连环图册》，以及之后贺友直创作的《山乡巨变连环图册》在人物刻画的表现力上都是颇受欢迎的艺术巨作，影响后代美术学子深远。

我曾委托一位与广东省连环画研究会有关的艺友提供一份统计资料，即学院毕业和附中毕业生与会的活动情况的资料。统计数为：

1965年前毕业者16名，1975年前毕业者有15名。

1978年前毕业者10名，1983年前毕业者有6名。

1983年以后的研究生有4名，合计为51名，占该会总人数的65%左右。

时至今日，早已有动漫艺术创作队伍列入其中。我认为，文本、文思是连环图的主导，就如表演艺术一样，剧作者、导演是起主导作用的。当然，连环图作者如能有更深厚的文学修养，完全可以自编脚本而后绘图；文学作者如能关注绘画故事的需要，为连环图作者提供文学脚本，也是双赢的事情。

在收藏文化的范围内，连环图作者以及收藏家倾尽心力、财力收藏连环图画，也是大有成就的。首先，出版有识者要鼓励创新的作品创作面世，也可将过去的出版选编再版或综合介绍加以推荐。一方面是丰富出版物，普及文化；另一方面为从事专业创作、艺评、美术史等方面的新生代提供参照的资料。

连环图画多以人物故事为主题，虽情节多变，总的说来乃是微型的人物画，既是大型绘画的基础，更是一种独立的艺术形式。在中国传统人物画、风景（山、水）画中，有不少属于大自然、大空间中必需点缀的人物。例如，表现市井文化的《清明上河图》竟有500余人的不同形态，表明作者张择端不仅能画城市建筑，还善于画各种社会乡土的人物，给我们现代美术教育培养人才的能力结构方面提供了思维参照物。

有些油画家也曾以全因素的素描形式表现革命历史故事，辅以文字在报刊发表。有别于线描连环图，其表现了立体的空间和人物，又不同于以电影剧照为主的连环图，也是深受广大读者的喜爱，对普及美术文化是多有贡献的。

从艺六十年回顾

我正式学艺已届60年，举办画展是为了抚今追昔，在继往开来中有所助益。多年来，我在美术教育工作以及教育的行政工作中感受到美术在整体教育事业和文化建设中的重要性，能有幸步入此途，度过了一个甲子的岁月，在长期的教学相长的过程中，我未曾虚度时间，拓宽了观念，开阔了视野，扩展了学习的领域。

要说收获最大的还是教学实习。让我更深入生活，热爱生活。从20世纪50年代起，包括赴俄罗斯留学期间，我已有为工农兵服务的明确方向。

我的素描之路

我从艺60年中的49年是在广东度过的,带毕业班到汕尾渔区,带二年级到钢铁厂,与教师集体到台山广海及参加"四清"工作队,到阳江、黄埔岛海军部队等地,及至"文革"期间工农兵学员入学,为编写教材,还到了茂名、阳春、高州等地写生,了解了石油城、铜矿区的工人的生产情况。

1977年,广州美术学院恢复院制,招收本科生及研究生。这一年,我为了创作,还到了江西兴国、瑞金等革命老区,深入学习党史,继又到粤北大庾岭、骑田岭写生,现实的景观承载着历史沧桑。"五岭逶迤腾细浪",我能够先后攀登了两岭,颇有自豪感,能有机会师法大自然而写生作画,多有独得之秘,更是幸事。

表现生活中的人物

学校教学中的写生对象,大都以职业模特为主,偶有临时打工者,当然,职业生活的模特也属于社会分工中的专业,有其独特性,其中又可分为绘画模特、服装模特、影视模特等。

学校的模特也分为头像、半身、全身、裸体的男女老少,有些裸体模特可以不断变换姿态令画者接受并作速写,一般以形象特征为主的人物模特可有稳定、坚持不动的耐性,但神情保持平静以致冷漠,日复一日形成了习惯。

表现生活中的人物,如工人、农民、军人、知识分子,大都属于偶然约定,有新鲜感,可表现出神情饱满的状态,有助于形神兼备的画意启发,增加人物形象的艺术价值内涵。

在苏联留学期间,我已注意到,在现实生活中的人物速写和素描应不失生活气息。

自20世纪60年代初开始,在教学中,在下乡、下厂、下部队时,我都接触到很多值得表现的人物形象。在校时,我也常利用节假日,请同学到家里做客,目的是通过画一幅速写像,以保持得心应手的表现力。所以在我的素描、速写中,除了工人、农民、军人,还有一批知识分子的形象,其中更加可贵的是我为一些文艺科技老前辈做了素描写生像,如冯钢百、司徒奇、邓白、余菊庵、卢鸿基、崔兰田、廖静文、蒲蛰龙等。每次看到这些老前辈,还有校友同事、同学们的素描像,我都有感念不尽之情。

在我画的青年人之中,还有从事各种运动的运动员(见图1至图3),如跳水运动员邹立芳、南拳冠军黄建刚、帆板冠军张晓东、足球运动员郭潮名以及技巧运动员姚治华等,都是我抓住机缘而尽力的成果。

图1　运动员姚治华像　　　图2　运动员黄建刚像

图3　运动员郭潮名（1981年）

《教学素描典藏》的面世

　　由广州美术学院美术馆编、广西美术出版社出版的《教学素描典藏》（见图1）于2009年6月发行面世，这是普及美术教育成果的一件盛事。《教学素描典藏》画

我的素描之路

册前言由时任广州美术学院美术馆馆长王见教授撰文，首段谈到，根据照片资料显示，1910年，李叔同从日本留学回国后，已开始使用人体模特进行课堂教学，刘海粟在上海办学，开设人体素描课则是1916年的事了。（有一说为1914年）。

第二段引用林钰源在《素描》中的说法："契氏素描教学法从思想体系课程设置、教学内容、教学要求、作画方法、作画步骤直至作画工具，几乎全被我国美术院校作为规范加以推行。"

第三段谈道："……契氏的素描作为一套有完整艺术语言的艺术样式，仍然具有鲜明的特点和相当的深度，在素描教学中也不失为一种较为合适的方式方法，故在今天的时代仍然有其继续采用的价值……"

图1 《教学素描典藏》封面

第四段言及"承广西美术出版社的美意将广州美术学院美术馆部分素描藏品精选出版。在这些藏品中，我国早期派往苏联留学的郭绍纲先生的作品占了较大部分，其中很多都是他留学苏联时期的作品……"我事后翻阅，统计了一下，共23件作业，整体和局部占50余图，全部为我在20世纪50年代的留苏习作，在全书总图79幅中所占比重过多。我当然理解出版方与编审的用意，并给予尊重，未知刊行后有何反馈意见。好在定价适当，希望能被列为畅销出版物。

此册封面女像为本人入学一年级继石膏像之后的第一幅人像素描写生，是获满分的作业。指导老师边月龙先生为朝鲜族。

写生作画的意、理、趣

素描表现能力，应用于一切造型艺术的方方面面。我国传统画论，讲究绘画要体现画意、画理、画趣三方面的兼具而统一。因此，要在动笔之前先立意，故有意在笔先之说。在起手动笔之前，要先想画意、画什么、怎么画、为什么而画。对画幅尺寸、构图内容，心中有酝酿，有盘算，写生要面对实物、景物，写意要发挥形象的记忆，画出的形象也要符合结构原理，要让观者看得懂，经受画理的检验。譬如画人物，头大身体小是儿童画、漫画常有的现象，成长中的人或成人就应探索具体的人的比例关系。画站立的人比例对了还要使其站稳，要懂得重心支点的平衡关系；画植物、荷花的荷茎要有亭亭玉立的生命力；画残荷，荷茎的转折也是有力度的、有韧性的。讲到画趣，则为画者情趣的表现，属于思想境界的修养问题，有高雅、平庸、低俗之分。对于初学者，知道有此一说，注意分辨，明确努力方向即可。

　　从画石膏模型，再到石膏像，大都属于自己选择视角，以定画位。这也是画意的初始。画圆成圆、画方成方、画柱成圆柱，其中有光线与透视相结合的原理，懂得并掌握这原理的运用对以后的画材表现都是有益的基础。因为在现实生活中我们所见的人物、景物以形体归类，均可用方形、圆形、柱形、平面、立体而概括之。平光下的几何形体通过平光的微差变化表现立体，灯光下的几何形体可练习光线强烈照射下的物体及投影以及反光变化的表现，这种能力的锻炼之所以重要，是因为人类生活不仅有阳光照射、灯光照射，以及多光源的照射，绘画创作及环境设计都需要这种表现意境的能力。在环境艺术设计中，虽可利用电脑出图，但表现单光源、多光源环境能力者所出之设计图不仅效果优异，而且价值高超，手绘效果图则更加珍贵。在此仅说明素描基本功的效用。

　　石膏像写生素描，毕竟是单材质的表现，能将一个球形画立体，再将人的头形画立体已不难，难在对人物的形质特征和神情状态的准确表现。

读到《美院往事》中的素描感悟

　　2009年年初，我收到一本由母校寄来的《美院往事》（徐冰、岳洁琼编），内容为中央美术学院部分师生回忆往事的文章汇编。首篇是徐冰写作的《我与美院》（代序），全文有8页之多。其中有一段内容是关于在学期间利用寒假再画《大卫》石膏像的记述："乃是出于'学术'的考虑，我们讲写实，但在美院画了一阵子后我发现很少有人真正达到了写'实'。即便是长期作业，但结果呈现的不是被描绘的那个对象本身，而是这张纸本身。目标是完成一张能够体现最帅的排线法和分块面技术的画面……"经过一个寒假的努力，达到了"丰富和微妙"。

　　作者在文中写道："快开学了，靳尚谊先生来察看教室，看到这张《大卫》，看了好长时间，一句话都没说，走了，弄得我有点紧张。不久，美院传出这样的说法，靳先生说：'徐冰这张《大卫》是美院建院以来画得最好的。'"

　　在文章下一段，作者说："这张作业解决的问题，顶得上我过去画的几百张素描。素描训练不是让你画像一个东西，而是通过这种训练让你从一个粗糙的人变为一个精致的人，一个训练有素，懂得工作方法的人。懂得在整体与局部的关系中明察秋毫的人。素描——一根铅笔一张纸只是一种便捷方式，而绝不是获得上述能力的唯一手段……"这段体会很重要，也符合他所要的"学术"高度。这是从素描的数量到质量的顿悟，没有前面的几百张素描的经验，也就没有后来的成果。徐冰的文章感悟，对长期素描作业的质疑者或是误解者应当起到答疑解惑的作用，对青年学者们的艺术实践也具有参考价值。

穗京个展座谈会

2009年是我从艺60周年，我先后在广州美术学院美术馆和北京的中国美术馆举办了个人作品回顾展。画展开幕一个多小时后都安排了座谈会，当年的第二期广州美术学院的《美术学报》全文刊载了两地座谈会上的发言顺序和内容。北京的座谈会由本院科研处处长钟蔚帆主持，由副院长赵健代学院党委杨珍妮书记读发言稿，接着由邵大箴等老同学一一发言。

我与这些老同学相识的时间与相处的时间不同，各在一方，大都是经过时间的考验而有难得的相聚机会，所得到的座谈会发言虽长短不一，都饱含同窗之情，多有慰勉鼓励之词。

我与邵大箴、奚静之、晨朋（见图1）从外语学院开始到列宾美术学院同学多年，但专业并不同。回国后，我远离京城，与他们偶尔也有访晤。李葆年、尚佩云于1949年同时考入国立北平艺术专科学校，并一起选修俄语，一直坚持到毕业。李葆年入国立北平艺术专科学校，素描试卷为榜上第一名，我牢记心中，绝非偶然。

葛维墨为同年而非同班同学。20世纪80年代，他曾任中国美协秘书之位。他在座谈发言中引用了黄永玉的一篇文章，谈到1953年从中央美术学院毕业出来的一大批优秀毕业生成了中国美术界的栋梁。所谓一批栋梁，除了主观因素，乃是中华人民共和国赋予中央美术学院文艺明确的美术教育方向所使然。

图1　晨朋像（1959年）

葛维墨谈到广州美术学院与中央美术学院的密切关系。他说："我可以无愧地说，我们这代人完成了历史使命……当然我们也还可以发挥作用，叫作发挥余热。"但指挥家严良堃很反对，说："什么是发挥余热？发挥余热就是我已经灭了！我们应该说我们要发挥老年人的优势。我们的优势是什么？就是历史赋予我们的使命，使我们在历史中得到的经验。"

詹建俊是同班的老同学，他肯定了我专心搞美术教育，肯定了我的人格和苏联时期的素描。他说，这些素描大多都遵循了一种非常严谨的俄罗斯的手法，可以说，现在很多学生都应该以这种精神来画，踏踏实实来学。现在能做到这样的学生已经很少了，当然他们有开放的一面。我们看到了他后来一些放得开的作品，他的观点角度变得比较宽，但还是透露出他的严谨。他的艺术真正体现了一种"从生活中来，到生活中去"的精神。

孙克是天津三中的校友，经过一段回忆之后，说："不管现代、后现代，还是后后现代，不管花样怎么翻新，怎么变，总会有写实的地方，总会有写实主义这样一条道路，人们爱美之心、生存需要还是不变的，还是有真善美的追求，最终还是回到本来上。"

曹春生发言，对比国内外的美术教育，"我们培养的人才早已得到国际认可，谈到巴黎和美国一些美术院校，缺乏造型基础教育，他们的画显得很'低能'，我们一些作品也有不堪入目的，很丑陋的，有人总是说要'转型发展'，我觉得不行，还是要'传承发展'。我们不保守，但对已经有的优良传统，我们要保留"。

程永江与我在中央美术学院同学两年后就转到俄语专修学校，后来留苏又是同学。他是京剧名家程砚秋之子，也关注京剧的传承教育问题。"如果老师连优秀传统都没有见过，又怎能教学生传统呢？"他看了展览，觉得很好，还说"我想您的基本功这么好，可以有更进一步的发展，我就讲那么多！"向我提出期待进一步发展的问题。

李骏同学比我晚一届留苏，但同宿舍居住。他说："通过这个展览，我回想了很多，我们一起学习工作的回忆。"引起了众人怀旧、讨论。

奚静之看到了我的心境变化，色彩趋向明丽，忆起1957年我画过一幅漫画，而我已全无记忆了。

图2　冀晓秋像（1959年）

冀晓秋在苏留学期间，我曾画过她的一幅速写像（见图2），也曾印发过。我们曾一起实习、下乡，她学舞台美术设计，她说看了我的画展要活到老、画到老。

冯真发言，一开始就说我帮了她不少忙，其实就是在外语备课方面，肯定我做事有板有眼，无过激行为。

晨朋发言，肯定我提前一年毕业参加工作，说我在南方工作还总是惦记北方的同学。

王之标是王雪楼先生（我的启蒙老师）之子，和我常有联系，在航天部高级工程师岗位退休，回忆了与我的交往与联系。

最后，我感谢大家对我的支持与鼓励，这次座谈会达到了见面、叙旧的目的。我觉得我们这代人生得及时,我到了改革开放先行的广东,得天时、地利,做了力所能及的事,还有人和之助,有同事、同学的帮助,也得到了一些领导的信任与赏识。过了这60年,我一生都在思考,我很强调基本功,特别是素描的基本功,是决定人一生的基础。基本功如果没有一定的精神带动的话,人往往就处在练拳不练功的状态,花架子,不扎实。美术创作,美术教育工作者应像表演艺术家一样,将观众视为衣食父母,做好普及与提高工作,不脱离群众,艺术工作才能保住青春,不断有所进步,活到老,学到老,画到老。

《郭绍纲书法选》的出版

2010年2月,《成功书画人》特刊以32版介绍《郭绍纲书法选》(见图1)。

熊其本编辑撰文《油彩之外线条美》,有千余字的全面介绍。他从我的书作中看到了"追求自然、宽厚'钝勾'没有挑得很锋利,笔画粗细在自然之间",从运笔和气势中看到"没有丝毫的张扬与匠气"。文章还引用了江海滨的评语。

我写字的动力源于修身养性,并适当地将劳动成果与服务社会结合起来,为普及文化贡献一点绵薄之力。如我书"简朴先生宅,肃然起敬忱。庭隅存古井,酸枣布清阴。毅魄依稀在,丰功万世钦,洪杨固足纪,输却大公心"。这是余菊庵诗书画印大家所作的《瞻仰孙中山先生故居感赋》。这是有重要纪念意义的。

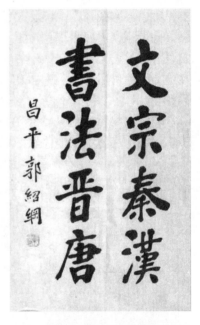

图1　书法对联作品

专刊前页为四尺宣纸,书写八个大字为"文宗秦汉,书法晋唐"。这是2008年应迎奥运国际书画名家作品交流展而写的。

为自励从艺60周年,我在一幅方中有圆的单页上书写了"独寝不愧衾,独行不愧景。昼坐当惜阴,夜坐当惜灯"。这是清人郑珍的联语。学艺惜阴、出行观景正是我的主张。从前人的文字中寻求精神营养,书写下来可加强记忆。

留苏作品汇展

2013年春,中国美术馆曾有"20世纪中国美术之旅·留学到苏联"大型展览,由中国美术馆和浙江美术馆联合举办。在展览刊物前言中,中国美术馆馆长范迪安写道:"留学到苏联记载了涅瓦河畔的青春岁月,一代学子的艺术求索,留下了难忘的记忆,他们怀着崇高的理想,带着在国内已具备的知识基础,更带着祖国的嘱托和希望,踏上俄罗斯大地,投身于崭新的留学生活。在留学期间,他们发奋努力,刻苦治学,从造型基础到全面训练,从艺术理论到创作方法,在短时间内对原本陌生的美术教育体系从接近,到感受,到领略,消化,直到理解和融通,化为自己的能力与经验。他们以勤奋的精神完成大量作业,深入生活,参观和考察艺术博物馆,研究俄罗斯美术历史与文化传统,以艰辛与快乐换来了优异的学业成绩,并在中苏人民的友好交往中成为年轻的艺术使者。涅瓦河畔的列宾美术学院;广袤的俄罗斯大地留下了他们的青春做伴,充满朝气的身影,更培养了他们求真和朴素的情怀。他们留学期间的习作与创作,笔记与著述都洋溢出他们的艺术才华和精神追求,具有鲜明的艺术特色和独特的艺术价值,拂去时间的风尘,在今天看来让人感到特别亲切,也特别珍贵。"大段地引用范文,意在客观。

范文最后提到感谢邵大箴教授作为展览的学术顾问的悉心指导,感谢全山石、肖峰两位先生的关心与支持,感谢中央美术学院美术馆、广州美术学院美术馆。

宁波华茂美术馆提供了藏品,随范文之后还附印了邵大箴教授以《难忘的岁月、珍贵的记忆——我们在苏联的学习和生活》为题的文章,较全面地概括回忆了那个时期的学习概况。

展览汇聚了近30位已进入耄耋之年的老同学于一堂,实在令人感慨万千。值得大家自豪的是,虽60年过去,堪回首,集体奋进,未负青春。

此次展览由广州美术学院美术馆与主办方选定我的20余件留苏作品(见图1至图4)作为展品,其中,素描、速写各自比油画都要多一些。这些作品已经受60多年的检验,又有机会到首都与广大观众见面,让我实在感到欣慰和荣幸。最近,我因写作《我的素描之路》,得到大小不同的两个版本的展刊《二十世纪中国美术之旅·留学到苏联》(见图5),感到珍贵至极,我还多次介绍友人到中国美术馆售书部购买此图册。

我的素描之路

图 1　老妇像

图 2　侧身女像

图 3　侧面女像速写

图 4　双人像素描作业

图 5　《二十世纪中国美术之旅·留学到苏联》画集封面

书画展刊回忆录

　　2013 年，广州品尚画廊举办我的书画展，配合展出还印了一本展刊，名为《品尚华彩》，在我姓名之边附有"艺术使者""大度师者"几个字。其中，有文章介绍和记者采访的记录引用我的答问语言作为各页的小标题。首页即提出八个大字"修心养气，书画并行"。"书画同源，同出于心源，出于生活之源。传统的书画理论，历史名人，文艺前辈的诗词学习，使我书画并进，全赖人生观、艺术观、价值观的提升，自信心推动着前进的脚步，不曾懈怠。"清人刘熙载在《书概》中说："写字者，写志也"，"书与画异形而同品，书画相辅相成，相资为用"。

书法是抽象的艺术。人问："为何你特别钟爱楷书？"我说："写楷书就像做人，必须一笔一画认真地写，马虎不得。有人说我选择了一条险路，很容易被时风所湮没，其实正是因为这种风气，才更显楷书的珍贵，我不属于争风者。"

人问："为何说书法是抽象的艺术？"我认为，中国汉字书法，由象形向抽象演变至今，是历代知识分子创造的智慧结晶。每个字或长或方都是一幅抽象的画面，并凸显书者的个性风格和功力。这种抽象艺术也是笔墨文化的积淀，只有积聚前人笔墨的创造精神，才能为我所灵活运用，使书画结合相得益彰。

人问："除了老一辈，今后还有人写毛笔字吗？"答曰："这是杞人忧天。你说50年后还有没有人打太极拳？世界在均衡发展，现在社会需要大量文化推广人员。许多匾额、碑刻，都是以书法为基础，凸显其严肃端庄、大气之感觉，还有民间写春联手书要比印刷品更为珍贵。我喜欢苏轼书法，我的书法不是单纯学他，而是多种元素的结合与积淀。"

人问："如何欣赏书法艺术之美？"我认为，一幅字首先是章法结构的整体性及作者骨法运笔的力度。刘熙载提出："高韵深情，坚质浩气，缺一不可以为书。"要多看多品味，才能理会此八字之含义。

在艺术追寻标题下引用："我从不临摹照片，因为临照片是从平面到平面，而写生是从空间到空间，当然更立体生动。因为写生必须要有语言概括，有自己的见解，否则容易弱化，灵感就不容易发挥出来。与绘画写生面对面谈情说爱，这是任何好的照片都不能代替的。"

"在写生过程中，郭绍纲谨守取、舍、扬、抑四个字。取是不要像镜子一样反射，什么都取。取物或取色，都根据艺术价值观去进行选择。舍是该简约的地方就把它省略掉。扬是要发扬要强调。抑就是要有些悄悄话，不要什么都表现出来，点到即可。一幅画能看出你的画意在哪里，通过一定的艺术语言，有所取舍、扬抑，才能产生对比的力度。"

"郭绍纲亦十分重视素描的训练，并对素描有独到的研究和见解。素描作为绘画的一个门类，在绘画中起到基础作用。""其实素描和其他绘画门类在学术上是平等的。""素描是一个磨刀不误砍柴工的手段。你不愿磨刀那砍柴就费力了，或出来的东西没有力度，它的基础作用在于艺术精神的体现，需要尽精微时能尽精微，需要致广大时能致广大，非常精确。"

展刊在"艺术态度"的标题下引用了我回答"品尚艺术"提问的一段话："我的艺术不是古代艺术，不是未来艺术，也不是前卫艺术，但它是现代艺术，我认为没有人有权利去给他们贴标签。艺术话语权在我们手里。我们不应盲目地跟随西方，人云亦云。我们无须重复别人，而应该有自己的语言。"

称天才之误

"关于教育,不要用天才论影响孩子。"无论是家庭教育、社会教育抑或学校教育,均应慎重使用"天才"这一标签。"天才"论只能是一时难以解释的赞叹,其实,任何有成就的人都不是天生的,都是通过自己的努力而获得的。必须承认的是,人的天资是有差异的,甚至差别很大,有的身体健全,有的不健全。色盲、色弱就无条件学习色彩艺术,但可以学好素描、水墨画或雕塑等艺术。天资优厚如不努力向上,往往也无所成就。

广东东莞是水乡,游泳、举重等运动发展良好。我曾向游泳教练询问:"有没有土生土长的青少年,有条件天天游泳,有超人的水性适应能力,不经过训练而创造破纪录的成绩?"教练断言:"不可能。"这使我更加重视教学训练的功能。

多年来,我眼见耳闻被称为"小天才"之人,恨铁不成钢,在学习道路上停滞不前,有负期望,最终被人称为"豆芽菜",或称"早红的小番茄长不大"。在现实生活中,影响青少年成长的还有血统论、基因论、细胞论等。不能鼓励孩子的志趣,不能尊重儿女自己的选择,这一成见一旦成了社会风气,必然使人才培养失衡,例如,将容易办的事说成"小儿科",导致"儿科医生"紧缺。

知识是学而知之,能力要经过培养训练方能养成。学习美术要从打基础开始,不单是教技法,还包括礼节、尊师、敬业、热爱生活等素质的提高,都需要家长、师长给予关注和指点,养成良好的学习和生活态度,才能成为不负众望的人才。

温哥华艺术家齐襄善举

2013年10月19日至26日,由温哥华中侨互助会松鹤之友与松柏画框厂联合主办第五届"艺彩生辉名家综艺展"在本拿比丽晶广场二楼中信中心举行,这是每两年举办一次的义卖展览,为《松鹤天地》报刊筹募善款,用于印刷经费,并且向公众介绍本地著名艺术家(华裔)。参展者有老中青24人,参展作品为多种形式的书画作品,我以书法对联参展。我对义展义卖的态度均表支持,因为它与社会教育、普及文化的使命相吻合,参观展览也是一次交流艺术、相互观摩的学习机会。

图1　书法对联作品

我写对联内容为"德从宽处积，福向俭中求"（见图1）。这幅对联是我经常书写的内容，也是我的人生态度，这也是中华文化的传统美德。早年，我院陈少丰教授在门前有八字春联，即"勤能补拙、俭以养廉"。这正是他的治学作风。当今社会经济发达，人们普遍有了幸福感，获得感，但仍应以俭约为生活准则，奢侈、铺张并非一种光彩，要知福、惜福，永葆健康的生活方式，方能使身体有福、寿绵长。

徐立斌的风景素描速写

徐立斌在读湖南师范大学美术系时曾与王垂一起到广州我家。经过多年的基层工作后，他调入湖南师范大学美术系，任教摄影课和外出实习课。

2014年秋末，徐立斌托友人送了我一箱《徐立斌油画风景写生集》（见图1至图3），使我想到年前我曾为他的画集写的序言。我在序言中引用唐人张彦远论绘画的品评标准,分为"自然、神、妙、精、谨细"五品。徐立斌师法自然有方,当得首位的自然之品级。画集中附有多幅素描速写作品,也许是随兴的记录,也许是油画写生的草稿。我曾直接对立斌说:"这些素描速写的艺术价值,绝不亚于你的油画写生。无论耗时长短,均属有感而发,应手而扼其精要,如古人之云:'得之在俄顷,积之在平日。'"立斌于美术教育专业毕业后,到基层文化馆从事摄影工作多年,深入社会,热爱自然,勤于艺术实践且积极参加广东开平的写生艺术交流活动。我说:"他是一位务实的勤奋者,丰硕的艺术成果还将连年有增。"

图1　茅草街码头(徐立斌作)

图2　津市的河边(徐立斌作)

图3　洞庭湖岸风景(徐立斌作)

徐立斌的可贵之处在于他学习美术,常年搞摄影后又教摄影,仍能坚持油画风景写生,而不依赖照片。他重视观察自然生活,他的摄影作品在构图、光线、色调方面的时间把握也颇具艺术表现的形象性。

《郭绍纲作品集》出版

2015年3月，岭南美术出版社出版我的作品集，作品集为套装，分绘画篇和书法篇。作品集前言由黎明院长撰文，附有吴正斌教授的《为人为画为吾师》和高志的《我熟悉的绍纲》两篇文章。作品绘画篇分人物、风景、花卉三部分，绘画部分又分素描、粉画、油画等。

在书法篇中，除了黎明的前言外，还有我的一篇《习书自叙》，作于2014年12月30日。我在文末写道，借从艺65年之际，谈点学艺心得，愿与同行、书画爱好者们共享共勉。

每个人都有自己的童年的学习经历。我从农村私塾，或称"村塾"，懂得笔墨纸砚的使用，并学会自制大仿簿；经县城到天津小学的书法练习，培养了我拿毛笔的兴趣，断断续续数十年。我感到"书法作品是文思情感的载体，楷书又称正书、真书，与其他字体相比，有明确、易认、庄重的特点，尤其于现今的信息社会，可以一目了然，令人会意。简明地传达书写的信息，即使有不解之字也易查认，最容易引起观众的、读者的思想情绪的共鸣"。虽有人曾担心我的书法作品易被时风所淹没，是走一条险路，但我的主旨在于自己磨炼心性、传承文化、普及文化，毫无用书法争风之意。我常写的对联云："大道母群物，达人腹众才。"我非以达人自诩，但以美术教育为业，并不要求人人都兼擅诗书画印，但作为中国人，写好中国字，是义不容辞的。只要构成字形正确而美好，至于拿什么笔写都不会差到哪里去。写好硬笔字、粉笔字都能成为毛笔字的基础。尽管现今可用打字代替部分书写，但手书的实用性和艺术性是机械不能替代的。机械打印文字的功能越普及就会越显手书的难得、手书艺术的珍贵。手书是传达信息，同时也是彰显个性风格的重要手段。

许多有成就的书画家都强调"非画画"而是"写画"。有些人认为，强调素描影响了传统绘画的发展，而未强调画者的写功久缺，影响了笔墨的发挥。即使造型尚能称意，题签起来则有损大雅。

书画兼修是一种心志、心迹的表现，"淡泊明志""宁静致远"以静心制浮躁，以净心制杂念，书写长篇小楷更需要集中精神，才能一贯到底而无笔误或疏漏。

书写大字更需做好充分的准备，方能善始善终，通篇贯气，避免瑕疵，保持书艺的完整性。书写大字、布势求质的伸张、转合，有如练习太极拳，一招一式都要稳健到位才能见功效，要戒避花架子。盖章也是书艺重要的构成部分，首先要与书写字体大小相配，位置要得当，印泥要饱和，可为书作增色。大字整幅要经受远观的效果检验。

获终身成就奖

2015年11月7日上午,第二届广东文艺终身成就奖表彰座谈会在广州举行。丁荫楠、方展荣、刘思奋、陈笑风、陈群、陈金章、陈永正、岑桑、林墉、郑南、姚锡娟、郭绍纲、黄少梅、黄庆云、章以武15位文艺家获此殊荣。广东省领导胡春华、朱小丹会见获奖文艺家。

胡春华代表省委省政府向获奖文艺家表示祝贺,对大家为广东文艺事业的繁荣发展而作出的重要贡献表示感谢,希望各位文艺家以及广大文艺工作者认真学习贯彻习近平总书记在文艺工作座谈会上的讲话精神,始终坚持以人民为中心的创作导向,创作更多更好的文艺精品,做德艺双馨的文艺家,当好岭南文化的优秀传承者,做好"传、帮、带",培养一代又一代优秀文艺人才。

座谈会有几位获奖者作为代表发表感言,我亦有简短的发言。我已从艺66年,此次获奖,是学到老的巨大动力。座谈会选择了在俄罗斯十月革命纪念日举行,也许是偶合。今日的美术教育,面临信息发达的社会,真善美与假恶丑之对立形势严峻,美术师生要善待自己,不浪费时间,铭记重大责任。颁发终身成就奖固是善举,但生命不息,学习、工作、劳动不止,已成惯性向前。

"独好修以为常"

前些年,从北京移民到温哥华的女作家王立曾到我家采访,不久,成文发表于当地报刊。2017年,香港《今日中国》刊载她的文章,似较原文有所补充,并附以生活照、作品图多幅。(见图1、图2)她赠我两本当年的8月号,封面竟是我多年前的油画自画像,全文载于志书内第13～21页。文章在吴作人先生与我的合影之下,以大型黑体字标明我借用的楚辞句:"孰不实而有获,独好修以为常。"我曾以此两词句写过书法作品,而作者以小字注以辛上邪。我虽知笔名都是借用字,错读后问王立为何起这个笔名,作者解释她是宋代词人、文武双全的辛弃疾的崇拜者,我立即理解邪为双音字,此处读耶,为镆铘宝剑之意。

"独好修以为常"

图1　自画像（油画）

图2　与吴作人先生合影

辛文开始简介我的经历，便引用马克思语录："绝不是求得一个最足以炫耀的职业"，"在选择职业时，我们应该遵守的主要指针是人类的幸福和我们自身的完美"，"人只有为同代人的完美，为他人的幸福而工作，自己才能达到完美"。自然是对我多年参与的美术教育职业的肯定。

2019年年初，王立还将我的口述记录整理，投到《读库》发表，题目就是《学美术，教美术》。我曾说，在志向一栏我就写了"教育"，从业余教师到专业教师至今也已70年。

《今日中国》发表的辛文，所选附图以油画人物、风景、静物为主，此处附加了两件书法作品，其中有王勃的《滕王阁序》和4尺条幅"返璞归真"，此4字的书写只能是艺术理念上的认知，只能为30多年前的习书记录。

辛文最后提到我所信奉的"活到老，学到老"的终身教育观念。文中所附的生活照和油画作品图，包括封面设计中的自画像都引起我的美好回忆，并激发了我的自信，激励我奔向人生马拉松的远程目标。

从国印镌刻者的故事谈起

1949年新中国成立，必须有一枚代表政府的印信。北京《工人日报》有一篇署名为黄飞英的短文报道，题为《"黄包车夫"治国印》，引起了我的注意，于是，我剪报集存。

文载："周恩来总理委托陈叔通去上海物色治印专家。陈叔通找名家王福厂，可是王却转荐'黄包车夫'顿力夫来担此重任。果然不负众望，顿力夫精心镌刻了这枚具有划时代历史意义的印鉴，在印苑传为佳话。"

文后说明了"黄包车夫"由来。民国初期，王福厂为西泠印社创始人之一，曾住京华，雇用顿力夫为杂役兼车夫。多年后，他随王到了上海，说明王对顿之为人的信任。王则暗中私淑治印。有一次，王偶然听到顿力夫对自己印作之评语，使王大吃一惊，想不到这位车夫，胸有大志，偷师有成，王便叫他试刻一石，即破例收其为徒，顿后来成为西泠印社的佼佼者，这位曾为车夫的顿力夫，后人知之，亦应思考"有志不在年高"之古语。一方面，这说明王福厂有识才育才之胸怀，另一方面，这说明顿力夫志在好学而"偷师"，深知自处的优越环境而励学。我曾见一位青年好学美术者，到美院做模特儿，老师教学指点素描写生的意见，他都记在心里。休息时，他到学生前面观摩作业，也可视为"偷师"，但更近似公开的一种好学行为，可能也有私淑之谊。好学者总是有收获的。

气质与书画风格

气是生命的存在，人活着靠一口气，通过学习而成长。接着说教育，立志始有志气，有志者事竟成，对从艺者来说，不但要天天练功，还要知道"读万卷书，行万里路"的重要性。知书始能明理，行万里路才能扩大眼界，才能深入社会人生之历史与现状，人之阅历直接关系着思维境界与应物的观察力。从艺者的气质与气度主使其艺术风格的形成。书画同出心源和生活之源。《古今书评》云："王右军书如谢家子弟、纵复不端正者，爽爽有一种风气；蔡邕书骨气洞达，爽爽有神；钟繇书意气密丽，若飞鸿戏海，舞鹤游天。"以"爽爽""游天"形容书家的明快与自如的风格，是值得效仿的。在艺评中，还有大气与小气的褒贬不同，这要从修心养气中获得大气，克服小气，而不是简单的做作。

与气有关的艺术风格，轻快潇洒，大都称赞，令人向往；要警惕形成流气、浮浅。追求严谨、认真细刻、精雕，要警惕陷入老气、拘谨。表现肯定、有力难得，要有别于霸气。注重表现小巧而失整体的大气，不可走向媚俗之气。

从艺者的修养、气质决定了他的风格，从其作品可以见证。

关于法庭素描师的报道

2019年6月下旬，我在理疗诊所坐等时翻阅身边报刊，其中《明报周刊》第1245期中有关法庭素描师的报道，是一位女画家，并附有她的几幅现场速写。作品略施淡彩，所画人物的特征、比例、动态、身份地位还是生动可观的。不足之处是人物肩背服装深重而内容充实，对比之下，头部就显得轻薄而缺质重感。文章解释素描师的职务之所以是必要的，是因为法庭是禁止拍照的，需要有素描师做形象的记录，有如以字记录的新闻记者。为了照顾素描师的工作，还要在座位、角度方面给予考虑、安排。

文中介绍，有一次审讯黑帮成员时，黑帮受审时要求看看素描师的画像。当见到时，其向素描师挑起大拇指并说："我是黑帮，也是素描欣赏者。"法庭素描师的岗位的设置虽然未必能普遍化，但这条信息确实给了素描教学师生某些启示。

对法庭素描师的工作要求，自然是要具有形神兼备的速写能力，包括环境在内，起到人工传真可面世的作用。

素描基础与创造

学习美术，从素描开始，由简入繁，需要培养志趣。由被动到主动，由不自觉到自觉，才能在知识与智能方面并行发展。不仅逐渐形成自己的风格，而且屡有创意，并期望达到富有创造性的人才高度。美术是情感的产物。美感来自生活，来自大自然。

青年学子首先要热爱生活，热爱大自然，这是培养审美情感的动因，只有这样才能注意通过直觉观察的结果。敏锐的洞察力可以觉察到他人未曾注意的情况和场景细节，而有独特的感受与记忆，可以称之为独得之秘。

观察形象的积累，从中可以获得优劣选择与比较。发现客观规律，如人物体态特征、植物结构的长势以及阴阳向背的不同，有利于画意、画理、画趣的表达。在美的发现中所得到的启示，能丰富对形象的想象力，促进有创造性的思维能力的形成。这种能力一旦付诸实践，便可能生发出富有创意的成效。

学习美术要有主见、自信心和毅力。持之以恒，认真与不认真的效果大不相同。

每次素描、速写的实际都是应物象形，都须随机应变，成功与否都是经验有得，久而久之，办法多了，创造力也会增强。

艺术、教育和养生

艺术教育有早期性的素质教育，其中包括家庭传统的启蒙教育，以及广泛性的社会教育；有艺术各学科的专业教育与跨学科的联合教育；有社会性的补习艺术教育，或说是业余教育；还有老年人的兴趣教育中的艺术课程。

艺术伴随着人生，丰富了生活志趣，有利于提升精神生活的品质，也有利于使艺术方面的智能横移，辅助本职工作的开展和提升竞争力。青年时期的艺术修养或实践能力能提升养老生活的质量，是令人羡慕的。许多老年书画家、作家等的"夕阳红"的生活表明，文艺创作生活使人益寿延年，同时会给后人留下精神财富，成为可贵的民族文化遗产。

各种艺术教育是美育的不同形式的体现，是塑造人格的教育，能培养有理想、富有道法、爱好和平、有独立人格的人，对不同年龄的人成长、成才以及养老都是有益的。

读诗文助写画

王维是唐代兼擅诗画的大家。荆浩《画山水录》说王维"笔墨宛丽，气韵高清，巧写象成，意动真思"。苏轼称他"诗中有画，画中有诗"。诗情与画意密切而不可分。创作绘画者亦有诗人，以画作赋诗者亦不鲜见，诗情画意的体现都是作者观察生活的心得。

宋代诗人尤袤的咏雪诗有云："睡觉不知雪，但惊窗户明。飞花厚一尺，和月照三更。草木浅深白，丘塍高下平。饥民莫咨怨，第一念边兵。"诗人既看到雪景，又想到饥民和边兵，富有忧患意识。诗人写景已看到画家应有的观察方法。如草木浅深白，丘塍高下平，既有调子的层次，又有大地的起伏不平。作为画家，亦应以此为观察要领，并赋以可信的具体形象。

柳宗元的四句诗《江雪》只有20个字："千山鸟飞绝，万径人踪灭。孤舟蓑笠翁，独钓寒江雪。"却已经将寂寥的意境充分地概括出来。

我曾读徐续作《柳宗元文中有画》一文，记述柳宗元在永州贬谪的岁月里，扶病苦读，刻意为文，或游山水以自适。其文《至小丘西小石潭记》有"从小丘西行百二十步，隔篁竹，闻水声，如鸣佩环，心乐之。伐竹取道，下见小潭，水尤清洌。全石以为底，近岸，卷石底以出，为坻，为屿，为嵁，为岩。青树翠蔓，蒙络摇缀，参差披拂。潭中鱼可百许头，皆若空游无所依。日光下澈，影布石上，怡然不动；俶而远逝，往来翕忽，似与游者相乐"。徐续评曰："仅是一百多字层次却很丰富。"

此外，在此尚列引《石涧记》。《石涧记》评曰："同是写水石，但仪态、画面、色彩俱各不同，这是依靠深入的观察、丰富而清新的词汇渲染出来的。"柳宗元往往使用了极其简练的句语，即勾勒出具有大自然真实的美好的画面，如"树益壮，石益瘦""有树环焉，有泉悬焉""嘉禾立，美竹露，奇石显"，这些都是点睛之笔。

我在《素描基础教学》中说过，写生要清楚地知道取、舍、扬、抑四个字的判断与选择。柳宗元强调的树益壮、嘉禾立、美竹露，都着眼于生命之美的表现，绝非单纯的一团形体。

徐文还介绍柳宗元论作文的六字诀："抑之欲其奥，扬之欲其明，疏之欲其通，廉之欲其节，激而发之欲其清，固而存之欲其重。"这些文理与画理相通，学画者当学画亦学文，以文助艺。

好的文辞是一种通识。使用恰当更能增加美感。在素描写生当中，景物取材是练习，抑或为创作，均是一次对作者的考验。只有在反复实践中积累，并提升自己的经验，才能达到得心应手的艺术表现的高度。

水笔速写（一）

素描写生使用的工具材料大体可分为液体、固体、雾体以及有色纸等。

钢笔又有蘸水钢笔和自来水笔之分，这两种笔都是工业产品。此前，古人用鹅管笔蘸墨水写字作画，这是自然产物的加工利用，可见于欧洲古代的速写画作。我国自古至今多用毛笔与水墨作画。

司徒乔先生才艺多能，中西兼容，擅油画、水彩，使用多种材料作速写。为了方便工作,他创造性地使用竹笔写生,即将旧毛笔之竹竿加工,用于蘸墨水作速写,也是一种对自然物质的利用。

有年轻的画者向我展示,将工业生产的钢笔之笔尖加以弯曲,使笔画可粗可细多一些变化;更有年轻人使用圆珠笔作画,使速写手段增色。

使用钢笔写生基于对观察对象之认识,运用水笔画出点线轻重、疏密关系,要求简明肯定,不宜犹豫、重复,而要得当,不伤大雅。有志于铜版画者,更需要这方面的基础。

自来水笔还有富有弹性的海绵性质的笔头,适宜体现笔迹的粗细变化,接近毛笔的功能,亦可用于速写。

中国以毛笔施以墨色作画已有悠久的历史,深入大自然写生已培育了世世代代的画家。随着经济发展与文化交流,城市景观也为画家提供了丰富的题材。李可染先生利用水笔墨色表现了德累斯顿的楼群结构和气势(见图1)。该画作同时也具有历史的沧桑感,全在于墨色调子的整体把握,令人眼前一亮,又为水墨作品别开蹊径。

图1 德累斯顿暮色(李可染作)

水笔速写（二）

毛笔是书画艺术传承的必要工具，其产生的历史悠久。在湖北曾侯乙墓出土的春秋时期的毛笔，是目前为止发现最早的见证物，为兔箭毛与竹管髹漆相结合的产品。后经秦国蒙恬在前人作为的基础上，以枯木为上管、鹿毛为柱、羊毫为被而成秦笔。故"千字文"有曰"恬笔伦纸"之词句，肯定了蒙恬与蔡伦的制笔与造纸在历史上的贡献。

20世纪中期，在甘肃武威先后出土了刻有笔工姓名的汉笔，为"白马作""史虎作"，为迄今发现最早的刻名毛笔。

到了晋代，安徽宣城出产一种紫毫兔毛的崇毫笔，特点为笔锋短而坚挺。后来，宣城发展为制笔中心。到了唐代，产生了一种笔锋长而稍软的毛笔，有利于书法的发展。

宋以后，政治、经济中心南移，文化产业异地突起。湖州制笔取代了宣笔的地位，以白山羊毛、黄鼠狼尾毛等为材料，经过多道工序，精制出具备"尖、齐、圆、健"四德之佳笔。

到了元代，湖笔与赵孟頫字、钱选画并称为"吴兴三绝"。明代，笔工陆文宝的制笔手艺与冯应科齐名，均被称为良工。

明清时期的毛笔管高档的以瓷管为多，此外，尚有象牙管、珐琅管等。

民国至今，书画用笔得到不断改进。进入21世纪，书画艺术大有复兴之势。如何继承和发展佳笔之"四德"，有待后续之人才培养。

蒋兆和先生曾于20世纪50年代为在兰州任教的友人作一幅双人肖像以作纪念。（见图1）可见先生的素描功深意厚。

图1　教师双人像（蒋兆和作）

毛笔书画的笔法

　　蓄水之笔有软硬两大类。中国书画所用的毛笔，其毛的来源不同，亦有长短、软硬、粗细等组合的不同。书画同源，书与画均讲究执笔使锋的作用。清代刘熙载《书概》云："有中锋、侧锋、藏锋、露锋、实锋、虚锋、全锋、半锋，似乎锋有八矣。其实中、藏、实、全只是一锋；侧露虚半亦只是一锋也。"拿过毛笔书写或作画者易于理解笔锋的形态与变化。未尝使用书画毛笔者，如有书画兴趣，应及早接触书画毛笔的运用，其中关系到中国传统文化的精华，应以擅用为荣。

　　书画均是线条的艺术。为使线条圆融而富有质感，历代书家均求中峰用笔，写出的线条骨立血丰，神采焕发。中锋用笔难度大，要求高。元代赵孟頫在《识王羲之七月帖》中云："书心画也，观其笔法正锋，腕力遒劲，即同其人品。"

　　清代书画家笪重光《书筏》中云："古今书家同一圆秀，然惟中锋劲而直，齐而润，然后圆，圆斯秀矣。"又云："能运中锋虽败笔亦圆，不会中锋、即佳颖亦劣。"《黄宾虹自述》作者有云："古人论吴道子有笔无墨，项容有墨无笔，笔墨有失识者嗤之，文人之画，长于笔墨。画法专精，光在用笔，用笔三法，书画同源言其简要盖有五焉。笔法之要：曰平、曰留、曰圆、曰重、曰变。用笔言如锥画沙者，平非板实；用笔言如屋漏痕者，留是也；用笔言如折钗股者，圆是也。妄生圭角则狞恶可憎，专事嶔崎，尤险怪易厌。用笔之法有云如枯藤，如坠石者，重是也。""善书者必善画笔用中锋，非徒执笔端正也。锋者，笔尖之谓。能用笔锋万毫齐力端正固佳，偶取侧锋，仍是毫端着力。"

　　对前人的笔墨经验要深入领会吸纳，有志者应多读书、细钻研。欲在继承中求发展，必须在写生与创作实践中深入探索解决。

　　在传统绘画的"六法"中，有骨法用笔之一法，意在用笔要体现内在之质，富有内涵以祛浮滑轻薄，戒避俗风。

　　在传统的描法中，有钉头鼠尾描法。黄宾虹自述谈到"用笔之病，先祛四端"，"一钉头，二鼠尾，三蜂腰，四鹤膝"，"何谓钉头？类似秃笔起处不明，率而涂鸦毫无意味名之为乱"。"何谓鼠尾？收笔尖锐放发无余。"易流于刻露、板结之病。钉头鼠尾、蜂腰鹤膝均为以形象比喻笔法之病态，有违造型之需，有碍观瞻。表现人物衣纹，钉头鼠尾描亦可参用。

温哥华金婚家庭画展

温哥华中侨互助会于2013年10月出版了《松鹤天地》第337期。该期报道了郭绍纲家庭画展于8月10日至19日首次在温哥华国际画廊举行。郭教授伉俪及其3名子女在画坛各有建树，艺术成就非凡早已闻名中外，这次应邀同场展览杰作，不啻是温哥华画坛一大盛事。

据郭教授夫人高志表示，家庭画展曾先后举办了两届。第一届于2008年春，在广州、深圳及东莞展出。第二届于2010年年初启动，巡回展览于珠海、东莞和广州，均获一致好评。2010年是郭教授伉俪的金婚纪念，意义特殊。

高志指出，一家五口俱醉心绘画艺术，各自耕耘而风格各异，可呈现出较个展更为丰富的内涵。这次获温哥华国际画廊邀请展出，既是艺术的切磋，亦是文化思想的传播，更是亲情的交融以及团聚的好机会。

总括来说，这次画展除了极为成功之外，又给予观赏者一个难得的机会。郭教授阖家挚诚感谢大家的支持和鼓励。

明画家戴进的默写功

与素描默写有关的明代画家戴进，字文进，杭州人。有一次，他到南京，人生地不熟，"在转盼之际一肩行李被脚夫挑去，莫知所之"。只凭一次见面的印象，他向街旁的酒家借到纸笔，默画出脚夫的形象，然后"聚众脚夫认之，众白此某人也，同往其家，因得其行李"。故事载于《金陵琐事》。

戴进（1388—1462年），原为家传的首饰工匠，因曾看到自己的作品被熔化，重新制作，觉得自己的作品未被尊重，便改行，拿起画笔从事绘画创作。戴进的父亲戴景祥是民间画师，也是他的第一位启蒙教师。戴进作为"民间画师"无所不能，其山水源出郭熙、李唐、马远、夏圭，而妙处皆自发之。38岁，他被明宣宗朱瞻基召入官廷，其因在画师中技高一等而作《秋江垂钓图》。因钓者着红袍待诏，谢环忌其才，逸为失体，引宣宗怒而将其放归。失意后，戴进淡于名利，而志于艺事，修身养德，其人品受人推重。他于54岁返居杭州，以卖画为生。其山水结构时出新意，运笔顿挫有力，不囿成法，兼擅人物、翎毛走兽、花卉，均极致精。晚年自成一家，门人从学者众多，影响很大，被后世推为"浙派"创始人。

江苏美术出版社出版的《中国民间美术发展史》中有关戴进的事迹能为志学美术者提供更多的参考资料。

喜见人物笔墨肖像写生

去年艺友陈生来访，寒暄一阵，谈事不久，他便从画夹中取出一幅水墨肖像画。人像表现为当年已近百岁的粤剧泰斗罗品超先生，画出他的身体矫健和精神矍铄。罗先生于2008年春季还光临岭南会为我们家庭举办画展后的聚餐，并座谈交流，颇觉温暖融洽。我们还谈起30多年前罗先生在英德"五七干校"作为粤剧《沙家浜》中的主角郭建光表演的情景，我们一家都是台下的观众，热烈鼓掌自是不在话下。

罗老先生能给陈生做模特也是难得机会的善举。更为可喜的是，陈生多年任教职，曾先后在美术学院学习研修，对人物肖像情有独钟，并常向陈振国教授请益，勤于实践，写生成果丰硕。之后又一次偶遇，陈生提出请我写"质朴、生动、深刻"六字，这也是我的艺术追求。我经过思考，提出增加"概括"二字，取得共识。

我之所以加上"概括"二字，是因为我国传统绘画贵精约练达，达致笔少画多，笔简意赅，表现出艺术作品的整体性、明确性、独特性以及作者的个性风格。我愿有更多的有志者加入人物画的专业队伍，写出现代人物的风采。

白描代表作的功力与欣赏

白描是我国传统绘画的基本技法，品类很多，前人已总结出"十八描"的概念。流传较广的如铁线描、琴弦描、高古游丝描、行云流水描等，唐代有吴道子，宋代以李公麟为代表，高手林立。我在北京、广州都欣赏了由徐悲鸿先生发现并收藏的国宝《八十七神仙卷》（292厘米×30厘米）的绢本白描手卷。（见图1）作品表现了87位道教人物列队行进，其中有主神3位，武将10位，男仙7位，金童玉女67位，场面宏伟，衣饰繁华纷呈，线条流畅，遒劲有序，非一般画手所能为。尤其是对不同性别、身份的刻画，形神入微，尽显画家白描的功力。

画面虽无任何款识题签，但徐先生敏感地看出这是一幅出于唐代名家之手的巨制，也可能是吴道子所作的粉本。张大千、谢稚柳则认为此卷与晚唐风格相近。徐邦达、扬仁恺等人认为是南宋摹本。无论是唐或是宋，从白描的表现力来说，出自高手是毫无疑问的。白描要求骨法用笔，线条圆润劲健而匀畅，无论用前述的哪一种描法，均需靠相应的腕力，训练有素，才能达繁而不乱、密而不滞的境界。尤其是高古游丝描的用笔，要比使用削尖了的铅笔难控制得多，学者需重视研究而有所传承。

图1　《八十七神仙卷（局部）》（唐人或宋人摹本白描）

"笔法记"的提出者荆浩

中国五代后梁山水画家荆浩受道教思想影响，居于太行山洪谷，自号洪谷子。他长期写生于山中，代表作有《匡庐图》。他长于写生，画雄峻山势、云中山顶，创水晕墨制的表现技法及山水画全景构图和山石皴法技法，为开宗立派之代表性画家。世人曾谓"吴道子山水有笔而无墨，项容山水有墨而无笔，吾当采二子之长，成一家之体"。他总结画理，著有《笔法记》一卷，提出许多富有创意的思想。例如，画有"六要"，即创作的六条标准为气、韵、思、景、笔、墨；有"四格"，即对绘画表现力的品评等级为神、妙、奇、巧四级；还有"四势"，即表现出用笔的生命力为筋、肉、骨、气；"二病"，为有形病与无形病。有形病为对景物外部形态的错误再现，容易改正，但对没有神韵、缺乏感染力则无法改正。此外，笔法的运用应体现对山景之峰、岭、岫、顶等自然形状的认识。另外，还要注重画家的修养与作画的精神。

具体的"六要"方法之说认为，气，心随笔运取象不惑；韵，隐迹立形，备仪不俗；思，删拨大要，凝想形物；景，制度时因，搜妙创真；笔，虽依法制运转变通，不质不形，如飞如动；墨者，高低晕澹，品物浅深，文采自然，似非用笔。

此乃笔墨相融，为全因素的素描关系的表现方法，有助于素描观念之普及，减少隔阂。

荆浩在笔法记中谈到，画者要注重全面修养和写生作画的精神。他本身就是一位博学多才的画家，因此，才有《笔法记》之成果大作。

史载荆浩博雅好古，通经史，能诗文。其书法学柳公权，除妙画山水，亦工画佛像。他应邺都青莲寺作画，并以诗答道："恣意纵横扫，峰峦次第成。笔尖寒树瘦，墨澹野云轻。岩石喷泉窄，山根到水平。禅房时一展，兼称苦空情。"诚可谓诗中有画、情景交融。

荆浩作品有22件，著录于宣和画谱，包括《匡庐图》《夏山图》《蜀山图》等。其匡庐图轴为绢本，纵长185.8厘米，横106.8厘米，可以想见荆浩驾驭大幅山水作品之气派。

观察四季山水之不同

北宋山水画大家郭熙（1023—约1085年），工画山水寒林，宗李成法，世称李郭；因任职官庭内府，得过目赏见诸多藏品，遍览名作，著有《林泉高致》一书。他对四季山水之感悟为"春山澹冶如笑，夏山苍翠如滴，秋山明净如妆，冬山惨澹如睡"。在山水取景构图方面，他创立高远、平远、深远三远法，提倡画家要博取前人作画经验，并勤于实践，观察大自然。其作品有《窠石平远图》《幽谷图》《关山春色图》等，晚年著有《山水训》。

清代画家笪重光（1623—1692年）工诗文，精鉴赏，尤以书画名重一时。他的山水画荒率潇洒，高情逸趣，溢于笔墨间，著有《书筏》《画筌》。他在画筌中提出："春山如笑、夏山如怒、秋山如妆、冬山如睡"，与郭熙有所异同。

清山水画家戴熙（1801—1860年）的诗书画均有造诣，著有《习苦斋诗文集》《习苦斋画絮》《赐砚斋题画偶录》。其在后者题画中曰"春山如美人，夏山如猛将，秋山如高人，冬山如老衲"。基于观察，将山景与人物相比喻，亦可参照。其实，作画需因人因地而异，师法自然要勤于写生，观察写出自己独得的感受、所见才是最重要的。

教学相长谈

　　教学相长是文化传承与发展之根。教学相长对于教育事业的整体来说是普遍性的发展规律。教与学是相对而统一的整体，相互依存而并进。

　　素描教学是文化启蒙教育，这是对一般的素质教育而言的。素描教学是入门的基础教育，这是对步入艺术各专业教育而言的。

　　素描教学不仅是一般专业知识的传授，还需理论联系实践，加以练习，以完成规定时间内的教学作业。教学质量的高低，固然与教师的指导水平有关，但教师的教学方法循序渐进，从严要求，教与学双方的互动以及整体的学术氛围对其都具有直接的影响。

　　素描教学中，学习者存在的问题当然不如病人关乎生命健康的问题那么重要，但不良习惯的养成，抑或学习的信心不足，也会为艺术生命埋下隐患，教师在教学中的说服力产生于面对作业练习时的真知灼见与耐心的指点。

　　学术民主、尊重个性是教与学双方应遵守的信念，但不能成为教师推卸指导责任而放任自流的借口。从事任何专业教学，都必须有所本才能有所成。演艺界的人才培养强调的是"台上十分钟，台下十年功"，值得我们去思考学习美术的功在何方，如何勤学苦练基本功。作画极少听到演艺场中的掌声，却时有并非出自真心的客气话或不得体的吹捧。教师在课堂上的语言应当是有学术正气的，鼓劲也应是有原则的。有经验的教师可从学习者的作业中看到作者的情感和学习态度，能够识别全神贯注与漫不经心的习作。

　　学习者渴望求知的热情，以及在练习中的进步，也会促进教师的责任感，使教师为自己的付出感到慰藉。有信心有条件的教师还会与学者们一起写生练习，或提供之前准备的示范作品。这样的教师会受到学生们的欢迎和肯定。

　　教师上课所面对的学生数量是不同的，师生比应以 1:15 左右为宜。因学生水平、程度有差别，教师在辅导的时间上必有差别，对进展顺利者指点时间少，对进展吃力者启发的语言多，学生可不必计较。

素描作业练习的完整性

　　素描练习作业时间有长短之时限，学习者应形成作业完整性的观念和提高艺术表现能力。速写用纸有大小，可以一纸一图，亦可一纸多图。速写的内容选择可以不同，如速写人物，可以偏重于人物的形象特征，亦可表现人物动态的自然之美。速写练习如猎人打猎，故以"捕捉"一词形容手疾眼快，扼其精要。画意简明，多用精练的线条，即使有重复的线条，也是为了准确地更正，更是体现生动的必要。充分地利用时间，可以避免迟疑的赘累和多余的描摹，也可以达到艺术的完整。

　　一幅短期或中长期的作业，如人物、人体全身写生，应有相当的慎始善终的观念。首先是纵向的天地位置，横向的左右轮廓定位，以及对环境因素的全面考虑，推敲酌定的过程也是构图发挥创意的体现，不可轻视。

　　我们欣赏、学习古代名家作品，当有鉴识。如法国的普吕东（1758—1823 年）的作品，影响了许多画家，其中亦包括我国的徐悲鸿先生。普吕东先在巴黎学习，接受古典主义美术思想，后又学于罗马，其素描作品精于人体解剖的研究与运用，强调明暗色彩对比，表现了人体调子的微妙变化。

　　2009 年，山东美术出版社出版了《皮埃尔·保罗·普吕东》素描画册，刊载 56 幅素描。除去最后两幅衣褶习作，其余均为男女人体写生。虽时间长短不一，但可以分辨出其对作品的整体处理之不同。其中较完美者有《源泉》（32 页）、《莱茵河的寓言》（50 页）、《站着的裸女》（20 页），此幅写生表现充实完美，但上边纸有接痕。不少作品没有留白，以至成为削头割脚之作，欣赏起来令人遗憾。徐悲鸿先生的"新七法"强调"位置得宜"，也许他在欣赏素描中早已发现，在中国传统画论"六法"中就有"经营位置"一法，要有经营的观念。起手或起轮廓时，就要在画面的上下、左右留有恰当的空间位置，以使人体完整、构图完美，习作写生慎始才能善终，这是颠扑不破的规律。

素描速写的数量与质量

　　素描写生，大体分为速写与慢写两种相对的方式，也有介乎中间的短期作业一类。速写一般是一次性完成。短期作业,以一至三次完成为佳。长期作业要十小时以上至数十小时累计不等,主要决定于作业的难度与要求。

速写与慢写是相辅相成的两种锻炼功力的方式。速写是训练根据观感,得心应手地捕捉生动形象的能力。而慢写锻炼稳健地、按程序地逐步深入造型与深入刻画表现的能力。有良好的速写功力,到慢写阶段可有"九朽一罢"的魄力,为画面增添整体的光彩。有了长期作业的基础,反过来能够提高速写形象的内涵,笔法更有深刻的概括力。这二者不可偏废,故在画室内外都应速写,练好基本功。

到人多的地方去画速写、下乡实习、旅游或专门为了创作去某地,都有速写练功的机遇。我曾于漓江写生,两岸山头林立,有如走进一条巷子里,难寻视野开阔之景观。而李可染先生背着行囊,持一把雨伞,行走于岸上山间寻景写生,所以他创作的漓江山水有俯视之势,别开生面。这也是包括"行万里路"之所得。诗情画意,画中有诗,诗中有画。唐代诗人李贺七岁能辞章,能疾书。及长,骑马出行,遇所见得书写投囊中,未始先立题,然后为诗。及暮而归,母亲使婢女探囊中见所书多,即叹曰"是儿要呕出心血乃已耳"。其诗《高轩过》最后有"我今垂翅附冥鸿,他日不羞蛇作龙"之句,这说明诗画同源,都是在生活所见中得到启发而得文句。画者应到生活自然中去磨炼探寻"独得之秘"。

写生、速写不是轻松潦草的行为,而是严肃尽心之画作,不论时间长短,都应有所收获,不在数量多少,而在于言之有物。笔少画多,不认真写出,则难以符合要求。

徐悲鸿曾要求学画 1000 幅素描,而伦勃朗一生约作 2000 件素描。当然,我们应当理解学艺"拳不离手"、发奋图强的重要性。在写生中,应以数量提高质量,而不是为凑数而写画。前人的写生数量和质量,业绩很多,应为后学者参考、继承和发扬。

素描的辉点高光与亮色

中国传统绘画以毛笔着墨于宣纸或绢素,讲究黑白相守,墨分五色。与素描五大调画理近似,素描用纸基本可分两类:一类为白色或称素白用纸;另一类为有色纸,如米黄、淡灰等,或用粗细不同的麻布,利用天然色底。无论运用什么画底,都以师法自然为写生的准则。所画对象要依赖一定的光线照射,始利于观察物象的形、质、光、色。素描虽属单色画,但物象均有自身的光照深浅度。

"辉点"为高光的亮点,是由光源和质地结构而形成的。例如,在鼻子头部、上颚结部以及金属、瓷器和玻璃器皿等物,时能发现有高光的辉点。摄影艺术亦根据光的强度决定调子的高低。

　　画家在多种绘画、设计效果图中亦要把握单光源或多光源的调子关系的和谐统一，从而营造艺术创造的美感。

　　在素描基本练习中理解物象的几何结构关系，要分清各结构面与光源照射所受光的角度。正面的直射通过各种角度的斜射而过渡到暗部完全背光，还必须结合实质和肌理的变化去描写，联系环境的影响，有时还有不同程度的反光变化。要看到这种变化，才不至于将背光部分画成一块死板。

　　我们从徐悲鸿早年的素描背立女人体（见图1）明显可以看到，颈肩部与左后髁部的高光处理上下呼应，加强了质感与光感，升高了调子，更加突出了人体的厚度和两脚的前后关系。徐悲鸿认为，对于画艺，从素描基础开始，就要懂得尽精微、致广大，既要有微观的精致，又要有宏观的整体表现。希望后学者能摆脱那种粗浅的流于形式的学风，要知道对素描的调子光感的把握能力决定了你的运用色彩的学习能力与发展前景。

　　在有色纸上作素描或速写，运用绘画专用的白色粉笔提升调子的光强度，亦可参照使用。

图1　素描女人体（徐悲鸿作）

2017年书法作品公益展

　　在与增城艺友的往来中，我得悉他们在生活中的美术交流情况，这也正是我们应该关注的。

　　我从一位曾姓企业家口中得到一个信息，即在广州附近的卫星城市群有一个一心公益基金会，由一些富有爱心的企业家们组成，专门救助贫困的先天性心脏病儿童，迄今已经救助超过3000例。这种专门爱护生命的创举，令人感动的善举，使我也想尽一点绵薄之力。于是，我便选出60件书法作品（见图1），先举办一次公开展览。展览在增城图书馆举行，展后由基金会接管处理，转换成基金。我不要求看到具体的数字，只要求给我打印成一份目录。在书法图册目录之前即有一篇简明序言，执笔者署名为广东省一心公益基金会理事、救心行动委员会主任、第十服务队长曾庆云。他在序言中有一段话说："我不是艺术家，我只能以公益志愿者的身份去思考艺术，我以为艺术的大家应该心存宇宙，常怀天地，也微察人间，了解人之苦乐有菩萨心肠，

图1　书法对联作品

心境去到万事万物之间，不亢不卑，行大道。"他认为我的行为、这种爱已经超出教育家、艺术家的界线。我提供的书法作品多在四尺宣或四尺对开之间，如"源远流长""饮水思源，知恩图报""德从宽处积，福向俭中求""守身如玉，书画言情"等，也有毛泽东诗词《清平乐·六盘山》、陈毅诗《过微山湖》以及明代杨慎词《临江仙·滚滚长江东逝水》等。相信不论大小，都会起到一些作用。

素 描 联 展

《观看的立场——郭绍纲、王肇民、冯健辛与新中国艺术造型的探索》在广州美术学院美术馆一号、二号展厅展出，展览期限为5周，于2017年7月6日开幕。开幕后举行研讨会，杨小产、胡斌策展，为文化部2017年全国美术馆之藏精品展出季的一项活动，有强调素描基础教学的意味。图1为展刊封面。

我的素描之路

两年后，因要写《我的素描之路》，我要了一份未经校对的研讨会会议记录，其失实之处不少，有待进一步校对，不在此叙。

我与王肇民先生在武汉相识，真正共事是在1960年以后的广州。我们一起写生、作画，曾同教一个班的学生，有了逐渐相识的过程。王先生不止一次说："我在杭州学色彩，在南京学素描，在北京学传统，中学时在徐州也接受传统诗书画的教育。"王先生是富有诗情的人，其诗始创于十八九岁，数十年来未曾间断，其诗名被画名所掩。王先生的素描功力完全呈现于他的色彩、静物、花卉中，在他的写生艺术成就中。王肇民先生强调色彩，写生要求画出光芒来。当然，这需要有"尽精微，致广大"的功力，只有色调大关系的明快是不足的，只用简单的体面构成笔法难以有光芒的表现效果。在教学研讨中，王先生有看画

图1　展刊封面

知人惯性的洞察力。王先生虽年事已高，但能坚持按时到进修室作画，到图书馆读画册，这种敬业精神永远是模范。

谈到冯健辛先生的素描成就，其突出的一面是生活速写表现出生产建设的热烈场面的驾驭能力，这是现代美术教育应当继承和发扬的。这不仅是技法、能力的练习，而更重要的是对于现实生活的关注与深入，要培养有感而发的能力、培养简明扼要的能力、果断的概括能力。

冯健辛在素描教学以及教学科研管理方面也是尽心尽力，忠于职守了，属于"双肩挑"的教育工作者。在改革开放初，他在开始恢复教学秩序时贡献突出。

我看了两遍长达34页的研讨会记录，感到畅所欲言，都表达了"观看的立场"。此外，还有些不解与模糊之处。有位邓老师应是邓耀明，他的发言有一定的澄清作用：广州美术学院是培养美术人才的教学单位，将素描写生作为共同基础课，培养新生力量，会直接影响未来的美术文化建设；在"素描"一词前面加任何定语都要讲究，都要符合明确性、科学性，如"结构素描""设计素描""苏式素描""德式素描"等。结构素描以人物写生为例，要明确强调的是生理结构还是几何结构。在实践上强调了几何结构，必然忽视了"形神兼备"的基本要求。还有"设计素描"的形式化，不仅概念模糊，同时也削弱了素描能力的全面发挥，强调明暗调子的素描不仅是多种形式设计的基础，同时也是色彩基础课的基础，包括笔墨白描写生也要从对象形质出发，将线条的粗细、曲直、疏密、虚实处理得当。

此次展览的策划初衷不得而知，记得在几年前，广州美术学院与列宾美术学院建立了学术交流关系，并引进了列宾美术学院的素描教学成绩展览，我也有幸参观学习，其中有少数作品似曾见过。出了展厅，在另一处角落，展出了我院取得一定成绩

的素描作品,虽非正式整体的展览,两相对比,观者自有明判。

黎雄才先生曾经给青年学者题字:"艺术之道,劳而不获者有之,不劳而获者未曾见也。"孔夫子有云:"志于道,据于德,依于仁,游于艺。"我在前文曾以教学相长为话题说了不少。王肇民先生不仅在艺术练功与创作上树立榜样,在为人师表方面也堪称模范。

据云,此次素描联展还将有画集出版,事后能否落实,尚不得而知。

学到老画展

老同事黄谷先生多年来任教于广州美术学院,曾于77岁至79岁到俄罗斯列宾美术学院留学研修,画了许多素描和油画。2019年4月,他在广东省文联艺术馆举行汇报展览,并特邀几位老艺术家参加展览。

主办单位为广州美术学院、广东省文学艺术联合会;支持单位有俄罗斯艺术科学研究院国际友谊协会、俄罗斯美术家协会、俄罗斯列宾美术学院、俄斯曼国际文化艺术教育、黄谷艺术文化咨询公司。

为了此次展览,恽圻苍教授和我都专门撰写了赞誉老而好学的评论文章,应邀提供作品参展。黄谷先生还请我题写了"学到老画展"的展标(见图1),用于展刊和展场。

图1 学到老画展

十年磨一剑

2019年是中华人民共和国成立70周年，也是广东翁源翁山诗书画院成立10周年。此诗书画院为我院校友刘国玉先生所发起创建，得到韶关、翁源有关领导支持帮助，及众同仁、知音的协助运行、发展，现已成为韶关、翁源的一处文化高地。画院不仅有面向社会大众的书画展览活动，而且学术交流活动涉及海内外，并定期出版《风雅翁山》文艺杂志，可见其蓄纳与传播之能量。我因事未能出席10周年的庆典活动，只写了"十年磨一剑，翁山诗书画院十岁之贺"，聊表我的心意。

约半个世纪之前，我已经知道广东翁源有翁江，后又亲临翁江南岸观望江中的书堂石，知道了这里是唐诗人邵谒曾经居住并发奋读书的地方。我后又逐渐读到邵谒遗存的30余首诗词，亦颇有感触。我非常同意清人曲向邦在其《广东诗画》中赞邵谒诗："摒弃浮词，独标真义"，"千载之下，足令吟风弄月之徒，钳口结舌而惊愧不已"。谈到此，我要顺便插一句，"摒弃浮词，独标真义"亦应是我们素描教学要借鉴的指导思想。

诗书画院创业者刘国玉在困难重重的创业道路中，仍能潜心于山水画的创作与研究，累计已有数十年。他的焦墨山水作品别具一格（见图1），没有彰显笔锋墨润，而是以焦墨的疏密点触表现大自然的氤氲与山川的壮丽，组成浑然一体的图画。它作为素点式素描艺术的表现，别开生面，这是胸怀的旷达所使然。刘国玉胸中有道派和文派的汇合，以传统文化的精粹为自己艺术创造之根基。以墨点作画，要能静心、细心、耐心，心境泰然，同时要统观全局，表达意境，胸中自有丘壑，才能使笔墨点点有位，点点到位，使点的疏密组合化为空间中的物象，其难度非一

图1 墨画之一（刘国玉作）

般挥毫泼墨可比（见图2）。我们也可将他的笔点比作书艺的小楷，要每笔尽精微而能大化自然景象，这也是运用焦墨点法的一种素描功力的展现。

图2 墨画之二（刘国玉作）

观丁松坚油画展的联想

2019年11月22日，丁松坚的《悠然之境》油画风景写生在小洲艺术馆举行，我虽有写书的任务在身，但还是答应出席参观。此次展出丁松坚今年的67幅风景写生作品，每幅都是认真之作，展示了作者的真诚态度。有些作品还非常客观、真实。不过，时间、空间应有多种变化，有些作品则缺少一些明朗的色调，调子层次拉不开，易产生灰蒙蒙的氛围。色调明朗和谐是色彩绘画的魅力所在，如果有意表现空气污染又另当别论。在座谈交流间，主办方发下一本小画册，我看了以后，高兴的是册中附印了几幅生活速写，有的还是上个月的作品。这些速写并未在当场展出，我特别补充意见，告诉他这些速写的艺术价值绝不亚于他的油画，要他坚持画下去，带动附中的师生走向生活，把速写的激情调动起来。

丁松坚是通过竞选上岗成为广州美术学院附中的校长的，也有职责强调多画速写，"拳不离手，曲不离口"。练拳又练功，这是先辈画家的教导。

这位丁校长在画册的后记中最后谈道："希望借助风景写生重新审视写实艺术的价值所在，在这个充满紧张躁动的客观现实中，守护内心的一片平静，一片真心。"

恽圻苍教授也同意我的建议,即期待筹备一个速写展览,再出一本速写集。恽圻苍教授当场表态:"你要出速写集,我可以给你写序言。"对晚辈同行充满了期待。展览活动结束后,我首次参观了小洲艺术馆楼上楼下的全貌,会见了一些老朋友,收获良多。

现择丁松坚风景写生集中的两幅速写(见图1、图2),可见作者表现建筑群和人群的功力。速写是写生的基本功,宁静、真心是成功之母。丁松坚有这种能力。

图1　生活速写(丁松坚作)　　　　图2　建筑速写(丁松坚作)

钻石婚的画展与素描

本人从艺70周年作品展由于2020年年初新冠肺炎疫情暴发而延期。过往每次本人的大型作品展览总要有早年留苏期间的作品,其中包括很多素描习作,对后生习艺者有很大的参考价值。

2020年7月12日是我与高志女士结婚60周年。在校友的热心帮助下,我们举办了家庭画展，共展出油画水彩作品 38 幅，另有本人书法作品 38 幅合展。也因疫情的关系，不宜众多人聚会，只有分期分批地小范围地接待来宾。

为了纪念、宣传这次展览活动，我有幸得到报刊、电视媒体的关照，又有机会为高志同志作素描肖像写生（见图 1）。因时间紧促，未能尽意，这应不是最后的写生。

8 月 3 日，广东省文史研究馆召集部分馆员开会，聘任馆员专家组成员，其中文史组 6 名，艺术组 10 名。我与梁世雄教授均为高龄应聘者，由新上任的杨馆长颁发聘书，继而又举行了一次小型座谈会。我在发言中谈到书写文化的传承与普及，关系到素质教育与社交文化的提升等问题。

图 1　素描高志同志

后　记

　　这本题为《我的素描之路》一书简略地回忆了笔者在学素描、教素描以及素描欣赏中的思想与实践的历程。为了说明问题，笔者未经事前商议借用了一些师友们的作品图片，谨请谅解。笔者的素描之路还要走下去，但是毕竟年龄有限，只是寄希望于年轻的后学者们在治艺生活中努力有所建树。同时也希望广大读者提出宝贵的意见。